三国志

十三の巻　極北の星

新装版

北方謙三

時代小説文庫

角川春樹事務所

本書は、二〇〇二年六月に小社より時代小説文庫として刊行された
『三国志　十三の巻　極北の星』を改訂し、新装版といたしました。

目次

新装版

三国志

十三の巻

極北の星

＊編集注　本文中の距離に関する記述は、中国史における単位に従い、一里を約四〇〇メートルとしています。

降雨

1

出陣と決まった。

ようやく、曹真《そうしん》が自分の意見を押し通したという感じで、いかにも遅い決断だと司馬懿《しばい》には思えた。漢中《かんちゅう》への進攻《しんこう》は、曹真の大将軍としての威信を賭《か》けたものである。それが、陳羣《ちんぐん》などの反対により、何度も白紙に戻された。曹真の自信のなさが、見え隠れしていたのだ。あの曹操《そうそう》が、五十万を率《ひき》いて行っても、撤退《てったい》せざるを得なかった漢中進攻である。

副将は、司馬懿だった。全軍で三十万。子午道《しごどう》、斜谷道《やこくどう》を中心に、一斉に漢中に進攻する作戦である。

「曹真は、墓穴《ぼけつ》を掘ったと私は思います、殿。攻めるという気持はわかりますが、すでに機を逸《いっ》しているのです」

宮殿での決定のあと、洛陽《らくよう》の館《やかた》に戻った司馬懿《しばい》に、尹貞《いんてい》が無表情に言った。表情はあるのかもしれないが、小さなものは顔の赤痣《あかあざ》が消してしまうのである。

出陣の是非について、曹叡《そうえい》は積極的な姿勢を示さなかった。ただいつまでもくり返される議論に飽《あ》き、軍の頂点にいる曹真《そうしん》にすべてを任せる、と投げ出すように決定したのである。

魏《ぎ》国の領土に攻めこまれたのなら、陳羣《ちんぐん》を筆頭とする文官も、戦《いくさ》に反対するわけはなかった。武都《ぶと》、陰平《いんぺい》の両郡を奪《と》られている、というあまり大勢《たいせい》には影響のない状況を、曹真は出陣の根拠とした。そこにも、曹真の焦《あせ》りは見える。

「私は副将なのだ、尹貞」

「ですから、決して負けないことです。少なくとも、殿の指揮下での戦闘では、決して負けないこと。勝つ必要などありません。負けない戦なら、諸葛亮《しょかつりょう》とも充分に闘えるでしょう。曹真は、勝とうとするはずです。そこで墓穴《ぼけつ》を掘ることになります」

「負けない戦か」

曹真が子午道《しごどう》を行くなら、自分は斜谷《やこく》。そういうふうに、分担して進むことになるだろう、と司馬懿は思っていた。三十万なら、正攻法しかないのである。

司馬懿が考えていたのは、退路《たいろ》の確保だった。攻めこんできた蜀《しょく》軍と、ぶつかるのとはわけが違う。敵地で退路を断たれれば、三十万は全滅しかねない。

曹真の、蜀進攻策にも、意味がないわけではなかった。このままでは、諸葛亮は何度でも魏領に攻めこんでくる。それを追い返すことは、難しくない。しかし煩《わずら》しい。そして気づいた時、およそ想像もしていない、諸葛亮の大作戦に巻きこまれていることになる。それを避けるために、滅ぼせないまでも、国力が外征《がいせい》に耐《た》えられないほどに、蜀を叩《たた》いておこうという考えは、確かにある。

しかし、時機が悪い。曹叡の決定も、二転三転している。つまり、国をあげて蜀を叩こう、という態勢《たいせい》にはないのだ。

「殿は、対蜀戦は、どうあるべきだとお考えなのですか？」

「周到《しゅうとう》に待つことだな、尹貞」

「周到に、待つのですか。それが、私もよろしいと思います」

蜀は、必ず攻めこんでくる。それを待つ。着実に打ち払うためだけに、すべての力を注《そそ》ぐ。やがて、蜀の国力は疲弊《ひへい》してくるはずだ。もし攻めるなら、その時に国をあげて攻めればいい。

いままでとは違うものが、司馬懿《しばい》には見えはじめていた。

曹操《そうそう》、曹丕《そうひ》のころと、魏《ぎ》という国は少しずつまた変りはじめているのだ。乱世を生き抜いた曹操はもとより、曹丕も、国というものが、戦を前提として成立している、と考えていたところがあった。民政に力を注いだ曹丕も、やはり戦のための国力という気持は持っていたのだ。

しかし、曹叡《そうえい》にはそれがない。民政と同じように、戦があり、外交がある。面倒な時は放《ほう》っておけば、誰《だれ》かが代りにやるという考えが強いのだ。それは、次第に顕《けん》著《ちょ》な傾向になりつつある。

つまり、現実には軍が力を持ってくる、ということだった。そして軍の頂点は、曹叡ではなく、曹真《そうしん》なのである。場合によっては、魏最大の権力を持っているということに、曹真は気づいていない。

軍の編成がはじまった。長安《ちょうあん》と荊《けい》州の軍が主力である。洛陽《らくよう》郊外に展開する遊軍もそれに加わるが、かつてのように遊軍に大きな余裕はなくなっていた。少しずつ、戦線に張りつけられることが多くなったのだ。曹丕が死んでしばらくしてから、遊軍は二十万を切るようになった。代りに、荊州、雍《よう》州の駐屯《ちゅうとん》軍と、寿春《じゅしゅん》を中心に、呉《ご》に対するために展開する軍が増えている。

曹丕には、曹操の志《こころざし》を継ごうという意志があった。曹叡は、生まれながらに魏の帝《みかど》なのである。もの心がついた時から、魏という国があったと言っていい。

司馬懿は、多忙をきわめた。軍編成と同時に、曹真を中心とした作戦会議が頻繁《ひんぱん》に開かれる。やがて、征蜀《せいしょく》軍の本営は、洛陽から長安に移った。

「遊軍を、洛陽近辺に大量に擁《よう》しているのは、やはり無駄だったな、司馬懿」

曹真のもの言いは、最近では完全に配下に対するものになっている。もともと軍制の上では配下なので、別に不満はなかった。ただ、曹真は自分を必要以上に大きく見せようとしている。

「征蜀軍を編成するには、手間がかからなくて済みます」

曹丕が遊軍を増やしたのは、蜀へも呉へも対応できて、すぐにでも滅亡させ得る戦を想定してだった。実戦の指揮は下手《へた》だったが、曹丕が構えた軍制は、三国統一を目指した大きなものだった。

「そろそろ、先鋒《せんぽう》を決めたいが、なにか意見があるか、司馬懿？」

「三十万の軍勢です、曹真将軍。しかも、秦嶺《しんれい》の山なみを越えなければなりません。まず主力がどこから進むか、というところから決めるべきではないでしょうか。その主力の先頭が、すなわち魏軍の先鋒と考えてよいと思います」

「子午道《しごどう》と斜谷道《やこくどう》。主力は子午道で、斜谷道は司馬懿《しばい》に指揮して貰《もら》おうと思っている」

まず、妥当《だとう》な線だろう、と司馬懿は思った。しかし大軍である。二、三万を箕谷《きこく》道《どう》に配してもいい。それは陽動になり、蜀《しょく》もある程度の軍を割《さ》かずにいられないだろう。

蜀では、趙雲《ちょううん》が死んでいた。それは、大打撃のはずだ。残る歴戦の将軍は、魏延《ぎえん》と馬岱《ばたい》ぐらいのものになっている。趙雲がいないことは、諸葛亮《しょかつりょう》の作戦に大きな影響が出るはずだった。

「通常考えれば、主力の先鋒は張部《ちょうこう》将軍だと思いますが」

「私も、そう思った。ということは、敵もそう思っているだろう。このあたりで、若い将軍を使いたい。夏侯覇《かこうは》あたりだな」

夏侯淵《かこうえん》の息子だった。夏侯淵は、曹操《そうそう》の漢中《かんちゅう》攻めの時に死んでいる。蜀に対する恨《うら》みは深いはずだ。しかしそれよりも、曹真《そうしん》が引きあげ、自分の腹心としている将軍だった。

軍内で、曹真は自分の勢力を増やすことを、露骨《ろこつ》にやりはじめている。それだけ、不安も大きいということだろう。

「夏侯覇ならば、張郃将軍と較《くら》べても、不足はないと思います。まだ力がよくわからないところがありますが、曹真将軍が背後《はいご》で見ておられるならば、見事先鋒をやり遂《と》げるような気もいたします」

「そうか。子午道の先鋒は、夏侯覇でいこうか。斜谷の先鋒は、そちらで決めてくれ」

「私自身が、先鋒で斜谷道を進みます」

「自身でだと、司馬懿？」

「これは、曹真将軍が指揮される、最初の外征《がいせい》と申してもよいではありませんか。魏《ぎ》軍にとっても、大事な戦になります。私が、そのお役に立てるならば」

「そうか。そこまで考えてくれているか。いや、司馬懿は策謀家《さくぼうか》だの、うまく立ち回りすぎるだの、いろいろと私の耳に入れてくる者がいる。しかしおぬしは、ずっと私の出兵に賛同していたし、副将も快く受け、斜谷を先鋒で進む、とまで言ってくれた。人の噂《うわさ》が真実なのかただの噂なのか、こんな時によくわかる」

「噂をするのが、人というものです、曹真将軍。気になさらず、思う通りになされることだ、と私は思います」

曹真に告《つ》げ口をしている、何人かの顔は思い浮かぶ。すぐに報復というのは、賢明なやり方ではない。むしろ自分もその人間の後押しをして、大きな仕事をやらせてやればいい、と司馬懿《しばい》は思った。成功すれば恩が売れるし、失敗すれば責めを負わせて追い落とすことができる。

「明日の軍議で、すべてを決定する。長安《ちょうあん》を進発《しんぱつ》するのは、五日後にしようと思う」

「かしこまりました。進発してからは、私は斜谷道《やこくどう》を行きます。その前に、兵糧《ひょうろう》、軍装などは、私自身の眼《め》で確認しておきます。それが、副将の任務でもあります」

曹真《そうしん》が頷《うなず》いている。結局、軍内に強い味方を作ることができなかった男だった。いや、そんなことをしようという発想を持っていなかった。だから、夏侯覇《かこうは》などを引きあげると、露骨なやり方に見えてしまう。軍内の、夏侯一族に対する反撥《はんぱつ》が、まだ消えているわけではなかった。かつては、軍の要職を一族で占めていたのだ。

曹真二十万、司馬懿八万。そして、司馬懿の意見を入れ、箕谷道《きこくどう》を二万が進んで陽動の構えをとることになった。

司馬懿にとっては、指揮しやすい兵数である。もたつくのは、やはり曹真の二十万だろう。

諸葛亮《しょかつりょう》が、どういう迎撃《げいげき》をしてくるのか。

司馬懿は、半ば怯《おび》えながら、関心を持つのを捨てきれなかった。かつて曹操《そうそう》が五十万の大軍で漢中《かんちゅう》に進攻した時は、劉備《りゅうび》がいた。張飛《ちょうひ》も、趙雲《ちょううん》も、馬超《ばちょう》もいた。そして荊州《けい》には、関羽《かんう》がいた。

その中のひとりも、いまはもういない。

諸葛亮は、徒手空拳《としゅくうけん》である。司馬懿には、そうとさえ見えた。しかしそれが、不気味でなにかわけのわからぬものを孕《はら》んでいる、とも感じられるのだ。

諸葛亮と、どう闘えばいいかということについて、司馬懿は深く考えたことはないような気がする。どうすれば闘わずに済ませられるか。それが、最善の方法ではないのか。いまは、そう思っていた。

魏《ぎ》の大将軍である曹真が、やがて潰《つぶ》れていくであろうことは、すでに予測がついている。その時は、自分が諸葛亮とむかい合うことになるのか。闘わないのが最善の方法だ、などと言ってはいられなくなるかもしれない。とにかく、諸葛亮は北進を続けるだろう。雍《よう》州さえ手中にすれば、涼《りょう》州を奪《と》るのは難しくない。その時は洛《らく》陽《よう》はほとんど前線とも言っていい位置になり、中原《ちゅうげん》一帯の奪い合いになる。

魏は本拠《ほんきょ》を河北《かほく》に移さざるを得ない、という状況に追いこまれる。天下三分の形勢は、固着から激しい流動に移る。

雍州《ようしゅう》さえ奪《と》れば。諸葛亮《しょかつりょう》はそれだけをまず考えている。雍州さえ奪られなければ。魏《ぎ》は、そこが生命線であることを、強く認識しておくべきだ。魏が圧倒的な天下三分の形勢も、雍州ひとつで大きく変る。呉《ご》の孫権《そんけん》も、そういう流動の中では、領土に対する野心を剝《む》き出しにしてくるだろう。

「今度の蜀《しょく》への進攻が、大きな鍵《かぎ》になると私は思うのだがな、尹貞《いんてい》」

進発の前夜、司馬懿《しばい》は尹貞と酒を飲んだ。

「司馬家を、大きく変えることになります」

「また、それか」

「仕方がありますまい。司馬家にむかって風が吹いてきているのですから」

「しかし、先鋒は夏侯覇《かこうは》だ。一時は曹丕《そうひ》様に地方に追いやられた夏侯一族も、再び中央の将軍として戻りつつある。さすがに軍人の家系で、地方でも頭角《とうかく》を現わす」

「曹真《そうしん》が、苦しまぎれに取り立てているにすぎません。大きくなる前に芽を摘むか、一族を分断させるか」

「敵は、蜀だ。尹貞」

「まさしく。そしていま魏は、蜀の諸葛亮を打ち破れる指揮官を求めているのです」

それが司馬懿だと尹貞は言っているのだが、そんな自信はなかった。呉の陸遜《りくそん》となら、互角《ごかく》に闘える。魏のどんな将軍よりも、自分の方がすぐれている。

しかし、諸葛亮だけは、別なのだ。

諸葛亮の動きを、魏はほとんど予測の中で捉《とら》えていない。ことごとく、その動きは予測を上回っていた。つまり想像を絶する作戦で、大敗しなかったのは、偶然としか思えない運に恵まれたからだ。

いつまでも、その運が魏の上にあるとはかぎらない。諸葛亮が運を摑《つか》んだら、瞬時にして天下の形勢は変るだろう、という恐怖に近い思いが司馬懿にはある。

「私は、諸葛亮に勝てると思うか、尹貞。正直に、言ってみよ」

「まともにやり合えば、難しいと思います。しかし、そこが運です。私は、理由もなく殿の運を信じているのですよ」

「運か」

「諸葛亮に唯一欠けているもの。それが、天運であるような気が、私はしています」

尹貞のように、自分も信じるわけにはいかない、と司馬懿は思った。信じるのは、尹貞だけでいいのだ。自分は怯えながら諸葛亮と闘えばいい。そうしていてこそ、尹貞《いんてい》が信じる運も、自分の方へやってくる。

外では、まだ兵が動き回っている。

もう少しだけ酔おう、と司馬懿《しばい》は思った。

2

三十万の軍と聞いただけで、恐れる兵は蜀《しょく》にはいないはずだった。かつて五十万の侵攻《しんこう》を打ち払ったことは、誰《だれ》もが憶《おぼ》えているのだ。

そういうことより、どういうやり方で迎え撃《う》つかだった。できれば、三十万を漢《かん》中《ちゅう》からさらに益《えき》州の原野に引き摺《ず》りこみたい。兵糧《ひょうろう》の輸送路を断てば、それで大軍は潰滅《かいめつ》する。

しかし、それほど無謀《むぼう》なことは、曹真《そうしん》も司馬懿もやりはしないだろう。目的は、漢中を奪取《だっしゅ》することだと考えていた方がいい。

孔明《こうめい》は、漢中の軍を三つに分けて配置した。大軍が、三道を進んでくることがはっきりしたからだ。三道の出口に、一応待ち構えるという恰好《かっこう》になる。

「どう思う、姜維《きょうい》？」

「問題は、斜谷《やこく》を来る司馬懿の軍だろうと思います。これが活発に動くようであれば、子午道《しごどう》を来る二十万の大軍が生きます」

「では、どうすればいい？」

「わが軍の主力は斜谷に配置し、正面からぶつかって退けます。同時に、子午道を来る二十万を、漢中に引きこみます」

「そうなればいいがな」

「どこかに、隙《すき》があるでしょうか？」

「あるとすれば箕谷《きこく》を来る二万を無視しているところであろう。しかしそんなことより、司馬懿がまともな勝負に乗ってくるとは、私には思えぬ」

「斜谷を出たところで、守りに転じますか？」

「であろうな。司馬懿という男は、こちらが勝とうとすると難しい相手だ。負けまいとすると、それほどの難敵ではなくなる」

「わかるような気も、いたします」

「だから、子午道を来る曹真を、私は挑発してみるつもりでいる。うまくすると、こちらの懐《ふところ》の中に誘《さそ》いこめるかもしれぬ」

「どこまでが、懐なのでしょうか？」

「あくまで、漢中《かんちゅう》だろうな。定軍山《ていぐんざん》のあたりまで曹真《そうしん》が進んでくると、司馬懿《しばい》はなおさら斜谷《やこく》の出口を動かないと思うのだが」

「退路《たいろ》を、確保するため、という大きな理由はあります」

姜維《きょうい》には、馬謖《ばしょく》がそうであったように、先走るというところはなかった。負けの味も知っているし、死を覚悟したこともあるはずだ。

「ほかに、なにか御心配がおありですか、丞相《じょうしょう》？」

「そろそろ、雨が多くなる季節だ」

「雨が降ると魏《ぎ》軍は動きがとれないということになります。すなわち丞相は、魏軍を動き回らせて、それを打ち破ろうと考えておられるのですね？」

「三十万の魏軍を、雍《よう》州から動けなくする方法なら、いくらでもある。せっかく蜀《しょく》に侵攻《しんこう》してくるのだ。ただ撤退《てったい》させるだけでなく、誰の眼《め》にも敗退としか見えないかたちで、押し返してやりたい」

それによって、雍州の豪族たちの心は、さらに蜀に傾いてくる。

魏軍が攻撃に転じてきたというのは、蜀にとっては好都合なことだった。こちらから攻めこむよりはるかに少ない兵力で、三十万に大打撃を与えることが可能なのだ。ただ、雨が降り続いて軍が動かせなければ、それもできないことになる。

「軍議は、いつ開かれますか、丞相？」

「明日。子午道《しごどう》の曹真軍の迎撃《げいげき》は、陳式《ちんしょく》とおまえがやるのだ。まず緒戦で勝ち、曹真の面目《めんぼく》を潰《つぶ》すことからはじめよう」

「陳式殿と、私が」

「魏延《ぎえん》をはじめ、有力な将軍は、南鄭《なんてい》郊外に展開させておく」

「それでは、私は魏延将軍に睨《にら》まれるということになります。だからといって先鋒《せんぽう》を辞退しようとは思いませんが」

「先鋒が先鋒ではない。そういう戦《いくさ》の虚実《きょじつ》も、魏延や馬岱《ばたい》はよくわかっている」

魏延をもっと使え。それは趙雲《ちょううん》が言い残したことでもあった。使っているつもりだったが、趙雲にはそうは見えなかったのだろう。

どこか、合わない。はっきりと、自分でそう感じる。すでに、蜀軍第一の実績を持った将軍であり、合わないと考えたりすることは、丞相として恥ずべきことである、という自覚もあった。しかし魏延を見ていると、どこかざらつくような気分になってしまう。

「姜維、曹真軍の先鋒は、夏侯淵《かこうえん》の息子で、夏侯覇《かこうは》という若い将軍だ。これから先、長く闘うことになる相手かもしれん。よく見ておけ」

「はい」

「私は、雨が続かないように祈っている。魏《ぎ》軍が動き回れば、潰滅させる隙はいくらでも見えるはずだ。魏が、わが国に攻めこもうと決定したのは、実はわれらにとって天が与えた機かも知れぬ」

「では、陳式《ちんしょく》殿と私は、どれほどの軍で曹真《そうしん》を迎撃いたしましょうか？」

「まず、一万かな」

将軍や、将軍並みの校尉《こうい》（将校）には、五千の兵を預けてある。たとえば魏延《ぎえん》の下には二万の兵がいて、それは四人の将軍が率いているのだ。五千単位で動かせというのは、趙雲《ちょううん》の助言だったが、実際に移動も編成もやりやすかった。

姜維《きょうい》には、かつて趙雲の麾下《きか》だった兵のうちの、五千を預けてある。まだ若く、蜀《しょく》軍での実績もないから、将軍にはしていない。しかし、遠からず誰もが将軍と認めるようになるだろう。

軍の検分など、孔明《こうめい》は自分でやることが多くなった。民政が整い、動きはじめている、ということもある。しかし、そういうことより、兵の質が気になりはじめ、自分の眼で確かめるようになったのだ。張飛《ちょうひ》や趙雲がいる時は、それほど気にしなかったことだ。

翌日の軍議で、孔明は各将の配置を発表した。南鄭《なんてい》郊外に配された魏延は、不平を述べようとしなかった。できれば魏軍を漢中《かんちゅう》深く引きこみたい、と孔明が考えていたことがよくわかったのだろう。そう思っても、孔明は魏延が自分を無視したというような気分にとらわれた。

つまらない男だ。自分を顧《かえり》みて、しみじみそう思う。大きさがない。度量がない。魏延ひとりを受け入れるのに苦しんで、蜀軍全体の指揮などができるのか。

感情というものは不思議で、たやすく抑《おさ》えられることもあれば、なによりも優先してしまうこともある。劉備《りゅうび》が、呉《ご》を攻めることにこだわったのも、感情を優先したからだ。そして自分は、それをよしとした、と孔明は思った。劉備の感情の中には、人として大切ななにかが、はっきり感じられたからだ。

それに較《くら》べて、自分の感情のありようはどうなのか。魏延に対して、ただ好悪《こうお》の思いがあるだけではないか。

魏延に対して、一切の感情を殺す。孔明は、苦い自嘲《じちょう》の中で、そう決めた。蜀軍全体を動かすなら、当たり前のことで、ことさら決心しなければならないのが、自分の駄目なところだと思った。

漢中は、一大兵站《へいたん》基地となっている。蜀軍の主力は、三年近く漢中に駐屯《ちゅうとん》し続け、そこから何度か出撃もしている。もはや、駐屯という言葉は、適切でなくなっているのかもしれない。主力軍は常に漢中《かんちゅう》にいる。それが、蜀《しょく》軍のありようにまでなっていた。

兵糧倉《ひょうろうぐら》が方々に並んでいる。営舎《えいしゃ》も、整然と配されているし、武器倉などもはじめよりずっと増えた。攻城兵器から、武器、具足《ぐそく》などを作るための建物も、いくつか作った。

十数万の兵を養うために、物資も流れこんでくる。商人や職人も集まってくる。蜀の中で、最も活発に経済が動いているのが、漢中だった。

その漢中に、魏《ぎ》の大軍が侵攻《しんこう》しようとしている。しかし、兵はもとより、民《たみ》にも乱れはなかった。打ち払える。そういう思いが、ひとりひとりの中にあるようだった。

兵に、過信はさせたくなかった。丞相《じょうしょう》の職務の中で、暇《ひま》を見つけると、頻繁《ひんぱん》に巡《じゅん》察《さつ》に出かけた。いつものことだが、魏軍迎撃《げいげき》の展開が終ると、毎日どころか、一日に二度出ることもあった。一度刺客《しかく》に襲《おそ》われてからは、侍中《じちゅう》（秘書官）だけでなく、最低でも五十名の護衛が付く。

あらゆるものを、見た。兵の軍装から武器の状態、食事の量や質、馬の状態、攻城兵器の管理の仕方。

輸送隊では、木牛《ぼくぎゅう》と流馬《りゅうば》というものを大量に作っていた。これは輜重《しちょう》だが、従来のものよりずっと小さい。特に流馬は、車輪がひとつだけで、兵ひとりで押していく。大きな輜重は、桟道《さんどう》の通行が難しく、事故も多かった。それで孔明《こうめい》自身が考案し、試作を重ねさせてきたものだった。

夜になると、居室でその日の巡察で気づいたことを書き出し、必要があれば翌日通達を出す。孔明自身のそういう動きで、兵も将も緊張感を失わないのだ。

夜はまた、新しい兵器を考案したりする時間でもあった。兵の具足に改良を加え、動きやすく防衛力の強いものにしてきたし、剣などもまた、より硬《かた》い鉄を鍛える方法を考えて、新しいものに変えていった。

眠る間《ま》が惜《お》しい、という気持にしばしば襲われた。いかに南中《なんちゅう》の物産が流入して豊かになったとはいえ、蜀が擁《よう》することができる兵力には、おのずから限界があった。どうやっても、二十万には達しないのである。魏は勿論《もちろん》のこと、呉《ご》とも較《くら》べものにならなかった。

ならば、ひとりひとりの戦闘力を高めることだった。調練《ちょうれん》と、武器である。それで、戦闘力は、二倍にも三倍にもなる。二十万が、四十万、六十万に匹敵《ひってき》するようになるのだ。蜀《しょく》軍伝統の、死の調練はいまだ生きている。特に、趙雲麾《ちょううんき》下にあった三万は、精鋭《せいえい》中の精鋭と言っていい。姜維《きょうい》が指揮している五千も、その一部である。魏《ぎ》軍の進軍は、ゆったりしたものだった。頻繁に斥候《せっこう》を出しながら、這《は》うような速さで桟道を進んでくる。

直接の迎撃に当たるのは、陳式《ちんしょく》と姜維の一万だけにしてあった。それを突き破って進んでくれれば、殲滅《せんめつ》させる策はあった。山も岩も林も、すべて味方にできるのだ。しかし、そこまで魏軍が進んでくるとは、孔明《こうめい》は思っていなかった。先鋒の陳式、姜維を破ったとしても、その場で陣を組む可能性が強い。

孔明は、魏軍の中ではなく、むしろ洛陽《らくよう》の方を詳《くわ》しく探り続けてきた。出兵に際しては、かなり揉《も》めている。文官の反対を押し切って、強引に曹真《そうしん》が出兵したという恰好《かっこう》なのだ。その過程で、作戦が二転三転した気配もある。つまり魏軍の総帥《そうすい》である曹真にとっては、出兵という事実が大事だったに違いないのだ。あとは、大軍の力でなんとかなる、と考えているのだろう。

そういう情報は、すべて応尚《おうしょう》が送ってくる。応尚の手の者のほとんどは、洛陽に潜《もぐ》りこんでいるのだ。

「時々、斥候が姿を見せるようになりました。二日以内に、先鋒が子午道《しごどう》を出てくるだろうと思います」

子午道の入口にいる姜維の部隊の巡察をした時、そう報告された。

「二日以内か」

「今日でも明日でも、攻められたら迎え撃つ用意はできています」

姜維は、原野に兵を散開させていた。ただ、よく見ると散らばっているようで、実はひとつにまとまっている。調練を積んだ兵は、こういう動きもできるのである。

子午道の全部が、桟道というわけではなかった。秦嶺《しんれい》を越え、漢中《かんちゅう》に入ってくると、普通の山道になってくる。険岨《けんそ》だが、いくつかに道も分かれる。桟道を過ぎた敵は、大きく横に拡《ひろ》がろうとするはずだ。そして何カ所か、拠点《きょてん》を作る。

先鋒である夏侯覇《かこうは》の部隊がどこを拠点にするか見抜き、まずそれを潰《つぶ》すのが姜維の役目だった。陳式は、敵と正対しながら、側面から姜維の掩護《えんご》もできる、という動きをする。さまざまな想定をし、三人で何度も話し合って決めたことだった。

若い二人の将軍は、果敢《かかん》だった。姜維はその性格によるのか、緻密《ちみつ》さも併《あわ》せ持っている。しかし、欠けているものもあった。全体を見る眼である。この戦が、蜀と魏の対立の中で、どういう意味を持つのか。必ず勝たなければならない戦なのか。

勝てれば勝つが、無理に勝とうともしない。この戦は、それでよかった。三十万の大軍を動かし、秦嶺《しんれい》を越えることで、魏《ぎ》はその国力をかなり消費しているからだ。

孔明《こうめい》の戦略のすべては、雍《よう》州を奪《と》れるかどうかだった。雍州を奪ることで、固着した天下三分の形勢は、一気に動きはじめる。

「魏延《ぎえん》の軍三万は進ませるが、後方三十里（約十二キロ）までだ。すぐに支援できるとは考えるなよ、姜維《きょうい》」

「わかっております。大きなことは申しあげられませんが、私も雍州魏軍の校尉《こうい》の折、多少の実戦の経験は積んでおります。丞相《じょうしょう》の御懸念《ごけねん》を吹き飛ばすような、戦をするつもりでいます」

「そう、気負うな」

「それも、心しております」

落ち着いた表情で、姜維が言った。

陳式《ちんしょく》の軍は、姜維の後方五里（約二キロ）である。こちらの方は、五千を小さくかためていた。

「丞相、毎日巡察されているそうですが、ただでさえ御多忙な身。躰《からだ》のことを、少しはお考えいただけませんか」

「兵は、闘いに命をかける。それと同じことを、私はしているだけだ」

「丞相と私どもの命とでは、その重さはまるで違います」

「同じだ。私の命もおまえの命も、そして前線に立つ兵ひとりの命も。われらは、兵を死なせて命を長らえている。それは、忘れてはならぬことだ」

「はい」

姜維は、幕舎《ばくしゃ》も張らず野営《やえい》を続けていた。夏だが、雨の多い季節に入っている。

遠いな、と孔明はふと思った。秦嶺を越えれば雍州だが、そこは遠い。何度も足を踏み入れたが、留《とど》まるほどの力はなかった。

あの雍州さえ手中にすれば、中原《ちゅうげん》を奪うことは難しくない。雍州だけなのだ。孔明はそれを、あまり口に出して諸将に言うことはなかった。わかる者は、わかる。あえて、言葉にして言うことではなかった。

「明日、本営を赤坂《せきはん》に移す。それによって、わが軍の迎撃態勢《たいせい》は完了する」

魏軍の先鋒の夏侯覇《かこうは》を、叩《たた》けるかどうかはわからなかった。突破された時のことを、孔明は勿論《もちろん》考えている。

最も望ましいのは、徐々に押されるかたちで、曹真《そうしん》軍二十万を漢中《かんちゅう》の奥に引きこむことだが、そこまでこちらの誘《さそ》いに乗ってくることはないだろう。

斜谷道《やこくどう》から来る司馬懿《しばい》には、馬岱《ばたい》を当ててある。司馬懿が、大きく動くとは思えなかった。漢中《かんちゅう》を攻めるのがどれほど難しいか、司馬懿《しばい》の方がよくわかっている、という気がしたのだ。進軍も、曹真《そうしん》の動きに合わせ、ゆったりとしたものだった。

対峙《たいじ》したまま、膠着《こうちゃく》するだろう。長期戦は、はじめから覚悟していた。長くなればなるほど、こちらが有利になる。なにしろ、毎日のように調練をくり返している場所が、そのまま戦場なのだ。

どこまで、魏《ぎ》軍を疲れさせられるか。どれだけの首を取るかより、そちらの方が大事だと、孔明《こうめい》は考えていた。

3

やはり、突出《とつしゅつ》して拠点《きょてん》を作ろうとしたのは、夏侯覇《かこうは》の率《ひき》いる二万だった。

それに対し、陳式《ちんしょく》が前進した。夏侯覇が作ろうとしている拠点とむかい合った台地に、陣を敷いたのだ。それがどれほど眼障《めざわ》りかは、地形を見ればよくわかる。

夏侯覇に、拠点を作らせてもよかった。そうしなければ、曹真の本陣は漢中に入れない。険《けわ》しい山中から、出ることができなくなるのだ。夏侯覇の拠点さえあれば、その背後の低地に、曹真は大軍を展開できるはずだ。

「陽動を開始するぞ」

姜維《きょうい》は、部下の校尉《こうい》を集めて言った。五千の兵が、十隊に分かれ、五隊になり、五千にまとまる。そういう動きをくり返す中で、小さな攻撃を重ねるのだ。夏侯覇は、顔のまわりで蜂《はち》が飛び回っているような気分になるだろう。

まず五百ずつが、夏侯覇が築きつつある陣営《じんえい》を、側面からくり返し攻撃した。五百は、たやすく撃退されてくる。犠牲を出さないため、一度ぶつかったら退《ひ》かせるのだ。くり返し数十度の攻撃をかけると、さすがに夏侯覇は、陣形を組んだ五千ほどを前に出してきた。

「よし、次は二つに分かれて、両翼《よく》から交互に攻める。あの五千を、突き崩《くず》してしまうのだ」

畳《たた》みかけるような攻撃だった。五千は一度崩れて陣営に退《さ》がり、すぐに一万で出てきた。その間も、防塁《ぼうるい》などの構築は続けられている。

「あの二段の防塁が完成したら、本格的にわれらを攻撃してくるぞ」

陳式も、正面から圧力をかけている。それに対しても五千を出しているので、防塁の完成には二、三日かかりそうだった。

陳式とは、頻繁《ひんぱん》に伝令のやり取りをした。正面攻撃の構えだけで、陳式は動かない。陳式《ちんしょく》の軍がやるのは、主に夜襲《やしゅう》である。それも、徹底的に攻めあげるというのではなく、兵を眠らせないためにやっている。

二日目、孔明《こうめい》が巡察に来た。

曹真《そうしん》の軍は子午道《しごどう》に留《とど》まったままであるし、司馬懿《しばい》の軍も曹真の進撃を待つ構えを取っているという。

「陳式軍はすでに防備は完全で、もし夏侯覇《かこうは》が攻めようとしたら、われらが側面を衝《つ》くまで充分に持ちこたえられます」

「どうだ、夏侯覇は？」

「さすがに、沈着です。なにをなすべきかをはっきりと決め、それをなし終えるまで、じっと耐《た》えるという姿勢を崩しません」

「夏侯淵《かこうえん》将軍の息子だな、やはり。戦《いくさ》の呼吸は天性のものであろう」

まだ原野《げんや》戦をしていない。姜維《きょうい》はそう思っていた。原野戦で、相手のほんとうの力はわかる。

孔明は胡床《こしょう》（折り畳みの椅子《いす》）に腰を降《お》ろし、遠くを見るような眼《め》をしていた。山の頂《いただき》からは、夏侯覇が築《きず》きつつある陣営と、それに対峙《たいじ》する陳式軍の展開がよく見降ろせるが、それにはあまり関心がなさそうだった。

「潰《つぶ》した方がよろしいでしょうか、あの陣を。ならば、完成する前がよいとも思えますが」

「無理をすることはない。この戦では、いかなる無理も避けたいと思う。曹真があの陣の後方までやってきても、動きはとれまい。動いたら動いたで、それもまたいい」

孔明は、魏《ぎ》軍を漢中《かんちゅう》の中央まで引きこみたいのだ、と姜維は思った。しかし、難しい。ならば、遠征《えんせい》した軍を長期にわたって釘付《くぎづ》けにするだけでもいい、と考えている。

蜀《しょく》の戦は、雍《よう》州に進出して行うべきものだ。姜維も、そう思っていた。蜀は守る国ではなく、攻める国なのである。守るだけなら、天険を利して、いまの兵力の半分でも充分だと思えた。しかし、それでは天下は動かない。動かすためには、どうしても雍州を奪《と》る必要がある。

孔明の心の底が、姜維にははっきり読めはじめている。それこそが、魏にも呉にも恐れられている、諸葛亮《しょかつりょう》孔明なのだ、と姜維は思う。

常に、天下を見据《みす》える。蜀という国は、そうあるべきだ。帝《みかど》が三人もいるということは、ひとりもいないということと同じだった。ひとりの真の帝によって、漢《かん》王室という四百年続いた血によって、この国はひとつにまとまる。それまでは、乱世なのだ。

乱世をひとつにまとめようとするがゆえに、民《たみ》が苦しむ戦をすることも、許される。いつまでも続く平和のために、必要な戦なのだ。

「明日あたり、夏侯覇《かこうは》の陣営は完成すると思います。曹真《そうしん》軍の本隊も、再び進軍を開始します。陳式《ちんしょく》殿と私は、どこまで夏侯覇を攻めればよろしいのでしょうか？」

「あの台地」

孔明《こうめい》は、遠くを見たままの眼で言った。

「魏《ぎ》軍に渡したくない。低地に大軍を展開させるように持ちこむのだ」

「では、夏侯覇が本気で私にむかって動きはじめた時に、陳式殿があの陣を奪《と》ります」

「それでよい、姜維《きょうい》。しかし、それ以上のことは考えないようにせよ」

孔明の眼は、やはり雍《よう》州を見ていた。この戦では、魏軍を疲弊《ひへい》させるのが、まず第一。陳式や自分が敗《やぶ》れたとしても、後方に展開している魏延《ぎえん》軍と、さらにその後方の孔明の本隊で、充分に防ぎ得る。それどころか、魏軍を漢中《かんちゅう》の奥まで引きこみ、退路《たいろ》を断って締めあげることも可能になるかもしれない。

しかし孔明は、陳式にも自分にも、負けろとは言っていない。退路を断って、漢中の中で殲滅《せんめつ》戦をやるとしても、三十万の大軍を相手では、こちらも相当の犠牲を覚悟しなければならないのだ。それに、力を尽《つく》して作りあげた、兵站《へいたん》基地としての漢中も荒れる。

釘付《くぎづ》けにし、疲弊させて打ち払うのもよし、殲滅戦もよしと、孔明の戦術には大きな幅があるのだ、と姜維は思った。

孔明のもとでの実戦は、姜維にとっては最初の経験だった。七、八倍の国力がある魏を、ひとりで恐れさせている男。乱世で流浪《るろう》する軍にすぎなかった劉備《りゅうび》軍を、天下三分の一翼《よく》を担《にな》わせるまでに押しあげた男。

伝説にさえなろうとしている孔明のもとで、姜維は二年半の歳月を過してきた。孔明がどれほど優《すぐ》れているかだけでなく、その弱さも強さも、そして身を覆《おお》う孤独さえも、肌で感じてきたのだ。

孔明を補佐《ほさ》するには、自分はまだ未熟すぎる。その思いが、姜維には強かった。しかし、自分以外に誰《だれ》が補佐するのか、という気持も芽生《めば》えていた。孔明は、後継者とまで考えていたかもしれない馬謖《ばしょく》を、処断することで失い、蜀《しょく》軍の柱として恃《たの》んでいた、趙雲《ちょううん》にも死なれた。

民政では、蔣琬《しょうえん》がいる。あるいは李恢《りかい》、費禕《ひい》が。軍には魏延《ぎえん》、馬岱《ばたい》という経験豊かな将軍や、若い有能な将軍たちもいる。しかし、その中の誰にも、孔明《こうめい》はほんとうには心を開いていない、という気がした。どこかで、構えている。

自分に対しては、ある時から心を開くようになったのではないか、と姜維《きょうい》は思っていた。それは、姜維がただ思っているだけかもしれなかったが、それでもよかった。孔明のもとで命を燃やすかぎり、自分は悔《く》いなく生きられる。そういう気がしてならないのだ。

「あの台地だ、姜維」

孔明が、もう一度静かに言った。

「懸命に確保したものを失えば、それだけで人の気は挫《くじ》けるものだ」

「この二、三日うちに」

「おまえと陳式《ちんしょく》が成長してくれれば、蜀《しょく》の若い将軍の層はぐっと厚くなる」

それ以上、細かい戦術について、孔明はなにも言わなかった。

翌日も、姜維は同じような攻撃をくり返した。夏侯覇《かこうは》は、防塁の構築を急ぎに急いでいるようだ。陣営を完成させないかぎり、後方の曹真《そうしん》は動きがとれない。しかし、焦《あせ》っているようではなかった。大軍を背後《はいご》にした余裕なのか、と姜維は思った。

防塁が完成し、魏《ぎ》軍の陣営が整ったのは、孔明の巡察の二日後だった。その前日から、曹真の本隊が前進を再開したという報告も入った。

「気を引きしめろ。いよいよ来るぞ」

姜維は、配下の校尉《こうい》たちに檄《げき》を飛ばした。

五千のうち、五百が騎馬である。趙雲麾下《ちょううんきか》の軍だったので、ほかよりも騎馬の数は多かった。

その五百騎で、姜維はくり返し攻撃をかけた。まず、夏侯覇を誘《さそ》い出すことだ。

騎馬の攻撃ではあまり出てこなかった魏軍が、歩兵の攻撃をかけはじめると、出撃する構えを見せた。姜維は、歩兵に火矢《ひや》の攻撃を徹底させた。防塁こそ石積みだが、陣営には燃えるものも多く集まりはじめているはずだった。

歩兵が蹴散《けち》らされた。

夏侯覇が、ついに出てきた。およそ一万五千。防塁が完成したので、陣営は五千で防御できると考えたのだろう。一万五千で出てきたというところに、一度で姜維の軍を叩《たた》き潰《つぶ》してしまおうという、夏侯覇の強い意思が見えた。

「小さく、陣を組め。まともにぶつからず、陣を組んだまま退がるぞ」

夏侯覇は、二千ほどの騎馬を先頭に立てている。四段に構えた後方の歩兵の動きも、見事なものだった。

姜維《きょうい》は、歩兵の指揮を副官に任せ、五百の騎馬隊を率いた。駈《か》け回り、何度も側面から攻撃する。騎馬と歩兵が分断されることを警戒して、夏侯覇《かこうは》は騎馬だけで揉《も》みあげる戦法は取らなかった。陳式《ちんしょく》の軍の存在も気になっているのだろう。

少しずつ退がり、ついに十里（約四キロ）ほど夏侯覇を陣営から引き出した。

「陳式軍に伝令。これより、一度ぶつかり、後退する。敵の追撃がはじまったら、速《すみ》やかに攻撃を開始されよと」

伝令が三騎駈け去ると、姜維はすぐに五千を二段に構えた。最後尾の騎馬も入れると、三段である。夏侯覇が、さすがに手堅《てがた》く、方陣《ほうじん》を三つ作った。やはり動きはいい。

「よし、ぶつかれ。あまり深く敵に食いこまず、反転して第二段と入れ替れ。敵の騎馬隊は、私が牽制《けんせい》する」

太鼓《たいこ》。歩兵が進んでいく。ぶつかった。はじめだけこちらが押したが、すぐに数で押し返された。第二段がぶつかる。姜維はそれを、馬を駈けさせながら見ていた。

敵の騎馬隊がこちらにむかってくる。歩兵が、さらに押されていた。押しこまれ、第一段と第二段が一体になりつつある。一体になったところで、一度押し返す。それで敵の二段目の方陣も、戦闘に加わってくるはずだ。

姜維は叫び声をあげ、敵の騎馬隊の中を縦列《じゅうれつ》で駈け抜けた。不意を衝かれて、束の間《つかのま》乱れを見せた騎馬隊が、態勢《たいせい》を立て直し、ひとつにまとまって追ってくる。歩兵も、後退していた。しかし、陣形は崩さない。後退する時の歩兵の陣形というものが蜀《しょく》軍にはあって、入れ替り攻撃を加えながら退がる、というやり方だった。それによって、相手はたえず前進しながら、攻撃に晒《さら》されるということになるのだ。

陽《ひ》が落ちるまでに、二十里（約八キロ）退がった。騎馬隊も、谷や丘陵《きゅうりょう》で相手を眩惑《げんわく》しながら、歩兵のそばまで退がり、高所に陣を取った。

地形は知悉《ちしつ》している。しばしば調練《ちょうれん》に使う場所なのだ。でなければ、三倍の敵をこうやって翻弄《ほんろう》することなど無理だろう。

夜明けを待った。夏侯覇は、夜襲《やしゅう》の警戒をして、大量の篝《かがり》を焚《た》かせていた。前衛《ぜんえい》の兵は五千ほどで、これは眠らず戦闘態勢をとったままだ。

いいところまで、誘い出した。夏侯覇も、ここなら一度陣営に帰ろうという気も起こせないだろう。魏延《ぎえん》の軍や孔明《こうめい》の本隊とは遠く、むしろ曹真《そうしん》の本隊に近い。

夜が明けた。

前衛には騎馬隊が整列していて、その中央に『夏侯《かこう》』の旗が見えた。こちらが高所にいるので、警戒して攻め寄せてはこない。

「旗も見えず。大将はいるのか。それとも、雑兵《ぞうひょう》の集まりか？」

夏侯覇《かこうは》が、前に出てきて叫んでいた。

姜維《きょうい》は、にやりと笑った。思った通り、夏侯覇とは直情的な男らしい。一騎だけでゆっくり馬を進めた。

「趙雲《ちょううん》将軍麾下《きか》、姜維伯約《はくやく》という」

「なに、趙雲だと。亡霊に指揮されている軍か、これは」

「なんの、趙雲将軍の闘魂《とうこん》は生きている」

夏侯覇も、馬を進めていた。お互いに、左に回りこむ。そうやって進めば、やがて高低の差はなくなる。

「よし、槍《やり》だな。趙雲の闘魂とやらを、見せて貰《もら》おうか」

夏侯覇は、大薙刀《おおなぎなた》だった。かなり遣《つか》える。しかし姜維は、負けるとは思わなかった。全身が、かっと熱くなってくる。ほとんど同時に、馬腹を蹴った。夏侯覇の眼から、姜維は視線をそらさなかった。風が顔を打つ。馳《は》せ違った。お互いに、どこにも触れなかった。二合目。下から斬《き》りあげてきた夏侯覇の薙刀を、横に弾《はじ》き飛ばした。擦《す》れ違いざまに柄《え》で打とうとしたが、それはかわされた。三合、四合と、お互いに得物《えもの》を打ち合わせるだけだったが、あと五合あれば突き倒せる、と姜維は感じた。強いが、攻めが直線である。薙刀をかいくぐった瞬間に、横から突き倒す、それは、できる。

七合目。頬《ほお》すれすれに薙刀の刃を感じた瞬間、姜維は槍を横に突いた。手応《てごた》えがあった。しかし浅い。馬から落ちた夏侯覇が、跳《は》ね起きて薙刀を構えた。馬上から、馬の力も乗せて突く。ただ立っている人間は、それには抗《あらが》いきれない。首を取ってやる。姜維がそう思いながら馬を反転させた時、矢の唸《うな》りが耳を衝いた。二本、三本。姜維は、槍でそれを叩き落とした。三騎が、夏侯覇に駈け寄っている。馬上から矢を射ているのは、その中のひとりだった。

姜維は、叫び声をあげた。夏侯覇。姜維が矢を避けている間に、自分の馬に乗っていた。突っこんでいくと、一騎が遮《さえぎ》ってくる。矢を射ていた男だ。槍で突きあげた。姜維の頭上に舞いあがり、落ちて動かなくなった。三騎。むき合っている。中央が夏侯覇だった。

「恥じろ、夏侯覇。魏《ぎ》軍の将は、一騎討《いっきう》ちもできないのか」

夏侯覇が一騎で飛び出してこようとするのを、両側が押さえこんだ。姜維の背後にも、配下の校尉が三人駈けつけている。

要するに、部下が心配したというだけのことだった。一騎討ちなど、馬鹿げた意地の張り合いにすぎない。孔明《こうめい》が知ったら、多分怒るだろう。戦《いくさ》の帰趨《きすう》を、そんなもので決めるべきではないのだ。

「戦で、結着をつけよう、夏侯覇《かこうは》。一騎討ちはちょっとした座興《ざきょう》だ。これからがまことの戦で、私はそのためにここにいる。今度は、覚悟してかかってこい」

馬を返した。夏侯覇が叫び声をあげているが、ふりむかなかった。

魏《ぎ》軍が動きはじめたのは、それからしばらくしてからだった。夏侯覇は、冷静さを欠いているのかもしれない。大軍で、まともに攻め登ってくる。

矢を避けながら、姜維《きょうい》は引きつけるだけ引きつけた。前衛の兵の顔が、しっかり識別《しきべつ》できる距離だ。

姜維は、全軍で逆落《さかお》としをかけた。前衛を蹴散らし、第二段、第三段と突き破った。魏軍は崩れている。盛んに鉦《かね》が打たれていた。退却する魏軍を、討ちに討った。しかし、平地で魏軍は踏みとどまった。歩兵が陣を組む余裕を、騎馬隊が作ったのだ。騎馬の突撃は果敢《かかん》なもので、逆落としの威力もそれで殺された。

睨《にら》み合う恰好《かっこう》になった。一万五千が、三千ほどは減っている。しかし、倍を超える大軍であることに、変りはなかった。

対峙《たいじ》したまま、夜を迎えた。夏侯覇は、じっくりと腰を据《す》える気になったようだ。

こうなると、崩しにくかった。陣の組み方には、さすがと思わせるものがある。無闇《むやみ》に仕掛けるほど、姜維も無謀《むぼう》ではなかった。

敵陣に動きがあったのは、明け方だった。

攻撃してくる、という感じではない。前衛の兵は攻撃の構えこそとっているが、どこか浮足立っていた。

「五百騎が、疾駆《しっく》して退却中」

斥候《せっこう》の報告が入った。次には、騎馬隊のすべてがそれに続き、歩兵も分散して退却をはじめていた。

「攻めるぞ。追撃《ついげき》だ。取れる首は、取ってしまえ」

なにが起きたのか、姜維にははっきりわかっていた。陳式《ちんしょく》が、夏侯覇が拠点《きょてん》とするために築《きず》いた陣営を、落としたのだ。陳式の軍は、攻城戦の調練を積んでいる。さまざまな攻城兵器も、分解し、目立たぬように持ちこんでいた。それをすべて使えば、あれぐらいの防塁なら軽く破れただろう。

全軍で追撃というかたちになった。歩兵を分散して退却させるだけの冷静さを、夏侯覇《かこうは》は失っていなかった。追撃に手間がかかる。五十や百の集団は、無視して走った。歩兵の一千に掃討《そうとう》をやらせれば、かなりの首を取るだろう。あとは全軍で疾《しっ》駆《く》である。騎馬が五百しかいないのが、ちょっとくやしかった。これでも、蜀《しょく》軍の部隊では、騎馬が多い方なのだ。

自分が築いた陣営に、夏侯覇は猛攻《もうこう》をかけていた。揉みあげるような攻めで、なにがなんでも奪回《だっかい》するという意思が、はっきりと見えた。その背後に、姜維《きょうい》は五百騎で突っかけた。

敵の騎馬隊が乱れる。陣営からは、陳式《ちんしょく》の三百騎ほどが飛び出してきた。一千ほどの歩兵もそれに続いている。次第に、押し気味になってきた。夏侯覇は、騎馬隊を小さくまとめていた。乱れは方々で見せるが、全軍が崩れることはない。

姜維の歩兵が到着しはじめてから、圧倒的になった。夏侯覇には、後方の本隊の支援を要請《ようせい》する余裕もなかったのだろう。

「馬は射倒《いたお》すな。乗り手のいなくなった馬は、一カ所に集めろ」

一頭でも多く、馬を奪おうということも、姜維は考えられるようになった。夏侯覇は、ついに台地を放棄《ほうき》し、敗走していった。

奪った馬が、三百頭ほどあった。

台地に、姜維は陣を敷いた。陣営を奪った陳式軍がその中にいて、外で姜維が陣を組むという恰好《かっこう》である。

「本営に伝令。台地を奪い、確保した。これより、防御に入る」

雨が降りはじめている。姜維は幕舎《ばくしゃ》を張らせ、前衛の兵以外はそこで雨をしのがせた。確保を続けよ、という本営からの通達を、伝令が届けてきた。

4

子午道《しごどう》の先鋒《せんぽう》が敗退したという報告を、司馬懿《しばい》は雨を眺めながら受けた。

かなり激しい雨である。十里（約四キロ）先の馬岱《ばたい》の陣は、雨に煙ってほとんど見えなかった。斜谷《やこく》を出て、なんとか高地に陣を取ったが、それ以上は進めなかった。真直《まっす》ぐに南下すると南鄭《なんてい》であり、目前の馬岱の陣だけでなく、陽平関《ようへいかん》からも圧力がある。

陽動のために箕谷道《きこくどう》を来ていた二万は、河池《かち》と武興《ぶこう》の間で奇襲《きしゅう》に遭《あ》い、立往生しているという。奇襲を避けようと思えば、陣を組んでじっとしているしかないのだ。

蜀軍は、山や谷まで味方にしている。それは、はじめからわかっていることだった。曹操《そうそう》が、五十万で進攻しても撤退《てったい》せざるを得なかったのは、やはり山や谷を味方にできなかったからだ。

「夏侯覇《かこうは》は、まだ若い。無理押しをしすぎたのです」

司馬懿《しばい》の属将として従軍している、毛玠《もうかい》が言った。郝昭《かくしょう》が病《やまい》で死んでから、司馬懿は毛玠と文聘《ぶんぺい》をそばに置くことが多くなった。二人とも、手堅《てがた》い戦《いくさ》をする。勇猛《ゆうもう》な将より、そういう人間の方を、司馬懿は好んだ。

「台地に、ようやく拠点《きよてん》を作ったというのに、なぜ外で闘おうとしたのでしょうか。対峙《たいじ》していたのは、陳式《ちんしよく》ですぞ。陳倉城《ちんそうじよう》を攻めた時は、落とせなかったまでも、これはと思う力量を見せたのです。攻城戦にかけては、恐らく蜀《しよく》軍の中でも屈指《くつし》の将軍でしょう」

それよりも、夏侯覇を誘《さそ》い出し、打ち破った姜維《きようい》という将軍の方に、司馬懿は関心を持った。もともと、魏《ぎ》軍の校尉《こうい》だったのだという。雍《よう》州に生まれ育ったので、魏軍に加わったに過ぎなかったのだろうか。蜀軍に入ってそれほどの時は経《た》っていないが、将軍に抜擢《ばってき》されている。諸葛亮《しよかつりよう》は、馬謖《ばしよく》に代る人材だと見ている気配もあった。

「雨がやまなければ、どうしようもありませんな。曹真《そうしん》将軍も、低地での露営《ろえい》で、難儀《なんぎ》しておられましょう」

　実際、三日雨が降り続くと、低地は泥濘《でいねい》になる。移動もままならないのだ。雨はもう、四日目に入っていた。

　馬岱《ばたい》の軍と対峙せよ、というのが、曹真から届いた命令だった。両軍がすぐに合流するのは無理だと、曹真も判断しているのだろう。雨は降りしきるばかりである。

　馬岱の軍には、まったく動きがなかった。諸葛亮の本営は赤坂《せきはん》で、まるで司馬懿が闘う気がないのを見透《みす》かしたように、こちらには見向きもしていなかった。

　この位置なら、すぐに撤退できる、と司馬懿は考えていた。斜谷道《やこくどう》を出たばかりのところにある、高地である。ただ、桟道《さんどう》が寸断されていなければ、という条件がつく。

　司馬懿は、雨の中を、五千ほどの兵を動かし、木を伐《き》らせた。桟道を補修するための、木材を用意するためである。

　斥候《せっこう》には馬岱の軍を探らせたが、別の一隊は桟道の検分にむかわせた。いまのところ、斜谷道が司馬懿軍の糧道《りょうどう》でもあった。そしていずれ、退路《たいろ》にもなる。

　雨は、十日目になった。

「この季節、雨が多いことはわかっておりましたのに。夏侯覇は負けるし、曹真は泥の中で野営しているというし、いいところはまったくありませんな」

軍営であろうと、雨に十日も降りこめられれば、退屈である。尹貞《いんてい》と二人で喋《しゃべ》ることが多かった。幕舎《ばくしゃ》の隅《すみ》には、薪《たきぎ》が積みあげてある。外に置いておけば、濡《ぬ》れて火もつかないのだ。

「こういう時は、病が流行します。兵糧《ひょうろう》は必ず熱を通さなければなりません。飲み水も、一度煮立てなければ」

「すでに、そういう通達は出している」

「曹真《そうしん》の軍の方は、どうでしょうな」

「なにかを、期待しているのか、尹貞？」

「しております。曹真が、むなしく洛陽《らくよう》に帰還し、大将軍の職を解《と》かれるのを」

「内部の分裂は、致命《ちめい》的だぞ、尹貞。おまえの言うことは、いつも危険すぎる」

「この雨も、天から殿への贈物《おくりもの》のようなものです。戦をすれば負けることもありますが、この雨ではそれもできません」

「雨は、いずれやむ」

「そのころ、兵はもう倦《う》んでおりましょう。兵糧の負担も、大きすぎるものになり、洛陽が音《ね》をあげます」

司馬懿《しばい》も、そう考えていた。しかし、出兵はしてしまっている。そして軍権は曹真にあるのだ。兵糧が苦しいから帰還せよ、という命令など曹真は無視するに違いなかった。自分の体面が保たれる撤退でなければ、曹真は受け入れるはずがないのだ。

「ところで、今回の出兵を本気で止めようとした者が、ひとりだけいます。無論《むろん》、文官ではなく軍人です。文官は、すべての戦に反対いたしますからな」

「誰《だれ》だ？」

「殿は止めるどころか、かげで煽《あお》るようなことを言われましたな。軍内で、曹真にまともにものが言える者。ひとりだけいるのですよ」

「誰だ、と訊《き》いているのだ、尹貞？」

「息子です。曹爽《そうそう》ですよ」

「なるほど」

曹爽は、すでに将軍に昇格していた。戦での手柄というより、軍務で実績をあげてきた男だ。曹真の息子だというだけでなく、実力は誰もが認《みと》めるところだった。

「曹真は、これで終ると私は思うのです。洛陽に帰還したとしても、引退でしょう。そして、曹爽が力を持ちます。いまの帝《みかど》は、先帝ほど、軍内の派閥《はばつ》や血縁を嫌ったりされておりませんから」

「だから、どうだと言うのだ？」

「殿も、うかうかとはしていられない、ということです。いずれ、曹爽《そうそう》を戦に連れ出すのですな。実戦の経験も必要だとか、理由はいくらでもあります」

「もうよせ、尹貞《いんてい》。こんな雨の日に」

「雨の日に話せば、心にしみこむようなことだと思いましてな」

前衛《ぜんえい》で戦闘態勢をとっている五千以外は、幕舎の中らしい。人の姿は、ほとんど見えなかった。

軍内第二の地位。いつの間にか、そこまで昇りつめていた。第一の地位も、やがて回ってくる。しかし尹貞は、そこが頂上とは思っていないのだ。

「殿には、大きな試練があります。諸葛亮《しょかつりょう》と闘わなければならない、という巡《めぐ》り合わせなのですから。それ以外のことは、なにをされてもよろしいのです」

「最も困難なことだけ、正面からやり抜けと言うのか」

「望んでいるものが、楽に手に入るとは考えないことです。勝つにしろ負けるにしろ、諸葛亮を避けて通れないのが、殿の人生の宿運《しゅくうん》である、と私は思っております」

呉蜀《ごしょく》と較《くら》べると、魏《ぎ》は強大だった。しかし、国が大きくても、戦には負けることがある。負け続ければ、国の大きさはやがて逆転する。単純なことだった。戦は、まず負けないことだ。そしてあわよくば、勝てばいい。

あくまでも、諸葛亮を相手にした時の話だった。ほかの者が相手なら、司馬懿《しばい》には勝つ自信がある。呉の陸遜《りくそん》も、諸葛亮と較べるとどこか小さい。

まるで、人間の大きさで戦をしているような男だ。諸葛亮を見て、司馬懿は常にそう思う。国の大きさの勝負ではないから、どうしても諸葛亮には勝てないのだ。

これまでに、諸葛亮を出し抜いたと思えるのは、孟達《もうたつ》を討ち果したことだけだった。孟達を討っておかなかったら、いまごろどうなっていたかわからない。

あとの戦は、諸葛亮に勝ったのではない。運に恵まれて、負けなかったというだけのことだ。

「軍内だけではなく、国の中に、殿に心を寄せる人間を見つけておいた方がいい、と私は思います」

「たとえば、誰を？」

「軍内では、まず満寵《まんちょう》。人望があります。文官では、やはり陳羣《ちんぐん》。ほかは、殿が御自身で捜されることです」

「尹貞《いんてい》、おまえの言うことばかり、聞いてはおれんぞ。私は、洛陽《らくよう》に書簡《しょかん》を送ろうと思う」

「どのような？」

「帰還命令を出して貰《もら》う。いかに曹真《そうしん》将軍とて、雨には勝てぬ。だから帰還せよと。夏侯覇《かこうは》の負けなど、大したことではない。若い者が突っ走って、痛い目に遭《あ》ったというだけではないか」

「なるほど。いかに曹真とて、雨には勝てぬ、ですか。帰還命令が届いたころ、すっかり雨もあがり、泥濘《でいねい》も固まってきていたら、いかがなされます」

「雨はやまぬ、という気がする。やむかやまぬか、曹真将軍の運のようなものだ」

「よろしいでしょう。私も、自分が言うことのすべてを、殿に聞いていただけるとは思っておりません」

尹貞の右頬《ほお》の赤痣《あかあざ》が、かすかに動いた。笑ったのだということが、司馬懿《しばい》にはわかる。

「ひとつだけ、私にも聞いていただきたいことがあります。そうしていただけますか、殿？」

「聞いてから、決める」

「師《し》様、昭《しょう》様を、然《しか》るべき役職に就《つ》かせていただきたいのです」

息子二人を登用せよ、と尹貞は言っていた。司馬懿は、息子を引きあげるということを、あまり考えたことがなかった。しかし、師はもう二十三である。

「然るべきとは？」

「まず師様は、軍内の校尉に。昭様は、陳羣《ちんぐん》にお付けになるのがよろしいでしょう」

息子たちの、世間での評判は悪くなかった。師はすでに妻帯し、子もいた。司馬懿には、孫に当たる。

「私が、自らやることではないな」

なんとかしろ、と尹貞に謎《なぞ》をかけたつもりだった。いままで、息子たちを自分の力で引きあげよう、と考えたことはなかったのだ。力のある者は、黙っていても出てくる。校尉や兵たちを見ていると、しみじみとそう思う。師も昭も、力はある。

二日に一度は、曹真と伝令の交換をしていた。

曹真の本隊は、雨でさらに動きがとれなくなっているようだった。夏侯覇の負けなど、すでに雨が洗い流している。

司馬懿が洛陽の陳羣に書簡を送った翌日、雨があがった。しかし、その日の夜半から、また降りはじめた。

一度撤退《てったい》すべきではないか、と毛玠《もうかい》が進言してきた。

たとえ雨があがっても、低地の水がひくのに、十日や二十日はかかる。そして、川の水嵩《みずかさ》はさらに増す。桟道が水に流されるようなことでもあれば、そのまま退路と糧道《りょうどう》を断たれることになる。

「洛陽《らくよう》からなにか言ってくるまで、この態勢《たいせい》は続けるしかないのだ、毛玠」

「確かに、そうですな」

「われらも動けぬ。そして、蜀《しょく》軍も同じように動くことができぬ」

「蜀軍は、いいところに陣を敷いております。諸葛亮《しょかつりょう》にとっては、掌《てのひら》の上で戦をしているようなものでありましょうし。そしてわれわれも、悪いところに陣は取っておりません。しかし、曹真《そうしん》将軍の本隊は、最悪の場所にいるではありませんか」

毛玠も、勅命《ちょくめい》がないかぎり、撤退できないことは知っている。それでも言い募《つの》るのは、やはり雨のせいなのだろう。もういいと思ってから何日経《た》つのか、司馬懿《しばい》は考えることさえやめていた。

「曹真将軍の作戦は、どこか硬直していたのではないでしょうか。この時季はもともと雨が多い。それは、はじめからわかっていたことです。しかしこれほど多いとは、誰も予想しておりませんでした。つまり不測の事態ということで、司馬懿殿から曹真将軍に申しあげてもいいのではありますまいか」

「伝令は常に出している。撤退を視界にとどめられよとな」

兵糧は、いまのところ不足していない。だから、いまのうちに撤退してしまうことだ。これ以後、魏《ぎ》軍にとって、状況がよくなることは考えられない。

「もういい、毛玠。おまえが言う通り、こんなに雨が続くことは、誰も予想していたわけではない。魏軍にとっては、これでいいのだと思う。もっと補強《ほきょう》された蜀軍が出てくれれば、勝ちは望めないがな」

「まだ勝てる、と司馬懿将軍は思っておられますか？」

「戦だ。勝敗はついてみるまでわからん」

「しかし」

「この雨だ。誰もが気を滅入《めい》らせている。それよりも毛玠、斜谷《やこく》の桟道の検分を怠《おこた》るな。水嵩が増えているはずだ」

「やっております。ほかになにもやることがありませんので」

司馬懿は、一日に一度は陣中の巡回をした。

それ以外に、なにもやることはない。雨を眺め、心に芽生《めば》えようとするものを、じっと抑《おさ》え続けているだけだった。

5

子午道《しごどう》から、曹真《そうしん》軍が撤退《てったい》をはじめている、という情報が入った。

赤坂《せきはん》の本営には、営舎《えいしゃ》がいくつかある。調練《ちょうれん》の時に使うために建てられたものだ。そこに入りきれない兵は、幕舎《ばくしゃ》を使っていた。

「結局は、姜維《きょうい》と陳式《ちんしょく》が、夏侯覇《かこうは》と闘っただけに終ったか」

本営にいる、向寵《しょうちょう》や雷銅《らいどう》らの若い将軍たちに、孔明《こうめい》は言った。

雨が降りはじめて、三十数日が経《た》っている。低地はほとんど泥濘《でいねい》で、軍を動かすのは無謀《むぼう》と言ってよかった。

曹真軍に続いて、斜谷道《やこくどう》の司馬懿《しばい》も撤退をはじめたが、誰《だれ》ひとりとして追撃《ついげき》を口にする者はいなかった。

「私は、先に南鄭《なんてい》に戻る。国内で洪水《こうずい》になったところもあるらしい。その手当てをしなければならぬ。向寵《しょうちょう》は、魏《ぎ》軍が撤退したのを確認してから、本営の兵を率《ひき》いて戻れ。その前に、馬岱《ばたい》、陳式、姜維の軍を帰還させるのだぞ」

姜維が、思った以上の働きをした。陳式は、攻城戦にかけては蜀《しょく》軍第一だということを、はっきりと認識させた。

それは、収穫と呼べるほどのものではなかった。三十万の大軍を遠征《えんせい》させ、ひと月以上釘《くぎ》付けにした。つまり、魏の蓄《たくわ》えをかなり浪費させた。これが、収穫と言えば収穫だろう。しかし、雨が降らなければ、魏軍はもっと長期にわたって滞陣《たいじん》しただろう。出兵に際して、兵糧《ひょうろう》のことで揉《も》めたというが、底力は孔明《こうめい》の想像以上なのかもしれない。

涼《りょう》州で、穀物《こくもつ》が不足している、という情報が入っていた。関中《かんちゅう》を中心に雍《よう》州で穀物を集め、涼州に送ろうという動きがある。雍州刺史《しし》（長官）郭淮《かくわい》と、涼州に駐屯《ちゅうとん》している張既《ちょうき》の間で、それが話し合われているようだ。

漢中《かんちゅう》に三十万の大軍を出動させ、合肥《がっぴ》新城では呉《ご》と対峙《たいじ》し、北には叛乱《はんらん》に備えた兵力を配置し、その上まだ涼州の窮民《きゅうみん》を救おうという余力が、魏にはあるのだ。蜀には、十八万に達しようとしている軍を、維持《いじ》していくだけの力しかまだない。

「お呼びですか」

出発前の孔明のもとへ、魏延《ぎえん》が出頭してきた。

「ひとつ、厄介《やっかい》なことが雍州にある。郭淮が、涼州の窮迫《きゅうはく》を助けるために、穀物を集めている」

「涼州《りょう》は、ここ二年ほど、日照りが続いたという話ですが、そうですか、雍州《よう》から穀物を」

「郭淮《かくわい》という男、戦《いくさ》はまるで駄目《だめ》だが、こういうことには才覚がある。窮民を救うための穀物であるから、横から奪うというわけにはいかん。しかし、張既《ちょうき》がそれで民に慕われるのも好ましくない」

「途中で奪えということですな、丞相《じょうしょう》。そして、蜀《しょく》に心を寄せる羌族《きょう》の長《おさ》にそれを渡す。お考えはよくわかりますが、なぜ馬岱《ばたい》ではいけないのです」

「馬超《ばちょう》以来の繋《つな》がりは生きている。馬岱が届ければ、蜀からというより、馬岱からという気持が強くなるだろう」

「なるほど」

「若い者をとも考えたが、ここは羌族の誰《だれ》もが知っている将軍が行った方がいい」

「わかりました。しかし魏《ぎ》は」

「底力があるな。その力の全貌《ぜんぼう》が、私にはまだ見えん。しかし、魏がこれほどの力を持つようになったのは、雍州の関中《かんちゅう》十部軍を曹操《そうそう》が制してからではあるまいか」

「私も、そんな気がいたします。われらはまだ、益州《えき》に兵をむけたばかりの時でしたが」

「少し、遠い。西平郡《せいへい》までだ」

「臨羌《りんきょう》ですな。二千の騎馬隊をお借りしたい。私の留守《るす》の間は、副官が軍を指揮いたします」

孔明《こうめい》は頷《うなず》いた。

魏延《ぎえん》は、はっきりしたもの言いをする男だった。本来ならばそれを好きになりそうだが、やはり孔明は魏延が嫌いだった。だから相手を魏延とは思わず、有能な将軍とだけ思って喋《しゃべ》っている。

「姜維《きょうい》が、夏侯覇《かこうは》と一騎《いっき》討《う》ちをやったことは知っているか？」

「はい。若さゆえでしょうが、私は悪くないと思います。少なくとも、魏軍に姜維の名は知れ渡りました」

「賭《か》けるものが多すぎる。私はそんな気がするのだがな」

「お互いに、五分五分の賭け。これが、一騎討ちです。五分五分であれば、賭けていないのと等しい、と私は思います」

「わかった。姜維は叱《しか》るまい。しかし自重《じちょう》せよと、いつかおまえの口から言ってはくれぬか。作戦を乱す。勝っても負けても、一騎討ちにはそういうところがあるのだ」

魏延《ぎえん》は、軽く頭を下げただけだった。

孔明《こうめい》は南鄭《なんてい》に戻り、すぐに政務《せいむ》にとりかかった。宮殿は成都《せいと》だが、丞相府《じょうしょうふ》は南鄭。いま、蜀《しょく》はそういう感じになっている。不便なところもあるが、成都と南鄭の頻繁《ひんぱん》な往来が、政事《まつりごと》を活気づかせてもいた。役人たちはみんな、一日じゅう馬で駈《か》けることも覚えた。

洪水の被害が、少し出ていた。山の豪雨《ごうう》が集まり、江《こう》州が水没していた。それも、水は徐々に引きつつある。

雨は、魏《ぎ》軍の撤退と同時に、あがったのだ。

孔明がひとりきりになるのは、本営の居室で、しかも夜だけだった。居室の外には、夜でも数人の護衛がいる。

ひとりでいる時に考えるのは、雍《よう》州進攻のことだけではなかった。やはり、若いころのことをよく思い出した。隆中《りゅうちゅう》での、晴耕《せいこう》雨読《どく》の日々。静かに見えたあの生活も、深い苦悩と絶望に根ざしていたと言っていい。

あの苦悩も絶望も、いまは遠かった。やるべきことは眼《め》の前にあり、はっきりすぎるほどよく見えている。それでも、苦悩していたころの自分を、しばしば思い出すのだ。

生きている。あのころもいまも、間違いなく生きている。そして乱世は、自分を求めてさえもいる。

求められているのか、まことに。

時々、恐怖に近い感情で、その思いが襲《おそ》ってきた。

天下三分を劉備《りゅうび》に説いたのは、孔明だった。それにより、いまのこの形勢ができあがっていると言っていい。そして、そのために乱世は終熄《しゅうそく》を拒んだのだ。

本来ならば、赤壁《せきへき》で敗《やぶ》れた曹操《そうそう》が、再び呉《ご》との決戦に臨《のぞ》み、それで乱世は終熄したはずだった。曹操が、多分帝《みかど》になっていた。漢《かん》の劉《りゅう》王室の代りに、魏の曹《そう》王室が生まれていたはずだ。

そして、国や民にとっては、それで充分だったのではないのか。四百年続いたという理由だけで、劉家の血を頂上に戴《いただ》かない国家は認めない、と言ってしまっていいのか。

国家には、秩序《ちつじょ》の中心が必要である。誰が政事《まつりごと》をなすにしろ、秩序の中心は別に必要で、それが帝という存在なのだという考えは、劉備とぴったりと一致するものだった。そうでなければ、百年後、二百年後、いや五百年後、一千年後の国家まで考えることはできなくなる。覇者《はしゃ》は、必ずいつか誰かに破られる。覇者がすべてなら、そのたびに乱世ということなのだ。

覇者とは別に、決して変ることのない血が、秩序の中心として必要だということが、間違った考えであるはずはない。

しかし、蜀《しょく》が蜀漢《しょくかん》と称し、漢王室の血を求めているために、いつまでも乱世が終《しゅう》熄《そく》しない、というのも事実だった。

自分が、劉備《りゅうび》を助け、蜀の建国まで導いた、という部分は間違いなくある。劉備が、そして関羽《かんう》、張飛《ちょうひ》、趙雲《ちょううん》がいたからこそだが、自分が加わらなければ、蜀という国は成立しなかっただろう。

乱世を長引かせているのが自分だと考えると、なにか針に刺されたような皮肉な気分になる。五百年、一千年の国家を考えるならば、五年や十年の乱世など。そう自らに反論することはたやすい。間違ってもいない。

しかし、民《たみ》が今日や明日の安寧《あんねい》を求めていることも、また事実なのだ。

「生きていくというのは、難しいことだ」

孔明《こうめい》は、ひとりで呟《つぶや》いた。このところ、独言《ひとりごと》が多くなっている。話し相手になる人間を、次々に失ったからだろうか。

苦悩と絶望の中にありながら、若いころに抱《いだ》いた理想は美しく穢《けが》れがなかった。いまは、苦悩も絶望もない。その代りに、血にまみれた理想がある。

そんなことばかりが、頭を巡《めぐ》っているわけでもなかった。雍《よう》州進攻のことは、たえず頭にある。雍州さえ奪《と》れば、いまの形勢は大きく動かせるのだ、という考えは変っていなかった。雍州から涼《りょう》州。そして、総力を結集して、魏《ぎ》と中原《ちゅうげん》で対する。

細かいことを、かぎりなく考えた。忘れたくないものは、紙に書きとめた。軍の編成《へんせい》について。進軍路について。兵糧について。どのひとつをとっても、勝敗に関《かか》わりがあることのような気がする。攻城兵器や武器などを、書きとめたものも多い。それはまとまってから、職人を呼んで話し合う。試作のための工房も、南鄭《なんてい》にはあった。

馬の数が足りない。成玄固《せいげんこ》は健在だが、遠く白狼山《はくろうさん》から馬を買い付けるのは、非常に難しくなっていた。どうしても、魏領を通らざるを得ないのだ。魏も、曹操《そうそう》のころほど大らかではなくなっている。

匈奴《きょうど》にいくらか繋《つな》がりができ、百頭、二百頭と細々と買い付けることはしばしばやっていた。漢中《かんちゅう》での戦には、それほど馬は必要ではないが、雍州では必要で、中原ではさらに大事なものになる。

綿竹《めんちく》周辺に牧場《まきば》がいくつかあり、毎年数百頭の馬はそこから供給できた。あとは、戦の時に敵の馬を奪うしかない。

国力を、これ以上急激に上昇させるのは、もう無理だった。いまの状態で雍《よう》州へ進攻すれば、まず第一に兵糧の問題が出てくる。兵糧全体の量の問題と、移送の手段である。

全体の量は、三月《みつき》の遠征《えんせい》を支えるので精一杯だろう。移送は、雍州のどこを攻めるにしても難しい。人手もなく、ひとり当たりで運べる量も限られている。

この問題を解決するために、いくつか考えられることがある。まず、雍州にある兵糧を奪うことである。それができれば一挙に問題は解決するが、魏《ぎ》軍もその警戒は怠《おこた》っていなかった。長安《ちょうあん》の東に集中して、兵糧を蓄《たくわ》えているのである。

移送は、指揮官を交替させることだった。いままで兵力不足で文官が担当していたが、軍人に替える方がいいだろう。ある程度、前線の兵力にも余裕が出ている。いま孔明《こうめい》の頭にあるのは、楊儀《ようぎ》と李《り》厳《げん》の二名だった。楊儀は人との折り合いが悪いが、能力はある。李厳は洪水に遭《あ》っている江《こう》州にいるが、息子の李《り》豊《ほう》がしっかり補《ほ》佐《さ》しているという。

どちらかを、選ばなければならない時期になっていた。

　とにかく、忙しかった。躰《からだ》が、二つも三つも欲しいと思うことがよくあった。軍の巡察も、まだ続けているのだ。軍規で、改良した方がいいところを、いくつか見つけた。それも、自分でやった。

　忙しい方がいいのだ、と自分に言い聞かせた。暇《ひま》があると、切ないことばかりを思い出す。

　十月に入って、涼《りよう》州へ行っていた魏延《ぎえん》が戻ってきた。郭淮《かくわい》が張既《ちようき》に届けようとしていた穀物《こくもつ》を奪い、臨羌《りんきよう》の羌族の長《おさ》のもとに届けてきたのだ。郭淮とは戦になったようだが、たやすく蹴《け》散《ち》らしたという。

「涼州の羌族も、戦に倦《う》みはじめている、という感じでした。張既が強い圧力をかけないので、かえってそうなっているようです。少なくとも、張既のやり方は涼州では成功しているのではないでしょうか」

「そうか。しかし一旦《いつたん》飢えが襲《おそ》えば、張既が悪いということになる。民《たみ》とは、いつもそうしたものだ。このところ、涼州は戦乱の外にあった。それも幸いしている」

「涼州の力を、あまり当てにされないことです、丞相《じようしよう》」

　当てにしてはいなかった。ただ、蜀《しよく》が雍州を奪《と》れば、こちらに靡《なび》かざるを得ない。そう読んでいるだけなのだ。当てにできるのは蜀軍だけで、雍州の叛乱《はんらん》勢力も本気で当てにはしていない。

「ところで、魏延《ぎえん》。戻ってすぐに済まぬが、若い将軍たちが鍛えた新兵の検分をし、最後の仕あげをして貰《もら》いたい」

「趙雲《ちょううん》殿亡《な》きあと、私がやるしかないことだと思っています」

「急ぐぞ」

「また、出兵なされますか？」

「まだ、誰にも言ってはおらぬ。際《きわ》どい勝負になるだろうが、遠征《えんせい》してきた魏《ぎ》軍が撤退《てったい》したあとは、ひとつの機だ。それは逃《のが》したくない」

「わかりました。それで、いつ？」

「来春にも」

「速《すみ》やかに、新兵を鍛えあげます。姜維《きょうい》を使ってもよろしいでしょうか。武器がどれほどすさまじいものか、やはり手練《てだ》れのものに触れさせるべきなのです」

「いいと思った通りに、やってくれ」

自分がやるべきことを、魏延は心得ている。兵糧やその移送の心配など、自分の仕事ではないと思っているのだ。

軍人としては、傑出《けっしゅつ》した男だった。

　それでも魏延が退出したあと、孔明《こうめい》はかすかだが襲《おそ》ってくる嫌悪感を、なんとか抑《おさ》えこまなければならなかった。

山に抱かれし者

1

谷川の六カ所に、橋をかけた。

それで、西の集落へ行く道は、ずっと短くなった。山を迂回《うかい》せずに済むのだ。

兵たちには、一応武器の遣《つか》い方を教えたが、実際に遣わなければならない事態は起きなかった。陣形の組み方や、攻撃、防御の動きも教えているが、それよりも作業が集団行動の調練《ちょうれん》になることが多かった。

その方がいい、と馬超《ばちょう》は思っていた。谷川に橋をかける。森に新しい道を拓《ひら》く。川に堰《せき》を作り、耕地の近くに水を溜《た》めておく。千人単位でやれば、かなり大規模《だいきぼ》な事業が可能だった。

大きな集落は、二十ある。その中のひとつは、馬超が住んでからできたところで、新しい。ただ、古いものでも、五十年ほどしか経《た》っていない。戦塵《せんじん》を避けて、移動を重ねてきたからだ。

広大な地域に住む人間は五万ほどで、それが一族である。

一千はその五万を守るために各所に配されているが、年に一度集まり、ひと月ほどかけて事業をやるのである。

「なに、芒秘《ぼうひ》殿が来られたか」

芒秘は一族の長《おさ》であり、急峻《きゅうしゅん》な斜面にある、最も大きな西の集落にいた。谷川に橋をかけながら進み、馬超はその集落の近くまで来ていたのである。

芒秘は、相変らず顔に深い皺《しわ》を刻みこんでいたが、衰《おとろ》えたようには見えなかった。

「お久しぶりですな、芒秘殿」

「いや、馬超殿はまったくお変りがない。ただ、いっそう穏やかになられましたかな」

営舎《えいしゃ》の中でむかい合った。営舎といっても、木の皮を葺《ふ》いた屋根があるだけである。崖《がけ》の下の、風をまったく遮《さえぎ》ってしまう場所に野営するのも、山の民《たみ》の知恵だった。

「六本の橋をかけられましたか。これで、往来は便利になる」

「大きな橋は、ひとつだけです。あとは、谷川に丸太を渡し、板を張ったような橋ばかりで」

「なんの。それすらも、私はできなかった」

「千人の若者がいるからです。幸い、戦《いくさ》はないし、あり余った力を使わせれば、ほかのこともできます」

「軍人とだけは言えない。私はそう思っていましたが、間違いではなかった」

「できることを、やっただけです」

芒秘《ぼうひ》が、なぜ会いに来たのか、馬超《ばちょう》には見当がついていた。

一族の長の、後継者の話である。芒秘と馬超には、血縁があった。芒秘は、父の馬騰《ばとう》の従弟《いとこ》に当たるのである。

気の重い話だった。その血縁を理由に、芒秘は後継を馬超に要請《ようせい》してきたのだ。かつては蜀《しょく》の部将であり、その前は涼州《りょう》の総帥《そうすい》であった自分が、平和に暮している山の民の長とは、いかにもそぐわなかった。何度も断ったが、このところ芒秘の要請は執拗《しつよう》なものになっている。

「長の件についてでしたら」

「馬超殿を長に仰ぐことに、異議を唱《とな》える者など誰《だれ》もいないのです。むしろ、若い者の間には、馬超殿を長として仰ぎたいという声が強くなっています」

「前に、何度も申しました。私は、死んだ人間なのですよ、芒秘殿。蜀の部将でありながら、死んだことにして乱世に背をむけた。そんな人間が、人の上に立てると思われますか？」

「千人の若者を、見事にまとめて指揮をしておられる。三年の兵役《へいえき》を終えて村に帰った者たちが、また馬超殿のことを語るのです。それは、これからもずっと続くでしょう」

「困りましたな。とにかく、私は一度死んだのですから」

「まあ、性急に結論を出さず、腰を据《す》えて馬超殿と話をしたい、と思ってここまで来たのです。老人のわがままですが、馬超殿と話をするのが、ただ愉《たの》しみだという思いもあるのです」

「山の話などなら、いくらでも。六つの橋をかける事業が終り、酒などを運ばせていたところです。きのうは狩りをして、猪《いのしし》を五頭と兎《うさぎ》を十数羽仕《し》留《と》めました。これも調練のうちなのですが」

「ほう。猪肉《ししにく》ですか」

「それに、山で採《と》れる茸《きのこ》なども。焼いたり、煮たりします。芒秘殿は、それを食しに来られたのではないか、と思えるほどです」

「さきほどからの、いい匂《にお》いがそれですな」

煮なければならないものは、大鍋《おおなべ》でもう煮こみはじめていた。焼くものは、その場でいい。

「猪が、五頭」

「牛志《ぎゅうし》を憶《おぼ》えておられますか。あの男が、野戦料理を作っています。皮を剝《は》ぎ、はらわたを出した猪を、丸焼きにするのです。はらわたの代りに、茸や野菜などを詰めこみ、米も入れます」

「うまそうですな、聞くだけでも」

「ほんとうは、豚《ぶた》でやるのですよ。蜀《しょく》軍の中で伝説のようになっていた、張飛《ちょうひ》の野戦料理です。野営中は豚が手に入らないので、猪でやるのですが。しかし、なかなかいいものです。特に、腹の中で炊《た》きあがる米が、なんとも言えません」

村では、豚を飼っていた。ほかにもいろいろと獣肉はあるし、谷川で獲《と》れる魚なども、焼いてよく食う。

「とにかく、馬超《ばちょう》殿が来られてから、盗賊《とうぞく》に襲《おそ》われることがなくなりました。一番喜んでいるのは、若い娘たちですな。いつ攫《さら》われるかと、怯《おび》え続けていたのですから」

どの集落も、豊かだった。山の恵みがある。税などというものはなく、困っている集落を助けるというのが、唯一の義務であり、それはいつも守られている。穀物《こくもつ》が不足している集落には、ほかの集落から運びこまれるのだ。獣肉などについてもそうだった。

人が生きるということについては、実にいい状態だった。わずか一千だが、軍が必要であることが、いくらか悲しい。しかしその軍も、多数の人手がいる事業をこなすのが、仕事のようになっている。

自然に、こうなったわけではないことが、暮しはじめてすぐに馬超にはわかった。ひとりひとりに、幼いころから育《はぐく》まれたような、思想がある。助け合い、争わないという思想だが、単純なだけに力強いものでもあった。

そういう集落の中で、自分が暮す。それは許されたことで、人々の思想に従って生きていけばいい。しかし、集落の、あるいは一族全体の長《おさ》になることなど、受けるべきではないのだ。乱世の中で、戦に生きた半生だった。それだけでも、この一族の中では、ひっそりとうつむいて生きるべきだろう。一族の中で生まれ、育った者が何人もいるのだ。

「馬超《ばちょう》殿のお気持が、私にはよくわかっている。だから、無理を言いたくはない。しかし、誰もが馬超殿に、と言うのです。血の繋《つな》がりも、あるのですから」

芒秘《ぼうひ》の表情は、やはり皺《しわ》に隠されてよくわからない。

「みんなが、安心して生きていける。そういう暮しを、私は一族の者たちに与えることができませんでした。馬超殿に頼り、馬超殿が二千もの賊徒《ぞくと》を谷に吊《つ》るされた時、なぜこれほど酷《ひど》いことを、と思ったものです。しかしあれ以来、賊徒は山に足を踏み入れなくなりました。あれこそが長の判断である、と私は思いました」

「芒秘殿。そのような話でなく、宴《うたげ》を愉《たの》しみませんか。谷に橋をかけるというのは、なかなか危険な作業なのです。それをやり終えて、若い者たちは高揚《こうよう》しています。芒秘殿が愉しんでくだされば、みんなも喜びます」

「そうですな。三年の兵役をともに暮すことで、離れた村の者たちの絆《きずな》も深くなっています。兵役には、そんな効果もありました」

方々で、火が焚《た》かれはじめていた。盛大に燃やしたあと、熾火《おきび》になったものの上に、猪をぶらさげるのである。

しばらくすると牛志《ぎゅうし》が呼びにきたので、馬超と芒秘は営舎《えいしゃ》を出て、火のそばに用意された席についた。すでに、皮を剝がれた猪がぶらさげられている。そういう焚《たき》火《び》が、五つあった。

「そういえば、爰京《えんきよう》という医師の方が、私の村まで来られました。さまざまな薬草を捜しておられるようで、いくつかの木や草の根を、子供のように喜んで持ち帰られましたな」

「鍼《はり》を打たせると、大変な腕です。見ていると不思議な気がいたしますが、ちゃんと理由があることのようです。牛志も、怪我《けが》で動かなくなった腕が、元通りに動くようになりました」

「ああいうお方が、若い者たちに持てる知識を伝授してくださると、助かります」

「やっていますよ。口ではなく、そばで見ているというかたちで。その中から、育ってくる者がいるはずです」

爰京の住む家は、おかしな匂いがしていた。いつも薬草を煮立てたりしているからだ。鍼と較《くら》べると、薬草の方はまだわからないことが多いようだった。一族で使っている薬草とその効能を、長老たちに聞いてびっしりと書きこんでいる。

若い者が、酒を運んできた。軍規は厳しくしてあるので、多少酔っていても、礼儀は失っていない。

宴は、深夜まで続いた。猪も兎も、きれいに骨だけになった。

「私が考えているのは、御子息のことなのです、馬超殿《ばちょう》」

「駿白《しゅんぱく》を？」

「そう。馬駿白《ばしゅんぱく》が長になり、その後見として馬超殿がつかれる。馬駿白は、村で生まれ、村で育っています。生まれながらの一族なのです」

「軽率《けいそつ》ですな、芒秘殿《ぼうひ》ともあろうお方が。駿白の器量は、まだどれほどのものか、わかりもしません」

「そこです。私に、しばらく預けていただけませんか。そこで、教えることを教えます。その器量も、虚心《きょしん》に見定めようと思います。奥方の御意向《ごいこう》もおありでしょうが、外に出してみるというのも、男子にとっては無駄《むだ》ではない、と私は思います」

「急な話ですな」

馬超は、熾《おき》だけになって赤く闇《やみ》に浮かびあがっている火に眼《め》をむけ、呟《つぶや》くように言った。

「すぐに、お答えはできません」

「それを、奥方とお話し合いいただきたい。馬駿白とも。返答は、鳩《はと》を飛ばしてくださればいい」

集落は広大な地域に散在していて、連絡の手段は鳩だった。生まれたところに戻る、という習性を利用しているのだ。人が使者に立つのとは、較べものにならない速さで、文書を届けられる。

　山に生きる者の、知恵のひとつだった。

「馬超殿が長をお受けなされないということは、よくわかりました。考えれば、わかるような気もいたします。馬駿白ですが、いまのところ長の候補のひとりにすぎません。なにがなんでも、長にしようとも思っておりません。ただ、器量を見させていただきたい。それが、長としての私の、最後の仕事だと思っています」

　駿白を外に出す、というのは悪い考えではないような気がした。馬超のいる集落は、蜀《しょく》から付いてきた部下が多い。兵役で集められた者たちもいる。どうしても、馬超の息子としてしか扱われないのだ。

　しかし、袁綝《えんりん》がなんと言うのか。一族の中とは言え、芒秘のいる集落は、八百里（約三百二十キロ）も西である。無論《むろん》、袁綝はそこを訪《おとな》ったこともない。

「外、ですか」

「馬駿白は、男子でありましょう」

「駿白の心配は、しておりません。どこへ行こうと、生きていかなければなりません。どこで果てようと、それは駿白の持つ宿運《しゅくうん》です。戦場で生きてきた私は、相手が誰であろうと、生死に大きく心を動かすこともなくなってしまいました」

「父上をはじめ、一族の方々が、曹操《そうそう》に処断されたのでしたな」

遠い昔の話だ。そう思う。涼州《りょう》を駈《か》け回り、曹操と闘《たたか》った。遠い日のことで、曹操もすでに亡《な》い。そして、自分がここで生きているのさえ、ほんとうはおかしなことなのだ。

戦で死ねなかった呂布《りょふ》。誰かに、そう言われた。呂布という男に会ったことはないが、戦で死ぬことによって、人の心には確かに残っている。自分は、ただひっそりと人の心から消えただけだ。

「奥方には、一度お会いした。明るく華《はな》やかな笑顔の中に、どうにもならぬ悲しみを秘めておられました。自分がなぜこうして生きているのか、たえず問いかけをくり返してこられたのでしょう」

「妻の心は、いたわってやりたいのです」

「それはもう、馬超《ばちょう》殿にむけられる視線で、充分にいたわられているのだと、私にはわかりましたぞ」

歩哨《ほしょう》に立った兵が呼び交わす、短い声が聞えた。こういう宴のあとでも、決して軍規は乱させない。いつもの野営と同じように、交替で歩哨にも立たせる。

芒秘《ぼうひ》は、馬超のいる集落を、一度訪ねてきたことがあった。平地の多い、いい場所で、馬超が住みはじめると、羌族《きょう》の家族も次々に移住してきて、いまでは三千人ほどの集落になっている。畠《はたけ》の土地にも恵まれ、移住を望む者はもっと多いという。ただ、一千の軍の本営が置かれている。その一千は、ほぼ百名単位で各地に配置されるのだが、調練は集落のそばで行われる。各集落から鳩も大量に集められていて、緊急の連絡や指示もここから出るようになっていた。

つまり、ほかの集落と較べると、多少軍事の匂いがする場所なのだ。それでも馬超にとっては、田舎《いなか》の小さな村ほども、戦の匂いはしないのだった。

「穏やかな夜ですね、芒秘殿。これからは寒くなるが、どこも冬の蓄《たくわ》えは充分でしょう。こんなふうに夜を過すことが、私の人生にあるとは思ってもいなかった」

「人は、どのようにでも生きられるものです。涼州に拠《よ》って立たれていたころの馬超殿なら、天下を目指すこともできたでしょう。いまなら、名もない山の民になることもできます。ただ、人はそれぞれ負わなければならないものを持っている、とも思うのですよ」

「妻には、話してみます」

芒秘は、ちょっと頷《うなず》いたようだった。

山は深いが、月が出ていて完全な闇ではなかった。遠くの稜線《りょうせん》も、なんとなく見分けられる。

歩哨《ほしょう》の呼び交わす声が、また聞えた。

2

駿白《しゅんぱく》が、棒を振っていた。

五歳になった。自分が五歳の時どうだったのか、馬超《ばちょう》には思い出せなかった。

牛志《ぎゅうし》が、忙しく動き回っている。兵役《へいえき》を終える者が、三百数十人。新しく入ってくる者も同数。送り出したあと、すぐに受け入れる。その仕事は、すべて牛志がやっていた。毎年のことだ。

退役《たいえき》する者の最後の任務が、ひと月の行軍と、さまざまな工事なのである。行軍から戻ると、牛志はにわかに忙しくなるが、逆に馬超はのんびりする。新兵が揃《そろ》い、編成が終るまで、ひと月はかかるのだ。

百人に二人、つまり二十人の校尉《こうい》（将校）がいる。それとは別に、牛志のように蜀《しょく》から伴《ともな》った軍人が四十数名いる。その中の二十名ほどは、羌《きょう》族の女と結婚し、普通の生活をしていた。残りは軍人のままで、主な仕事は新兵の調練《ちょうれん》である。

「駿白、おまえは棒を振るのが好きなのか？」

「別に、好きではありません」

棒を下げると、駿白が言った。

「でも、私もいずれ兵役に行くのです。ほかの者に、負けたくありません」

調練は、相当に厳しい。駿白はそれを、たえず見ている。

「おまえが兵役に行くのは、まだずっと先のことだ」

「父上は、子供のころから剣の修行をされていたのでしょう？」

「どうかな。おまえのように、棒を振り回していたような気もする」

「強くなりたいのです、父上のように」

「私は、それほど強くない」

剣を執《と》れば、いまでも誰《だれ》にも負けない。それも、わずか千人の中でのことだ。かつての殺気が、自分の中から消えてしまっていることを、馬超自身がはっきり感じていた。殺さなければならない相手が、いまはどこにもいないのだ。

「強くなるのは、悪いことではない。しかし、強いだけでも駄目なのだ」

どこが駄目なのか、馬超にはよく説明できなかった。

「来い、駿白《しゅんぱく》」

馬超《ばちょう》は、駿白を館《やかた》の裏の林に連れていった。そこは木を伐《き》り倒し、厩《うまや》を建てることになっている。馬で通行できる道がかなり増えた。荷を運ぶための馬は、営舎《えいしゃ》のそばにあり、すでに二十頭ほどの馬がいる。

馬超と牛志《ぎゅうし》も、馬を持つことになったのだ。

「一度だけ、おまえに見せておこう」

馬超は剣を抜き放《はな》ち、ひと抱《かか》えほどある木の前に立った。馬超の剣の柄《つか》は、両手で扱えるように、普通のものより長い。

木。剣を抜いてむかい合うのは、久しぶりのような気がする。昔は、よく木と語り合った。そして、斬《き》った。いまは、語りかける言葉がなにも出てこない。木も、なにか伝えようとはしてこない。生きているものの気配が、かすかに感じられるだけだ。

頭上に剣を構えた。躊躇《ちゅうちょ》はしなかった。振り降ろす。ほとんど、手応《てごた》えらしき手応えはなかった。木が傾きはじめたのは、剣を鞘《さや》に収めてからで、それは周囲の木の枝を折りながらゆっくりと倒れ、地響きをたてた。

立ち竦《すく》んだまま、駿白は眼《め》を見開いていた。

「強くても、木を一本斬り倒せるぐらいなのだ、駿白。つまり、ひとりの剣の強さなど、あまり大きな意味はない」

「木が、倒れました」

「斧《おの》を遣《つか》えば、木は倒せる」

「剣では、誰も倒せません」

「しかし、倒せる。木を倒せるかどうかが大事で、剣か斧かということは、ただ道具の問題なのだ、と私は思う。いまのおまえにはまだわかるまいが、あえて剣で木を斬り倒すことはないのだ」

駿白は、まだ立ち尽したまま、切り口を見つめていた。

「戻ろうか」

「父上、私も剣で木を斬り倒せるようになりますか？」

「なれぬな。これができるのは、この世で私だけだろう。しかし、木を倒すだけなら、誰にもできる。いまのおまえにもだ」

馬超は駿白の肩を抱き、館の前庭まで戻ってきた。

「木を、倒したのですか、あなた？」

袁綝《えんりん》が出てきて言った。

剣までは捨てきれなかった。馬超《ばちょう》は、ふとそう思った。それでいい。すべてを捨てるなどということが、ほんとうにできるわけはないのだ。

駿白《しゅんぱく》が、家の中に駈《か》けこんでいった。

「確かに、木を斬り倒した。久しぶりだった」

「砂漠《さばく》の中の木が、よくあなたに斬り倒されていました。砂漠と較《くら》べると、ここは木が豊富です。その気になれば、何百本でも倒せますわ」

「その気になった。束《つか》の間《ま》だったが」

「びっくりしたでしょうね、木も」

袁綝《えんりん》は笑っていた。

どこからか、風華《ふうか》が出てきて、袁綝のそばに座った。すでに老犬である。あまりはしゃいだりしない、静かな犬だった。

二頭、風華の子がいるが、いまは姿が見えない。二頭の母親は、羊を追ったりして、人の仕事を助けていた。母親の方の血を引いたのかもしれない。風華は、袁綝を守ろうとはするが、羊に関心は示さなかった。

「袁綝、駿白に旅をさせようと思うのだが」

「あら、どこへ？」

「芒秘《ぼうひ》殿のところだ。何年か預けてみないか、と言われた」

「芒秘様ですか。いいお話ではありませんか。駿白も、そろそろそんなことが必要かもしれませんわ。ここにいたら、いつまでも馬超の息子ですもの」

「淋《さび》しくはないのか？」

「あたしには、あなたがいらっしゃいますわ。子供は、いつかは離れていくのだろう、とあたしは思います。芒秘様のところなら、父親も母親も教えてやれないことを、学んでくるのではありませんか」

「驚いたな」

「あなた、旅から戻られて、あたしにそれを言おうとされていたのですか？」

「どう言おうか、と考えていた。なんとなく、勢いで言ってしまった」

「あたしが、駿白を手もとから離したがらない、と思っておられたのですね」

「正直なところ、驚いた。強いのだな、おまえは」

「女は、いつでもひとりで待っているものですわ。いつの間にか、強くなってしまいます。いまのあたしには、この家があり、いつでもあなたが帰ってくる、という思いもあります。乱世の女では持ってはいけないような幸福を、私はすでに持っているのですから」

袁綝《えんりん》が、庭の隅《すみ》にむかって歩きはじめた。

「どこへ行く？」

「秋の終りの花が、ようやく開きましたの。去年食卓に飾って、あなたはとても喜んでくださいましたわ」

「あれか」

馬超《ばちよう》は、袁綝と並んで歩きはじめた。

「一緒に摘もう。しばらくは、花を見ることもできなくなる」

冬が来ると、山中は雪で閉ざされる。それでも兵の調練をしたりはするが、静かな時が数カ月続くのだ。

その日、馬超は爰京《えんきよう》のもとへ、鍼《はり》を打って貰《もら》いに行った。旅から帰った時の、習慣になりつつある。二日続けて打つと、嘘《うそ》のように疲れが消えるのだ。

「爰京殿は、蜀《しよく》へ行かれていたのではないのか？」

鍼を打たれたのは、いつものように、腰と脚《あし》にだった。左右の脚に五カ所ずつ。そして腰に打ち、最後に腕にひとつ打つ。

「十日ほど前に、戻っておりました。蜀は、いい鉄を産します。それを求めてきたのです。できるだけ細い鍼を、作りたいのですよ」

爰京は、しばしば旅に出る。薬草捜しが多いが、二度ほど蜀にも行っている。趙雲《ちょううん》が病死した、と教えてくれたのも、爰京だった。馬岱《ばたい》は、元気に軍の指揮を執《と》っているようだ。

「魏《ぎ》軍が、蜀を攻めました。漢中《かんちゅう》を攻撃しようとしたのです」

「ほう、魏の方が」

「大将は曹真《そうしん》様、副将は司馬懿《しばい》様だったようです」

「無謀《むぼう》だな」

「三十万の、大軍でした」

曹操《そうそう》が攻めてきた時は、五十万だった。それも、曹操自身の指揮だ。三十万の軍なら、殲滅《せんめつ》されかねない。孔明《こうめい》がいるのだ。戦術はいつも大胆で、はっとするような意外性を秘めていた。それも、ただひらめきに頼っているだけではない。考え抜いた先で、意外性に飛躍する。

「結局、なすこともなく、雨に降りこめられて、魏軍は撤退《てったい》したそうです。蜀軍の損害はなにもなく、魏軍の徒労《とろう》に終った、と人々は噂《うわさ》していました」

むしろ、魏は雨に降りこめられて幸運だったのだ、と馬超には思えた。雨は、孔明の動きも封じただろうからだ。ぶつかり合っていれば、徒労どころでは済まなかったはずだ。

魏軍の撤退よりも、むしろ趙雲《ちょううん》の死の方が、馬超《ばちょう》の心にはしみた。張飛《ちょうひ》ほど、親しくはなかった。しかし、いまでも心に残っている。どこが、というのではなかった。その声、馬上の姿、構えた槍《やり》。

蜀軍《しょく》から、またもののふが去った、と馬超は思った。孔明《こうめい》ひとりが、北を見据《みす》えて立っている。

「戦《いくさ》は、まだまだ終りそうではありません。今度は、孔明様が魏を攻めるのだと言われておりますし、山中の、この穏やかさが、旅から戻ると心にしみます」

爰京《えんきよう》の家は、相変らず薬草の匂《にお》いで満ち溢《あふ》れていた。いまでは、馬超の鼻はそれに馴《な》れてしまっている。一族の若者が三人、従者《じゆうしや》のように爰京に付いているが、その中のひとりが、この間はじめて鍼《はり》を遣《つか》ったのだという。他人に打ったのではなく、自分の脚《あし》に打ったのだ。

やがては、他人にも打てるようになるだろう。

「実は、駿白《しゆんぱく》を芒秘《ぼうひ》殿に預けようと思っている」

「ほう。それは、馬駿白にとっては、とてもいいことですよ。芒秘殿の村では、私も薬草のことをずいぶんと学びました」

「預けたら、数年は戻ってこない。そこで、爰京殿にお願いしたいことがあるのだが」

「私にできることでしたら、なんでも」

「一度、駿白を蜀に連れていってやっていただけませんか。山中のことしか知らないより、蜀という国を見たことがある、というだけでだいぶ違ってくるような気がするのです」

「お安い御用です」

爰京が、髭《ひげ》に覆《おお》われた顔をほころばせた。

「私は、成都《せいと》の鍛冶屋《かじや》に、指の長さぐらいの刃物を、二十ばかり註文《ちゅうもん》しています。ちょっと普通より硬《かた》い鉄を、そこでは扱っているのです。それを、来年の春に受け取りに行くことになっています」

「その時に」

「いろいろなものを、馬駿白に見せてきますよ。それが、お父上の御希望でもあるのですから。三月《みつき》ほどで、多分戻れるでしょう。馬駿白にとっても、いい経験になるだろうと私は思います」

馬超は、軽く頭を下げた。

袁綝《えんりん》が、気軽に芒秘《ぼうひ》に預けようと言ったことを、爰京《えんきょう》に喋《しゃべ》ってみたい、という誘《ゆう》惑《わく》を感じた。女というものは強い。そんな話をしてみたかったのだ。

しかし、馬超《ばちょう》はなにも言わなかった。

ほんとうは、袁綝に反対して欲しかったのではないか、と馬超はふと思ったのだ。ほんとうは、自分の方が駿白を旅に出すことに、女々《めめ》しい心配を感じているのではないのか。それを、袁綝のせいにして、断ってしまいたいと思っているのではないか。

自分は、どこにでもいる親なのだ、と馬超は改めて思い直した。

そう思うことは、悪い気分ではなかった。

「とにかく、お願いする」

馬超は、もう一度頭を下げた。

3

敵である。

しかし、敵とするな。

自分がいま魏《ぎ》に対してやるべきことはそれだ、と陸遜《りくそん》は思っていた。

夷陵《いりょう》である。堅固《けんご》な城を築《きず》いた。夷陵から江陵《こうりょう》を結ぶ線。そこに、陸遜は兵力を集中させていた。さらに下流の武昌《ぶしょう》までは、長江《ちょうこう》の両岸をほぼ制した状態になっている。

魏がもし侵攻《しんこう》してくるとしたら、まず江陵を狙《ねら》うだろう。しかし、そんなことが起きそうではなかった。

魏の荊《けい》州方面の指揮官である司馬懿《しばい》は、雍《よう》州の守備《しゅび》まで負わされた状態である。蜀《しょく》の北進に備えるので、精一杯だと思えた。

だから、いまなのである。

魏軍が、三十万の大軍を編成し、雍州から秦嶺《しんれい》を越えて、漢中《かんちゅう》を攻めた。荊州北部の魏軍の半数は、漢中攻略軍に投入されている。つまり、荊州北部は、まったく手薄《てうす》という状態だった。

この機に、北進して荊州北部を奪《と》る。陸遜は、ひそかに建業《けんぎょう》の孫権《そんけん》に建策したが、受け入れられなかった。呉《ご》の兵数が不足していること。合肥《がっぴ》新城から寿春《じゅしゅん》を先に奪るべきだということ。この二つが、却下《きゃっか》の理由だった。

しかし、蜀は同盟国なのだ。その蜀が攻められている時、手薄になっている荊州北部を衝くのは、ほとんど義務に近いことではないか、と陸遜は食い下がった。江陵《りよう》を中心に展開する陸遜の麾下《きか》だけで、充分にできることでもあった。

荊《けい》州北部を奪《と》り、同時に寿春《じゆしゆん》を攻めれば、二つとも手中にできるはずだ。ただそこまでやると、いまは蜀《しよく》にむかっている兵力のかなりの部分も、呉《ご》への攻撃に回してくるかもしれない。そうなれば、明らかに兵力は足りないのだ。

孫権《そんけん》は、そこまで考えているのか。国は豊かでも、人口が少ない。従って、徴発できる兵数も少ない。呉の弱点と言えば弱点だった。精強無比《せいきようむひ》の水軍も、長江《ちようこう》を中心にした戦場なら力を発揮するが、中原《ちゆうげん》の戦《いくさ》では、役に立たない。国力をさらに高めるという孫権のやり方は、それなりに正しい部分もあるのだ。

しかし、荊州北部は人口が多い。予《よ》州、徐《じよ》州もだ。北進によってそこを奪れば、兵の数も確保できる。

陸遜は、自分の気持の中に、焦《あせ》りに似たものがあることは、自覚していた。それに較《くら》べ、孫権はじっくりと腰を据《す》えている。

焦りがどこから来るのか考えると、それはやはり蜀の諸葛亮《しよかつりよう》の動きだった。くり返し、何度も雍《よう》州を攻めた。それが魏《ぎ》軍の漢中《かんちゆう》攻撃を誘《さそ》ったが、なんら痛撃《つうげき》を受けることもなく追い返した。そしてまた、多分、雍州を攻めるだろう。

魏と蜀の戦を見てみると、その争点は漢中ではなく、雍州であることは明らかだった。雍州を蜀が奪る。そうなると、中原から分断された涼州《りょう》も蜀につかざるを得ない。雍州を前線基地にすることによって、中原とは充分に対抗することができる。魏が河北《かほく》四州の広大な兵站《へいたん》基地を抱《かか》えているように、蜀も益州《えき》という要害に守られた兵站基地を持つのだ。

雍州さえ奪れば、魏と蜀は互角《ごかく》に近くなる。それは、江陵から見ている陸遜にもよくわかった。攻めこんだ勢いの分だけ、あるいは蜀が優勢になるかもしれない。

その時、呉に生きる道は残されているのか。

魏も蜀も、呉と結びたがるだろう。呉が結んだ方が勝つ、という状況になると言ってもいい。そして、天下二分。孫権が狙《ねら》っているのは、それなのか。

確かに、労力も犠牲も少ない。それが、孫権のやり方だということも、わかる。しかし、魏と蜀の死闘は、そのやり方を許すほど甘いものなのか。実戦の積み重ねがなくなった呉軍は、信じられないほど弱くなってはいないのか。

夷陵《いりょう》での陸遜の日々は、ほとんどが陸戦の調練《ちょうれん》に費《つい》やされていた。水軍に頼ろうとするので、もう一歩前へ出ようという意思が出てこない。孫権に限らず、建業《けんぎょう》にいる幕僚《ばくりょう》はみんなそうだった。

主力は、荆州《けい》守備軍だという自負《じふ》が、陸遜《りくそん》にはある。だから、騎馬を整え、歩兵を鍛えておくのだ。

本営は江陵《こうりょう》だが、陸遜は夷陵《いりょう》が気に入っていた。江陵は大兵站《へいたん》基地でもあるが、夷陵にはいつも前線の気配が漂っている。蜀《しょく》が再び白帝《はくてい》から侵攻《しんこう》してくるとは考えにくいが、新城《しんじょう》郡の魏《ぎ》軍が南下してくることはあり得る。指揮官は司馬懿《しばい》で、孟達《もうたつ》を討《う》った素速《すばや》さは陸遜の予想を超えるものだった。

中原《ちゅうげん》で闘《たたか》うなら、騎馬隊だ、と陸遜は思いはじめている。南船北馬《なんせんほくば》と言われた時代は、もう終っている。船で、中原を攻められはしないのだ。

ただ、いい馬は北でしか産しない。幽《ゆう》州の北、匈奴《きょうど》や烏丸《うがん》の土地で、大量の馬が生まれているが、それを買うにしても、魏領を通過するしかないのだ。馬商人が、百頭二百頭と運んでくるものを、高い値で買っている。

武陵《ぶりょう》郡に広大な牧場《まきば》を作ったが、千頭弱の馬しかおらず、毎年生まれる仔馬《こうま》は、せいぜい四百頭だった。牧場に一万頭、いや五千頭でもいれば、そこからかなりの馬が育ってくることになる。

遼東《りょうとう》の公孫淵《こうそんえん》に、陸遜は眼《め》をつけた。烏丸からの馬が、いくらでも入るはずだ。それを、青《せい》州を経由して海陵《かいりょう》のあたりまで運ぶ方法はないか。つまり、海路である。

その試《こころ》みは、建業《けんぎょう》にいる諸葛瑾《しょかつきん》に依頼《いらい》していた。外交で、公孫淵との交流もあるからである。

公孫家は、魏に臣従しているが、独立的傾向が強かった。公孫淵は時々孫権《そんけん》に書簡《かん》を届け、誼《よしみ》を通じようという態度を見せているようだった。北部方面の魏軍は、烏丸、匈奴と対さなければならず、そのために公孫淵にもかなりの負担を押しつけているものと思えた。不満は募《つの》っているはずである。

徐《じょ》州ひとつでも奪《と》っていれば、馬でそれほど苦労しなくても済む。つまり、呉という国の質も、変えることができたのだ。

孫権は、腰が重い。こちらの気が滅入《めい》ってしまうほどの、重さである。

しかし、その孫権の慎重《しんちょう》さが、魏につけ入る隙《すき》を与えていないのだ、とも思えた。魏の先代の曹丕《そうひ》は、何度か大軍を南下させたが、たやすく打ち払っている。攻めて来た敵は、追い返せる。長江《ちょうこう》という巨大な防壁があり、しかも精強無比の水軍を擁《よう》しているからだ。

時が経《た》てば経つほど、呉《ご》軍は攻める軍ではなくなっている。せめて自分の麾下《きか》だけは、いつでも攻められる軍にしておこう、と陸遜は考えていた。

戦がしたい。本音《ほんね》を探っていけば、そこにしか行きつかない。

漢中《かんちゅう》を攻撃していた魏《ぎ》軍は、すでにもとの配置に戻っていた。荊《けい》州北部に、司馬《しば》懿《い》も帰ってきている。大将軍の曹真《そうしん》が病《やまい》に倒れたという噂《うわさ》もあるので、これからは司馬懿が魏軍の中心になっていくのだろう。

「新城《しんじょう》郡の配置を強化するのではないかと思いましたが、まったくその気配はありません。まるで無視されているような気分です」

朱桓《しゅかん》が報告に来た。

前衛《ぜんえい》は朱桓ということにしてあるが、敵と対峙《たいじ》しているわけではない。司馬懿が南下してくるということを想定して、防御の配置を決めてあるだけだ。

「この三、四年で、魏軍の配置は大きく変りました」

確かに、先代の曹丕《そうひ》のころは、各軍の分担がはっきりしていたし、遊軍が極端に多かった。天下統一のための、外征《がいせい》の軍としか思えないものだったのだ。しばしば蜀《しょく》の侵攻《しんこう》を受けるようになって、遊軍は長安《ちょうあん》近辺と寿春《じゅしゅん》の背後に二分されている。

外征というより、守りに入ったというかたちだった。

「諸葛亮《しょかつりょう》は、また雍《よう》州を攻めるのだろうな」

「執拗《しつよう》です。ものに憑《つ》かれたように」

「雍州を攻めないかぎり、蜀という国の存在の意味は失われるのだ。天険を利して、いまの領土だけを守っていたのでは、諸葛亮の思想に反する。劉備玄徳《りゅうびげんとく》の思想にもな。考えてみれば、曹操《そうそう》なきあと、天下の統一に執念《しゅうねん》を燃やしているのは、蜀だけと言っていいかもしれん」

騎馬隊を指揮させるなら朱桓だ、と陸遜《りくそん》は思っていた。いまも、三千騎は朱桓に預け、調練《ちょうれん》をくり返させている。陸遜が思い描いているのは、張飛《ちょうひ》が鍛えあげた、蜀の騎馬隊だった。

劉備が侵攻してきた時、先鋒《せんぽう》が陳礼《ちんれい》指揮のその騎馬隊だった。夷陵《いりょう》にいた陸遜にも、その圧力は抗《こう》し難《がた》いものに思えた。血の小便まで流しながら、あの騎馬隊とどうやって闘うか考え続けたと言っていい。

結局、策に嵌《は》めるしかなかった。まともにぶつかって勝てるとは、どうしても思えなかったのだ。指揮が陳礼ではなく張飛だったら、策には嵌められなかった。そしてあの騎馬隊が、荆州の原野を席巻《せっけん》したはずだった。

もしそうなっていれば、天下の形勢は大きく変っただろう。諸葛亮は、荆州の後詰《づめ》ではなく、同時に雍州を攻めることを考えていたというのだ。

紙一重《ひとえ》のところで、勝敗は左右に分かれる。そして、天下の形勢も決まる。勝ったあと、諸葛亮の狙《ねら》いがなんであったか知った時、陸遜は全身のふるえをしばらく止められなかった。

「武昌《ぶしょう》へ行かれるのですか、陸遜《りくそん》将軍？」

「すぐに戻るつもりだが、なにか気になることでもあるのか？」

「雍《よう》州の賊徒《ぞくと》が、二、三千ほど紛《まぎ》れこんできている、という情報があるのです。雍州にいられなくなり、新城《しんじょう》郡あたりの山中に入ったようですが、司馬懿《しばい》の荊《けい》州守備軍が戻ったので、長江《ちょうこう》の南に逃げてきたということです。いま捜《さが》させていますが、陸遜将軍のお留守《るす》に見つけたら、どういたしましょうか？」

「処断せよ。いまさら賊徒の時代でもない。乱世が生んだ塵芥《ちりあくた》のようなものであろうが、南に行かれると面倒だ」

「見つけ次第、殲滅《せんめつ》いたします」

「即座にだ。司馬懿という男には、心が許せぬ。息のかかった賊徒を、荊州の南で暴れさせようと考えているのかもしれん」

「司馬懿ですか。一戦、交えてみたいものです」

「私が戻るまで、司馬懿とは決して事を構えるなよ。陛下《へいか》が武昌に行幸《ぎょうこう》されていなければ、私が自分の手で賊徒を処断したいところだ」

「賊徒が、新城郡へ逃げるようなら、深追いはいたしません」

「それでいい。いかなる口実も、司馬懿には与えたくない」

武昌には、孫権《そんけん》に呼ばれていた。建策を却下《きやつか》したことを、説明しようと孫権は考えているのかもしれなかった。できるかぎり臣に不満を抱《いだ》かせない。それが孫権のやり方だった。だから、小さな不満は、陸遜にはなにもなかった。

二日後の船で、陸遜は出発した。

水軍は淩統《りようとう》の指揮下にあり、毎日厳しい調練《ちようれん》をくり返している。船についても改良を重ねていて、二十挺櫓《ちようろ》の、驚くほど速い船を作りあげていた。

その船の一艘《そう》に、陸遜は牙旗《がき》（将軍旗）を掲《かか》げて乗りこんだ。護衛は同型の船が十五艘である。風がない時は櫓で走り、いい風があると帆《ほ》と櫓の押し走りである。おまけに、武昌までなら流れに乗れる。

昼夜兼行で、三日目には武昌に到着した。

孫権は、近衛《このえ》兵だけの、身軽な行幸をしていた。そのあたりは、帝《みかど》となってからも変らない、孫権のいいところだった。

「臣であるおまえに、すべてを説明しなければならぬ、と私は思わない。しかした、おまえにだけは私の気持を語っておきたいという気持もある」

やはり、孫権は陸遜の建策を却下した理由を、直接説明したがっているようだった。

「私はただ、必要かもしれないということを、陛下に申しあげているだけです。判断をされるのは陛下で、それは私にとって絶対です。わざわざ、説明されるには及びません」

「おまえの、別の建策も、私は欲しい。だから、語りたいのだ」

司馬懿《しばい》が漢中《かんちゅう》を攻めている時、荊《けい》州北部は空家《あきや》のようなものだった。そこに進攻して守りを固めるのは、ただ軍を北上させるだけでいいほど、たやすいことだった。

思ったが、陸遜《りくそん》は口には出さなかった。

孫権《そんけん》は、陸遜を船に誘《さそ》った。

近衛兵が五百騎、従ってきた。いつも老《お》いた周泰《しゅうたい》の姿が先頭にあったものだが、数年前、病で死んだ。近衛軍の若い校尉《こうい》(将校)など、陸遜が知らない顔が増えていた。

「いままでの呉《ご》は、長江《ちょうこう》がすべてであった。戦《いくさ》の時は巨大な防衛線になり、平時には全土に張りめぐらされた道になった。しかし、水害も少なくない。特に長江の南ではな」

「はい」

「戸籍が、完成した。揚《よう》州の分だけだが。人口が、驚くほど少ない。それは、衝撃《しょうげき》を受けるほどであった。はっきりした数字が出ると、そうなのだ」

「荆州は、どうなのでしょうか？」

「長江の北側に集中しているようだ。つまり、呉国の民は、兗《えん》州、予《よ》州を併《あわ》せたほどにしかいないのだ。これも、中原《ちゅうげん》の戦を避けて、流れてきた分を含めてだ」

「それほどに」

「しかし、国は富んでいる。産業も多く、戦乱からも遠かったからだ」

「三十万の軍を擁《よう》することができる、と私は見ているのですが」

「できる。しかし、国土があまりに広い。それを守るだけで、十五万は必要だ」

外征《がいせい》には、十五万しか出せない。孫権はそう言っているのだった。侵攻《しんこう》を受けた時は三十万で闘えるが、外へ出る時は十五万。それほど単純な話ではないにしても、遠くない。

十万の軍があれば、荆州北部は攻略できる。無論《むろん》、蜀《しょく》の雍《よう》州進攻と呼応してだ。そしてしばらく確保すれば、兵の調達《ちょうたつ》もできるようになる。民政に関しては、孫権は信じ難《がた》いほどの能力を発揮するのだ。

「呉は、蜀と同盟している」

胡床《こしょう》（折り畳みの椅子《いす》）に腰を降ろした孫権が、そばに立つ陸遜を見あげて言った。座れと言われるまで、陸遜《りくそん》は動かなかった。

「だから、できれば蜀《しょく》と呼応して兵を動かしたい」

「同盟とは、そういうものです、陛下《へいか》」

「だが、蜀は身勝手すぎる。最初、私は合肥《がっぴ》の攻略におまえをむけた。しかしその時、蜀はすでに祁山《きざん》から撤退《てったい》していた。下手《へた》をすれば、魏《ぎ》の全軍をわれらは合肥でむこうに回さなければならなかった。幸い、おまえが勝った。しかし蜀は、続けざまに雍《よう》州に出兵し、そのたびにわれらにも兵を出せと要求してきた。自分たちの都合で戦をし、われらにはその都合に合わせろと言ってくる」

「余力がある、と見ているのでしょう」

「違う。われらの力を当てにするなら、われらと合議して出兵を決定すべきなのだ。この同盟は、それほど深くない、と私は思っている。利用した方が、勝ちなのだ。もともと、同盟とはその程度のものが多いと思うが」

「蜀が雍州を攻めている時が、われわれが魏を攻める絶好の機だと思うのですが」

「それは間違いないが、すべてがそうではないぞ」

諸葛亮《しょかつりょう》は、なぜ雍州進攻前に、呉《ご》と話し合いをしようとしないのか。呉には、兄の諸葛瑾《しょかつきん》もいて、話し合いの窓口はいつでも開かれているのだ。

諸葛亮の方も、呉を本気で当てにしてはいない。つまり、孫権《そんけん》のすべてを信じているわけではない、ということだ。呉と蜀が信じ合えないのは、これまでの経緯を考えると、無理もなかった。

「しかし、蜀と連合することなしに、魏は倒せぬ」

「私もそう思います、陛下」

「だがわれらは、兵力から言っても、二つの戦線を抱《かか》えることはできないのだ、陸遜。蜀のように、天険に恵まれているわけではない。戦線はひとつ。そして私はそれを、合肥と決めた。まず、寿春《じゅしゅん》を奪《と》る」

なぜ寿春なのか、陸遜は考えた。孫権は合肥にこだわりすぎてはいないか。

「江陵《こうりょう》から、軍を北上させる方が」

「それはならぬ、陸遜。荊《けい》州北部は、洛陽《らくよう》にも長安《ちょうあん》にも近すぎる。われらが荊州の戦線を選んだら、魏軍は間違いなく主力をむけてくる。たとえ雍州の半分を放棄《ほうき》してもだ」

孫権の考えも、わからないわけではなかった。しかし、果敢《かかん》ではない。天下の形勢を動かすほどの、大きな衝撃《しょうげき》力もない。たとえ寿春を奪っても、またじわじわと押し戻される。底力が、魏とは較《くら》べものにならないのだ。合肥を奪っても、合肥新城を築《きず》かれたのと、同じことになる。

「呉《ご》には、呉の道がある」

必ずしも、天下を狙《ねら》うのを諦《あきら》めているわけではない、と孫権《そんけん》は言っている。陸遜《りくそん》も、そう感じたが、曖昧《あいまい》なまやかしの中にいるような気もした。

孫権の手堅い方法では、確かに民政の実はあがる。しかし、版図《はんと》を拡《ひろ》げることはできない。かつて関羽《かんう》が北進した時、同盟を破棄して、関羽を攻めると決めた。手堅い孫権のやり方とは相反《あいはん》する、賭《か》けのようなものだった。しかしそれで、長江《ちょうこう》以南の荊州《けい》の地を、領土に加えることができたのだ。

「おまえとは、今後の戦略も含めて、詰めておかなければならぬことが、多くある。私は、魏《ぎ》にやがて乱れが来るだろう、と思っている。曹叡《そうえい》には、優《すぐ》れた部分と駄目な部分が、混在している。そこが、蟻《あり》の一穴《いっけつ》になると思う。優れたものが時々出るがゆえに、駄目なことが通ってしまうこともある、と思うのだ。蜀《しょく》の劉禅《りゅうぜん》は、凡庸《ぼんよう》だ。だから手強《てごわ》い。すべて、諸葛亮《しょかつりょう》を相手にすることになるのだからな」

孫権が、天下を狙っていないはずはない、と陸遜は自分に言い聞かせた。魏か蜀のどちらかが潰《つぶ》れれば、いやでもその生き残りと天下を争うのだ。

ただ、自分とは速さが合っていないだけだ、と陸遜は思った。陸遜の心の底にあるのは、周瑜《しゅうゆ》であり、そして孫権の兄の孫策《そんさく》だった。二人とも、この乱世を疾駆《しっく》し、そして消えた。

「見よ、陸遜」

孫権が、胡床《こしょう》から腰をあげて水面《みなも》を指さした。

長江《ちょうこう》と漢水《かんすい》がぶつかるところまで、船は進んでいた。長江の水は、土の色である。それに対して漢水は緑色で澄んでいる。二つの河はぶつかるが、水はしばらく一緒にならず、二つの帯のようになって流れていた。

「この水も、いつかは下流で混じり合う。しかし、しばらくは、同じ河の中を別々に流れる。私はこれが好きで、武昌《ぶしょう》にいる時には、しばしば眺めに来たものだった」

孫権は、河の水に喩《たと》えて、なにか自分に謎《なぞ》をかけているのだろうか。陸遜は、ふとそう思った。

孫権は、まだ水面を見つめたままだった。碧《あお》い瞳《ひとみ》。横顔を見て、陸遜の胸になにかがしみた。髭《ひげ》も、かつては青っぽい色をしていて、紫髯《しぜん》公などと呼ばれていた。その髭に、ずいぶん白いものが混じっていた。

4

山を、ひと月流れ歩いた。

付いてくる人間は、二千ほどである。武器も具足《ぐそく》もまちまちで、中には槍《やり》の代りなのか棒を持っている者もいる。

張衛《ちょうえい》は、疲れきっていた。山を歩き続けたからではない。山ならば、幼いころから庭のようにして歩いてきた。

二千を、軍として受け入れようとするところがないのである。

長い間、雍《よう》州にいた。なにか起きるとすれば、そこからだろうと思えたからだ。確かに、何度か叛乱《はんらん》はあった。そのたびに配下を動かしたが、郡や県の兵糧庫《ひょうろうこ》を襲《おそ》ったぐらいで終った。叛乱が、ひとつの大きな流れにならないのである。

自分が想定した乱世とは、違ってきている。そう感じることが、しばしばあった。群雄《ぐんゆう》が割拠《かっきょ》して、お互いに潰《つぶ》し合うという状況はなくなっている。全土が魏《ぎ》、呉《ご》、蜀《しょく》の三つに区分され、それぞれが自領への締めつけを厳しくしているのだ。二千の義勇軍など、どこも受け入れようとしない。

叛乱と戦《いくさ》が多いのが、雍州だった。魏と蜀のぶつかり合いである。しかし、どちらも叛乱の勢力を当てにはしていなかった。蜀軍が雍州に進出した時、諸葛亮《しょかつりょう》の本営に帰順を申し出たが、相手にもされなかった。

夏には、魏の大軍が子午道《しごどう》と斜谷道《やこくどう》から漢中《かんちゅう》にむかったが、その厖大《ぼうだい》な軍勢もすべて組織化されていて、張衛軍が入りこめる余地はなかった。

張衛軍。自らそう呼んでいるが、賊徒《ぞくと》としての扱いしかされなくなった。特に、雍州刺史《しし》（長官）の郭淮《かくわい》が、張衛の首に賞金をつけるほどにして、追及してきたのだ。郭淮にとっては、領地を持たず、州内の山地の方々に駐屯《ちゅうとん》している軍勢は、すべて賊徒だった。それが、領地を持っている豪族《ごうぞく》の叛乱に便乗しようとしている、というふうに見えるらしい。

雍州も、長安《ちょうあん》に魏の大軍が常駐していることもあって、豪族たちは次第に大人《おとな》しくなった。牙《きば》を抜かれたのだ。張衛軍を援助しようという豪族も、いなくなった。

それで、山伝いに荆《けい》州に流れた。

しかし新城《しんじょう》郡は、魏軍の警戒が厳しかった。二度ほど追われ、山中でようやく追跡を振り切った。蜀軍の別働《べつどう》隊と見られた可能性が強い。

魏軍に加わることには、やはり抵抗があった。蜀軍は、常に臨戦態勢《りんせんたいせい》で、近づくこともできない。となると、荊州《けい》の呉《ご》軍だった。

呉は、合肥《がっぴ》でたえず魏《ぎ》と睨《にら》み合っている。国は富んでいるが、兵数は不足気味だ。二千の軍なら、喜んで受け入れるかもしれない。特に、合肥の戦線に兵力を割《さ》かれている、荊州呉軍は、いま一兵でも欲しいところだろう。二千は完璧《かんぺき》ではないにしろ、ある程度の調練《ちょうれん》も積んでいるのだ。

山中は、寒くなっていた。兵糧《ひょうろう》も乏《とぼ》しい。猪《いのしし》や兎《うさぎ》を狩ってなんとかしのいでいたが、冬を越せるという状況ではなかった。どうにもならない時は、どこかの兵糧庫を襲《おそ》わなければならない。ただ、いまはどこも警戒が厳しい。

場合によっては、山の中の村などを襲うことになるだろうが、それは避けたかった。ほかの、ほんとうに賊徒《ぞくと》をやっている者たちと違って、村などの略奪《りゃくだつ》はしてきていないのだ。このままだと、ほんとうの賊徒になる。

「顔木《がんぼく》」

野営《やえい》をはじめると、副官を呼んだ。漢中《かんちゅう》で五斗米道《ごとべいどう》と訣別《けつべつ》した時、一緒に付いてきたひとりだ。

「平地の方へ、斥候《せっこう》を出せ。呉軍の駐屯地《ちゅうとんち》があるはずだ。私はそこで、指揮官と話をしたい」

「呉軍ならば、陸遜《りくそん》ですが」

「すぐに、陸遜に会うのは無理だろう。まず、校尉《こうい》でも誰《だれ》でもいいから、指揮官に会うのだ。そこから、陸遜に上げさせる。二千の待遇《たいぐう》をどうするかは、陸遜が決めることさ」

三日前に、長江《ちょうこう》は渡っていた。すでに呉軍の勢力圏の中である。

十名ほどの斥候を出し、顔木が戻ってきた。

「雪になりそうだな、顔木」

「漢中《かんちゅう》にいたころから、雪には馴《な》れているではありませんか、張衛様《ちょうえい》」

「私やおまえはな。ほかの者たちは、やはり暖かい営舎《えいしゃ》が欲しいだろう」

漢中から付いてきたのは、いまでは顔木ひとりになっていた。山中で暮していたころはまだよかったが、雍《よう》州に出て義勇軍を名乗ったら、ひとり減り、二人減りしていったのだ。死んだ者も半数はいる。

なぜ、こうなったのか。

最大の失敗は、袁綝《えんりん》を取り逃したことだった。袁綝と伝国《でんこく》の玉璽《ぎょくじ》。この二つで、間違いなく雍州の叛乱勢力をまとめられたはずだ。

馬超《ばちょう》が、その邪魔《じゃま》をした。その時、自分の片腕も斬《き》り飛ばされたのだ。

馬超《ばちよう》が袁綝《えんりん》を使う気かと思ったが、いつまでもその気配はなかった。馬超は死んだという噂《うわさ》を流して、羌族《きよう》のいる山の中に消えた。袁綝も一緒だろう。

なにを考えているか、わからない男だ。嫌いではなかった。圧倒されるような気分になったことは、何度かある。

張衛《ちようえい》は、焚火《たきび》に薪《まき》を足した。もう、六十をいくつか過ぎた。若いころは、真冬でも、上半身裸になり、南鄭《なんてい》の岩山の頂《いただき》に座っていたものだった。寒くはなかった。躰《からだ》の中に、熱く燃えているものがあったのだ。

いまは、寒さがこたえた。山歩きも、こたえた。早く、どこかの軍に組み入れられ、営舎暮しをしたいという思いが、しばしば自分を包みこんでいるのを感じる。

すでに、義勇軍の時代ではなかった。しかし、いまだ乱世ではある。どこかで叛乱が起きる。そういうことが、ないわけではない。二千という兵の規模は、叛乱ということを考えれば、決して小さくない。小さな叛乱が頻発《ひんぱつ》すると、二千、三千の兵を出して抑えなければならないのだ。

呉《ご》は、領内に異民族をかなり抱《かか》えこんでいた。叛乱の芽は、特に領土の南部にかけては多いはずなのだ。かつて雍《よう》州の叛乱勢力であった張衛軍は、その鎮圧《ちんあつ》の仕方もよく心得ている。

雍州では、反魏《ぎ》の叛乱勢力だった。それは、呉国の叛乱勢力とは、まるでありようが違う。異民族の叛乱の鎮圧については、まるで抵抗がなくできる。

張衛は、うとうとと眠った。ここ数年、躰を横たえて、ぐっすり眠ったことなどなかった、という気がする。

翌日は、兵を三百ほど狩りに出した。夕刻になって、猪《いのしし》を二頭と兎《うさぎ》を十数羽仕留めてきた。それを見て、張衛はほっとした。兵糧が、完全に尽きかかっていたのだ。場合によっては、小さな村を襲《おそ》い、冬に備えた蓄《たくわ》えを奪わなければならないところだった。

張衛は、焼いた兎の肉を口にした。猪より、そちらの方が好みだった。猪は、脂がいつまでも口に残る。

「酒があれば、もっとよかったのですが」

顔木《がんぼく》は、猪肉に食らいついていた。

「陸遜《りくそん》との話がまとまれば、酒も手に入るようになる」

「しかし、五斗米道《ごとべいどう》軍六万を指揮しておられた張衛様が、陸遜ごとき若造《わかぞう》に頭を下げられるとは。乱世は、張衛様の武略を受け入れるはずだと思うのですが」

顔木は、もともと熱心な五斗米道の信者だった。それが兵士になり、劉璋《りゅうしょう》軍との戦《いくさ》で人を殺し続けているうちに、いつの間にか張衛《ちょうえい》に寄り添うようになった。あまり、ものを考えない。ただ信じこむ。だから、張衛軍にいるのも、宗教の信者になったようなものなのだ。部下の掌握《しょうあく》の仕方は、うまい。ひとりひとりの話を聞き、なにか言ってやる。その言い方が、五斗米道《ごとべいどう》で身につけたものだと、本人は気づいていないのだった。

どこか鈍い男だと、張衛は心の底で馬鹿にしているところがあるが、顔木《がんぼく》を前にすると、志《こころざし》を熱っぽく語る。それが、顔木にとっては教祖の言葉になるのだ。志は、持っていた。だからいまも、言葉で語ることはできる。しかし、張衛の心の中では、すでにいかなる熱も持っていなかった。

「二、三日したら、斥候《せっこう》が戻るだろう。陸遜《りくそん》は、天下を統一したいという意志で動いているはずだ。でなければ、手を結ぶこともできぬ。とにかく、私が敵としている魏《ぎ》は、いまのところ大きい。われらだけでは、対抗しようもないのだ」

「張魯《ちょうろ》様が、曹操《そうそう》に降伏された。あそこから、この国は間違った道を歩きはじめているのです。しかし、張衛様には、二千の軍があります」

その二千の大半が、行くところがない者たちだということが、張衛にはわかっていた。それでもひとりではいられない。だから、徒党《ととう》を組む。

調練などをやっている時、顔木はいつも溌剌《はつらつ》としていた。どこからこの明るさが出てくるのか、張衛にはわかっていた。信仰心にも似たもので、顔木の心は満たされているのだ。だから、なんの疑問も抱《いだ》かない。つらい状況にも、むしろ喜んで耐《た》える。

曲がりなりにも、張衛の眼《め》から見ても、軍だった。どこか地方の砦《とりで》のひとつを与えられたら、守備範囲とされたところだけは、確実に守り抜き、叛乱など起こさせない自信が、張衛にはある。だから、砦のひとつが欲しかった。安心して駐屯《ちゅうとん》できる場所と、絶えることのない兵糧が、欲しかった。それを得て、はじめて次のことも考えられる。

三日目に、出していた斥候が戻ってきた。

兵糧が、また尽きかけていて、山から獲《と》れるものを、兵に集めさせたところだった。秋の終りも過ぎ、冬に入ろうとしていた。山のものも、すでに乏しくなっている。

斥候の報告では、夷水《いすい》の南の丘陵《きゅうりょう》で、五千の兵が調練をしているということだった。騎馬三千に、歩兵が二千。丘陵の下の平地に張られた幕舎《ばくしゃ》には、『朱《しゅ》』という旗が掲げられている。朱桓《しゅかん》だろう、と張衛は思った。権限のない校尉などではなく、陸遜《りくそん》の片腕とも言える将軍である。騎馬が三千と多いのは、恐らく呉《ご》軍の編成の中で、騎馬隊が重視されはじめたからだろう。騎馬隊の調練が、急務になっているに違いなかった。

「よし、山を降りよう。朱桓《しゆかん》に会う」

言うと、顔木《がんぼく》が頷《うなず》いた。

進発の号令がかかった。のろのろと、二千の兵は隊伍《たいご》を組んだ。

南の丘陵。一日半歩き、夜間に夷水《いすい》を渡った。そして、夜明けを待った。兵たちには、武器の点検をさせた。戦をするわけではない。しかし、できるかぎりちゃんとした軍だと見られたい。

五斗米道《ごとべいどう》と訣別《けつべつ》し、しばらく山の中で暮した。山を棲家《すみか》にすれば、大抵《たいてい》のことには不自由しなかった。しかし、漢中《かんちゆう》の争奪戦が激しくなった。曹操《そうそう》が、五十万の大軍で漢中に入った時は、劉備《りゆうび》が勝てるわけがない、と思った。それほど、五十万の大軍は圧倒的だったのだ。

しかし、劉備軍は地形を利用して実に果敢《かかん》に闘《たたか》った。馬超《ばちよう》がやってきたのは、そういう時だった。秦嶺《しんれい》の山間《やまあい》を縫う三本の桟道《さんどう》を破壊するために、山を案内してくれと頼んできたのだ。

縄を遣《つか》って崖《がけ》を降り、谷を縫い、急峻《きゅうしゅん》な坂を這《は》い登った。時には、縄を渡して谷を越えたりもした。糧道《りょうどう》のほとんどを、断った。断てばすぐに補修されたが、また別のところを断った。その間に、漢中では激戦が続いた。

そして、曹操はついに諦《あきら》めたのだ。

五十万の大軍が撤退《てったい》して行く。それを見た時、冷めていた張衛《ちょうえい》の心は、いきなりふるえはじめた。やり方によっては、五十万の大軍にも勝てる。あの曹操が、尻尾《しっぽ》を巻いて引きあげて行く。

山の中の生活を捨てる決心をするまで、それでも一年はかかった。

雍《よう》州が乱れた。山を出ると言った時、従っていた者は全員ついてきた。

叛乱に助勢し、兵糧などを奪った。加わってくる者が多く、一時は五千にまで達したが、もともといた者で、去っていく者も多くなった。どれだけ人が集まっても、いまひとつ飛躍しきれなかった。五千の義勇軍が増えることはなく、情勢を大きく動かすほどの叛乱が、雍州で起こることもなかった。豪族はみんな鳴りをひそめ、時を待つという構えになった。それでも、豪族から兵糧の提供などは少なくなかった。

叛乱に、中心がなければならない。数年の闘いで、張衛はそう確信するようになった。その時頭に浮かんだのが、袁術《えんじゅつ》の娘の袁綝《えんりん》であり、その持つ伝国《でんこく》の玉璽《ぎょくじ》だった。

しかし、馬超《ばちょう》に邪魔をされた。袁綝を奪い返されただけでなく、右腕まで斬《き》り落とされたのだ。左腕で剣を遣《つか》う習練を積んだが、もとのような手並みにはならなかった。

すべてがおかしくなったのが、そのころからだった。いつもそばにいた高豹《こうほう》が、小さな叛乱の助勢に出て、死んだ。兵も、減っていった。豪族からの兵糧の提供が少なくなり、やがてまったくなくなった。飢《う》えた軍になった、と言っていい。県の兵糧庫などだけでなく、これまで兵糧を提供してくれた豪族を襲《おそ》ったりもした。そうしなければ、兵を養えなかったのだ。

進軍しながら、張衛《ちょうえい》の頭には、ここ数年で起きたことが、何度も去来《きょらい》した。

「前方十里（約四キロ）に、三千の軍です」

斥候が報告してきた。

「あの丘陵のむこう側だな」

「すべてが、騎馬隊です」

間違いなく、朱桓《しゅかん》の軍だ。

「顔木《がんぼく》、隊伍《たいご》を整えさせよ。そして義勇軍の旗を掲げよ」

顔木が、大声で命令しはじめた。

張衛は、自分の左手に眼をやった。老いて、皺《しわ》だらけの甲である。黒いしみも、烙印《らくいん》のように、いくつも浮き出している。

指揮者に馬さえない、流浪《るろう》に疲れた軍だった。しかし、誇《ほこ》りは失っていない。天下を動かすために、闘ってきたのである。

「前進」

顔木が元気のいい声をあげる。進みはじめた。隊伍は整っていた。

「よいか、義勇の志を持った、張衛軍であることを忘れるな。胸を張れ。足を高くあげろ。呉の将軍を、圧倒してやるのだ」

顔木の声。なぜか遠く、白々しいものに聞える。

しばらく進むと、丘陵の頂《いただき》に騎馬隊が姿を現わした。『朱』の旗。若造が。張衛は呟《つぶや》いた。おまえが乳を吸っていたころから、私は乱世の中を駈《か》けていたのだ。

ただ、時に恵まれなかった。だから、いまだけだ。いまだけは、頭を下げてやる。ひれ伏せと言うなら、ひれ伏してやる。

進軍は止めなかった。

騎馬隊が、戦闘の隊形を取っている。素速《すばや》い動きだった。

やるではないか、若造。しかし、私が指揮していた五斗米道《ごとべいどう》軍は、そんなものではなかった。六万から七万もの軍が、まるで一頭の巨大なけもののように動いたのだ。

「われらは、義勇軍である」

声が届くところまで進むと、顔木《がんぼく》が大声で言った。

「呉《ご》軍との連合のために山を越えて来た。朱桓《しゅかん》将軍と話をしたい」

「笑止《しょうし》な。いま時、義勇軍だと。なんのための義勇だ。叛乱を助勢するためか」

「朱桓将軍は？」

「雍《よう》州から流れこんできた賊徒《ぞくと》と、私は話す気はない。ここで、全員を討《う》ち取る。陣を組む暇《ひま》ぐらいは与えよう」

「朱桓将軍。こちらにおられるのは、かつて五斗米道軍の総帥《そうすい》であられた、張衛《ちょうえい》将軍でありますぞ。御存知《ごぞんじ》のはずだ」

「知っている。雍州で賞金首になっている、賊徒の首領《しゅりょう》だ。早く陣を組め。軍勢のなりをし、旗を掲げているから、言ってやっているのだ」

「話をすれば、わかるはずです、朱桓将軍」

顔木が、丘陵の斜面を駈けあがっていった。よせと言おうとしたが、張衛は声を出せなかった。顔木の躰《からだ》が棒のように倒れ、斜面を転がり落ちてきたのだ。

「では、攻めるぞ、張衛。義勇軍とやらが、どれほどのものか見せて貰《もら》おう」

兵は、もう浮足立っていた。

騎馬隊が、一斉に斜面を駈け降りてきた。

こんなものか。張衛は、ふと思った。指揮をするのを、忘れていたわけではない。すでに指揮など無駄《むだ》なことで、兵は逃げはじめている。

こんなものが、自分の人生だった。なぜか、こうなった。志《こころざし》も夢も捨てていないのに、どこかが間違った。こういう天の裁《さば》きも、あるものなのか。

長い時の流れだったような気がした。それが、いま終ろうとしている。

左手で、張衛は剣を抜き放《はな》った。突き出されてくる戟《げき》を、弾《はじ》き飛ばす。躰に、なにかが触れた。次々に、触れてきた。恐怖も痛みもない。

死が、触れてきた。それだけを、張衛は思った。

両雄の地

1

漢中《かんちゅう》全域に、緊張が流れている。

魏《ぎ》軍が侵攻《しんこう》してきた時より、ずっと張りつめた空気だった。出撃が近い。誰《だれ》もが、そう感じているのだろう。

孔明《こうめい》は、まだ出撃命令を出してはいなかった。軍議を招集するのは、これからなのである。すべてを想定した作戦は、頭の中でできあがっていた。頭の中だけだ。なにをやっても、また大きな賭《か》けになる。

何度も、賭けをしてきた。そして、多くのものを失った。しかし、蜀《しょく》そのものは滅亡していない。国の存亡《そんぼう》を賭けて、国が失われてはいない。賭けは、あながち負けとばかりは言い切れないのだ。

ふだんの孔明ならば、そんなことは考えない。

どこか、楽観というものが必要なのではないか、と思いはじめたのである。それだけ、行動を起こすのが難しくなっているのだ、と言いかえることもできた。

遠征軍《えんせいぐん》、十二万。十四万まで可能だが、十二万が保有の兵糧《ひょうろう》とその移送を考えると、最大の数だった。それでも、ふた月で兵糧は尽《つ》きる。

作戦の遂行《すいこう》には、少なくとも半年が必要だ、と孔明は見ていた。四カ月分の兵糧は、間違いなく不足する。それでも出撃するのは、やはり賭けとしか言いようがなかった。

子午道《しごどう》から、直接長安《ちょうあん》を衝《つ》く。雍《よう》州制圧は、長安から西へ軍を進めるのだ。孔明は、自分にそう言い聞かせた。子午道の桟道《さんどう》を、徹底的に補修させた。応尚《おうしょう》の手の者も、探っているのは長安周辺である。魏に通報が行くのは覚悟の上で、長安周辺の豪族には、長安攻撃の援助を依頼する書簡《しょかん》を、次々に送った。

いまのところ、雍州軍の統轄《とうかつ》は、刺史《しし》（長官）の郭淮《かくわい》である。郭淮は、民政官としては優《すぐ》れていた。人を抱きこむすべも、心得ている。ただ、戦《いくさ》については臆病《おくびょう》だった。露骨《ろこつ》な動きの裏になにがあるか、あまり考えない。司馬懿《しばい》が出てくれば別のやり方が必要になるが、いまは荆州《けい》方面軍の指揮官として、宛《えん》にいる。

そして、大将軍の曹真《そうしん》が、漢中《かんちゅう》からの帰還後、病《やまい》に倒れたという情報もあった。泥濘《でいねい》の中での滞陣《たいじん》は、疫病《えきびょう》も発生させて、魏《ぎ》軍の兵数千が苦しんでいるともいう。

魏は、いま軍がいくらか動揺《どうよう》しているのだ。頂点にいる人間が病に倒れるということが、動揺の源《みなもと》になっている。将軍たちは保身を考えて動き、それは郭淮《かくわい》も同じはずだった。

郭淮は、戦では問題にならなかった。ただ、雍《よう》州の豪族《ごうぞく》に対する慰撫《いぶ》のやり方は、侮《あなど》り難《がた》いものがある。決して約束を破らない。それを何年も続けてきて、これまでの刺史《しし》とは較《くら》べものにならないほどの、信頼を獲得している。

もともと孔明《こうめい》は、豪族の蜂起《ほうき》に、それほどの期待をかけているわけではなかった。それを当てにすれば、崩《くず》れた時にすべてが潰《つい》えていく。雍州で蜀《しょく》軍が優勢になった時に、靡《なび》いてくればいい、という程度に考えているだけである。自らの手で闘《たたか》い、そして勝つ。それが、どのような説得工作よりも、力を持つのだ。

軍の巡察は、以前よりさらに頻繁《ひんぱん》に行った。新兵は、さすがに魏延《ぎえん》の仕あげの調《ちょう》練《れん》により、さらに逞《たくま》しくなっている。かつての趙雲麾下《ちょううんきか》の軍は、五千ずつ六隊に分けて孔明自身の麾下に置き、その一隊は姜維《きょうい》が率《ひき》いている。

兵糧を除いて、軍の準備はすべて整っていた。

李厳《りげん》を呼んだ。兵糧の移送隊を指揮させるために、江《こう》州から呼んだ。江州の守りは、息子の李豊《りほう》が固めている。李厳は、老練な将軍だった。判断力も、悪くない。しかし、どこか粘《ねば》りに欠ける。

楊儀《ようぎ》を使いたかった。魏延との仲が悪くなければ、躊躇《ちゆうちよ》せずに使う。魏延は、楊儀を無視している。ほとんど、そこにいないように扱っている。そして楊儀は、文官たちにひそかに魏延の悪口を言う。軍人は、ほとんど魏延についているからだ。

二人とも、狷介《けんかい》だった。命令して、どうなるものでもない。別々のところで使えば、二人とも能力を発揮する。

「兵糧の移送の指揮を、すべて任せたいのだ、李厳」

「いつから、動けばよろしいのでしょうか、丞相《じようしよう》？」

李厳は、自分がなにを命じられるか、わかっていたようだった。

「軍議《ぐんぎ》の翌日」

「いつ、軍議を招集されますか？」

「わからぬ。だが、そう先の話でもない」

「いつになってもよいように、準備をしておきます」

軍人らしく、李厳《りげん》は背筋《せすじ》をのばして立っていた。

「李厳、この任《にん》にかかっているものは、大きい。いま漢中《かんちゅう》にある蓄《たくわ》えだけでなく、春の麦《むぎ》の収穫も、全土から集めて運んで貰《もら》わなければならん」

「漢中の蓄えは、ふた月分ほどだ、と見ておりますが」

「だから、春の収穫なのだ。速《すみ》やかに漢中に集めよ。無論《むろん》、文官たちは最大限の力を注《そそ》いでくれるが、軍の力も必要になる」

「ただの移送だけではない、ということですか、丞相《じょうしょう》？」

「徴発《ちょうはつ》も、その任に入る」

「かしこまりした」

拝礼《はいれい》して、李厳は出ていった。

本営《ほんえい》の居室で、孔明《こうめい》は地図に見入りはじめた。室外には護衛の兵と侍中《じちゅう》（秘書官）が控《ひか》えているが、部屋の中はひとりだった。

秦嶺《しんれい》の山なみ。そして雍《よう》州。あえて地図を見る必要はない。ひとつひとつが、頭に刻みつけられている。それでも、こうして地図を見つめる。なにに魅《み》せられたのか。なにに取り憑《つ》かれたのか。

秦嶺の山なみのむこうに、天下がある。心に抱《いだ》いた夢がある。みんなで、抱いた夢だった。劉備《りゅうび》、関羽《かんう》、張飛《ちょうひ》、趙雲《ちょううん》。ほかにも、思い浮かぶ顔はいくつもある。

いまは、ひとりだけだ。あの山なみのむこうに行きたがっているのは、自分ひとりだけだ。死んだ者たちの夢が、自分に刻みこまれてしまっていると言っても、山のむこうに行けるのは自分だけだ。

むなしくはないのか。誰《だれ》かが、囁《ささや》きかけてくる。もう休んだらどうだ。充分に、闘《たたか》ったではないか。

しかしそれは、囁き以上に大きな声になることはなかった。

悲しいほどに、みんなが死にすぎた。もう休もう。そう言える相手が、いつの間にかひとりもいなくなっていた。

夜になって、応尚《おうしょう》が現われた。

手の者のほとんどは、長安《ちょうあん》に潜入《せんにゅう》し、さまざまな工作をしている。ただ応尚だけは、二人の配下《はいか》と雍州じゅうを歩き回っていた。

「書きこんでも、よろしいでしょうか？」

「そうしてくれ」

応尚が筆を執《と》り、地図に書きこみをはじめる。孔明は寝台に座ったまま、じっと応尚を横から見つめていた。

「調べられたのは、これだけです。すべてという確信はありません」

筆を置き、応尚《おうしょう》が言った。

「よいぞ、もう」

孔明《こうめい》は、寝台から降《お》りて立ちあがった。

「待て。応真《おうしん》の消息《しょうそく》はわかっているか？」

「兄はいま、遼東《りょうとう》の公孫《こうそん》家におります。公孫淵《こうそんえん》が魏《ぎ》にそむくように策動《さくどう》しているようですが、なかなかうまくはいかないようです。ただ、公孫淵は、呉《ご》と連絡を取ったりするようになっています」

「つらい仕事をさせているな、応真にも」

「蜀《しょく》が雍《よう》州を併《あわ》せたら、呼び戻されると思っております」

「この戦が終ったら」

勝っても負けても、という言葉を孔明は呑《の》みこんだ。魏の北方を乱《みだ》すことに、それほど大きな意味はなくなっている。呉が、思ったほどの動きを見せないのだ。呉が動き、北が乱れる。その両方が必要だった。

雍州を攻めている時は、掣《せ》牽制《けんせい》だけでもいいから兵を動かしてくれるように、呉にはたえず要請《ようせい》を出してある。呉と合議した進攻《しんこう》ではないので、孔明もそれほど当てにはしていなかった。

ただ、得《とく》だと思った時は、孫権《そんけん》という男は動くだろう。

とにかく、当てになるのは、自分の力だけだった。そう考えて、すべての作戦も立てるべきだ。呉が動いたら、掩護《えんご》ではない別の目的を持っていると考えた方がいい。

「兄は、やはり丞相《じようしよう》のおそばで働きたい、と望んでいると思います」

応尚は、あまりそういうことは喋《しやべ》らない。喋るということは、すでに応真が限界だと思っているのだろう。

「私も応真には会いたいと思っている」

孔明が頷《うなず》くと、応尚は一礼して出ていった。

応尚が地図に書きこんだのは、雍州にある魏軍の兵糧貯蔵地《ひようろうちよぞうち》だった。いくつかには、そのおよその量も書き添《そ》えてある。

孔明は、これを待っていた。ふた月分の蓄《たくわ》えでは、戦はできない。だからと言って、雍州に兵糧を奪うだけの目的で、出兵するわけにもいかない。

雍州攻略《こうりやく》と、兵糧の確保。それが同時にできる場所に、まず進攻するつもりだった。長安《ちようあん》の直接攻撃は、魏軍とまともにぶつかり合わなければならないので、兵力差が顕著《けんちょ》に影響する戦になる。賭《か》けとしては、最も危険なものだった。最初の雍州《よう》進攻で、長安奇襲作戦《ちょうあんきしゅうさくせん》を立て、寸前《すんぜん》まで事は進んだ。あれから、長安の防備は極端なほど強化されてもいる。

「祁山《きざん》か」

孔明《こうめい》は、呟《つぶや》いた。祁山には、山頂と麓《ふもと》の二つの城がある。下の城に、かなりの兵糧が蓄えられていた。それに祁山を奪《と》ることは、雍州の西半分を押さえることで、涼《りょう》州との間を完全に分断できる。

しかし、長期戦になるだろう。兵糧が、足りるかどうか、微妙なところだった。

軍議を招集した。

「二日後に、全軍進発。十二万の編成とする。先鋒《せんぽう》は、王平《おうへい》」

進攻軍の構成を伝えた。各隊の将軍たちは、黙って聞いていた。

「祁山を奪る」

最後に、孔明は言った。

外征《がいせい》に当てられる兵力は、最大十四万である。残りの二万は、斜谷《やこく》を進ませることにした。ただし、こちらには兵糧の補給はまったくない。

軍議を終えると、陳式《ちんしょく》と姜維《きょうい》の二人を居室に呼んだ。

「明日、進発できるか？」

「明日とは言わず、今日にでも」

姜維が答えた。陳式も頷いている。

この二人の任務は、遊軍《ゆうぐん》ということになっていた。つまり、なんでもやるということだ。

「明日早朝に進発し、駈《か》けに駈けよ。速《すみ》やかに祁山の下の城を奪り、確保するのだ。火は使うな。そこには兵糧がある」

「わかりました」

蜀《しょく》軍の中で、攻城戦《こうじょうせん》と野戦にたけた二人だった。これ以上の組み合わせは、考えられない。呼吸も合っていた。

「祁山の城の兵糧を確保できるかどうかが、まず最初の勝負だ。その兵糧を確保できぬかぎり、戦にはならん」

「必ず、死守《ししゅ》いたします」

「先鋒の王平が到着するまでの、二日間を耐《た》え抜けばよい」

「攻城戦は、裏を返せば籠城戦《ろうじょうせん》です。私なりに、工夫《くふう》があります」

はじめて、陳式が口を開いた。

「任せよう。すぐに、進発の準備にかかれ」

二人が、拝礼した。

ひとりになると、孔明《こうめい》は寝台に座りこみ、腕を組んだ。

祁山《きざん》にある兵糧だけでは、足りない。収穫した麦を、どれだけ迅速《じんそく》に集めて、祁山に送れるか。もうひとつは、祁山周辺の畠《はたけ》の麦を、こちらで刈《か》り取ってしまえるかどうか。

兵糧の事情は、それでかなり変ってくる。

斜谷《やこく》を行く別働《べつどう》隊の二万が、魏《ぎ》軍の本隊をどれだけ牽制《けんせい》できるかが、ひとつの鍵《かぎ》だった。それは、魏軍の総帥《そうすい》が誰《だれ》になるかにもよる。斜谷の兵が気になって本隊を進められなければ、それだけこちらの兵が麦を刈り取る時間が長くなる。

司馬懿《しばい》が、総帥だろう、と孔明は思った。充分な時間がある、とは考えない方がいい。

2

夜明けまで、孔明は寝台で腕を組んでいた。

蜀《しょく》軍が子午道《しごどう》を来るのか斜谷道を取るのか、議論は二つに分かれていた。

もっとも、その議論に司馬懿が加わっているわけではなく、洛陽《らくよう》からの使者が宛《えん》に到着するたびに聞かされることだった。

長安《ちょうあん》への軍の集結は、すでにはじまっていた。蜀軍が動きはじめることはほぼ確実だと、司馬懿自身も昨年から情報を入手していた。

昨年の秋のはじめに、魏《ぎ》軍は長雨により漢中《かんちゅう》から撤退《てったい》した。三十万の遠征《えんせい》だった。その事後処理《じごしょり》の間に、諸葛亮《しょかつりょう》が出兵準備を進めたことは、さすがにどんな隙《すき》も見逃《みのが》さない勝負師の眼《め》が働いたということなのか。考えてみれば、蜀軍は駐屯《ちゅうとん》に準ずる布陣《ふじん》で、大きな負担《ふたん》もなく魏軍と対していたのだ。

魏軍には、乱れがあった。頂点にいる曹真《そうしん》が、病《やまい》に倒れたのである。代りの者はすぐ立てられる、という状態ではなかった。第二の位置にいる司馬懿は、長安まで含《ふく》めた、荊《けい》州北部の防衛に専心《せんしん》するように命じられている。曹真の息子曹爽《そうそう》を中心とする一派が、曹叡《そうえい》にそう進言したと考えられた。司馬懿にとっては、実はその方がありがたかった。

曹真は、息子の曹爽を中軸《ちゅうじく》とした人脈を軍内に作り、同時に有力な軍閥《ぐんばつ》である夏《か》侯《こう》氏を取りこんだ。軍内の派閥《はばつ》を嫌った曹丕《そうひ》の死から、徐々に動きはじめたという感じがある。曹真《そうしん》にはそういう野心は見えなかったので、曹爽《そうそう》の動きが大きいのだろう。

司馬懿《しばい》は、その動きが見えないふりをして、曹真を支え続けてきた。ただ、必要以上に近づいてもいない。つまり軍内に派閥を作らないことで、第二の地位を維持《いじ》してきた。

曹真の失敗は、夏侯覇《かこうは》を先鋒《せんぽう》に使ったことだ。曹丕《そうひ》に嫌われて地方に飛ばされていた夏侯《かこう》一族の将軍の、最初の前線復帰だった。

あの戦《いくさ》での先鋒は、負けることになっていた。一時的に拠点《きよてん》を確保し、夏侯覇はむしろよくやったと言っていいほどだが、唯一闘われた戦闘の、唯一の負けになってしまった。曹真は、雨に降りこめられた時、すぐに撤退したかっただろうが、夏侯覇の敗北があってそれができなかった。

雨には勝てず、という理由で撤退の命令を洛陽《らくよう》に仰いだ司馬懿は、曹真に感謝されていた。副将としてよく補佐《ほさ》した、と曹真は直接司馬懿に礼を言った。

同時に、戦線の膠着《こうちやく》を憂慮《ゆうりよ》していた洛陽の文官からも、司馬懿の判断は好意を持って評価された。いい役回りを演じ通してしまったという思いが、司馬懿にはある。曹爽の派閥的な動きで、洛陽の軍議から除外されたのは、だから好都合なのだ。曹丕の治世は、短すぎた。軍内の派閥を地方に追いやっただけで、根絶《ねだ》やしにするところまでは行かなかった。そして曹叡《そうえい》は、そういう点に関しては無関心だ。

息を吹き返しつつある軍閥は、甘く見るべきではない。それは、尹貞《いんてい》の意見とも一致していた。自分が必要だと軍議での声が大きくなるまで、荊州《けい》でじっとしていた方が無用な危険は避けられる。

「曹真は、気力だけで軍議に出ているという感じですな。長くはもちますまい。とすると、曹真の後を誰が受けるかですが」

「まだ早い、尹貞。諸葛亮《しょかつりょう》との戦を耐え抜かなければ、私は名実ともに軍の頂点に立ったとは言えぬのだ」

「まあ、否応《いやおう》なく立たされることにはなりますが、諸葛亮とどう闘われるかは、よくよく考えられることです。すべての戦に勝とうとした。これが、曹真の躓《つまず》きのはじまりです」

勝とうとするより、負けないようにしろ。尹貞の言葉を、司馬懿はそう受け取った。

司馬懿が洛陽に召し出されたのは、年が明けてひと月も経《た》ったころだった。

司馬懿は二百ほどの供回《ともまわ》りで洛陽に赴《おもむ》き、館《やかた》に入った。

宮廷《きゅうてい》の軍議に二度出たが、みんな曹真《そうしん》の病を慮《おもんぱか》って、現実的な防御策を進言しようとはしなかった。長安《ちょうあん》に大軍を集結させる、という方針が決まっているだけである。

「雍《よう》州を奪われたら、涼州《りょうしゅう》が危《あや》うくなるのはわかりきったことです。なにがあろうと、蜀《しょく》軍を打ち払わなければなりません」

「わかっている、司馬懿《しばい》。私が行って、軍の指揮をしよう」

曹真が言った。それが無理なことは、誰の眼《め》にも明らかだった。

「私に副将をつとめさせていただけませんか、曹真将軍。私は荊《けい》州方面軍を統轄《とうかつ》し、同時に平時における長安の軍も指揮下に置いています」

「司馬懿が来てくれるなら、私に不満はない。前線の指揮は、司馬懿に任せることになるかもしれぬが」

「御下命《ごかめい》をいただければ、なんなりと」

そんな具合の、軍議だった。曹操《そうそう》や曹丕《そうひ》のころと較《くら》べると、誰にも緊張感がない。

「本日の軍議について、陛下《へいか》に奏上《そうじょう》する」

曹真のその言葉で、軍議は終った。

曹叡《そうえい》から宮中に召し出されたのは、その軍議の翌日だった。謁見《えっけん》の間《ま》ではなく、奥の私室に通された。私室と言っても広大なもので、曹叡が贅《ぜい》を尽《つく》して築《きず》いたものだった。

曹真と陳羣《ちんぐん》がいて、曹叡は一段高いところに座っていた。侍従《じじゅう》たちも、すべて遠ざけてある。

「曹真将軍は、病であられます、司馬懿殿。それに、高齢の域《いき》にも入られた」

司馬懿は、黙っていた。自分に軍権を与えるという話である、と直感したのだ。

「無念だが、長い戦に私は耐えられないと思う。先年の遠征《えんせい》で、それがよくわかった」

軍議の席以上に、曹真の表情には生気がなかった。長くないのかもしれない、と司馬懿は思った。それほどに、曹真は弱々しい老人になっていた。

「私は、軍権をおまえに与えようと思う、司馬懿」

「しかし、それは」

「曹真も同意している。いや、おまえしかいない、と言っている」

陳羣の進言があったのだろう、と司馬懿は思った。出兵で陳羣に無理をさせているが、決して二人は不仲ではなかった。病のことを心配した、と見るべきだろう。

「蜀軍が、また雍州に出てくることは、ほぼ間違いなかろう。雍州を蜀に奪《と》られることの意味を、私はよくわかっているつもりだ。まず涼州《りょう》が蜀《しょく》に靡《なび》く。蜀の国力は、いまの二倍以上に達してくる。そして、中原《ちゅうげん》が戦場になる。洛陽《らくよう》を、都などにはしておれまい。呉《ご》もその機を逃さず出てくるであろうからな」

曹叡《そうえい》の関心は、また戦の方にむいたようだった。そうなれば、曹操《そうそう》譲《ゆず》りの天性を持っているのだ。

司馬懿《しばい》は、うつむいていた。

「どうした。面《おもて》をあげよ、司馬懿」

曹叡に言われ、司馬懿はわずかに視線をあげた。

「蜀の遠征軍は、すでに編成されている。いつ出撃してきてもおかしくないのだ」

「私には、自信がありません、陛下」

「軍人が、そういうことを口にすべきではなかろう、司馬懿殿。命令があれば、闘うのが軍人だと、常日ごろ言っておられるではないか」

「御命令があれば、闘《たたか》います。勝つために、闘います。しかし、全軍をお預かりするということは、魏《ぎ》国を背負って闘うことです。そこで負ければ、これは陛下の負けということになります。一部将《ぶしょう》として闘うのとは較《くら》べものにならぬ大任です。私には、全軍で勝ちを収《おさ》める自信はないのです」

「おまえが負ければ、私が負けたことになる。それは、よくわかる。しかし、ほんとうに勝てぬのか、司馬懿？」

「私は、これまでの諸葛亮《しょかつりょう》の戦を見て参りました、陛下。勝とうとすれば、負けます。戦術や用兵の巧《たく》みさは、まさしく鬼神。私ごとき凡庸《ぼんよう》な者の、相手ではございませぬ」

「では、雍《よう》州を奪《と》られ、涼州を奪られ、やがて魏は河北《かほく》に追いやられるのか。そうなることを、手を拱《こまね》いて待つと言うのか」

「申しわけございません、陛下。軍権をお与えくださるというのは、勝てということです。それが諸葛亮を相手では難しいのです」

「前に三度、諸葛亮は雍州を侵《おか》した。しかし三度とも、漢中《かんちゅう》へ引きあげた」

「三度とも、勝ってはおりません。最初の侵攻《しんこう》が、魏にとってどれほど危《あや》ういものであったか、長安《ちょうあん》におられた陛下は、身をもって感じられたはずでございます」

「陳倉《ちんそう》を、郝昭《かくしょう》が守りきった」

「それも、勝ったのではございません。わずかな兵力で、半分は新兵だったということです。攻城戦の調練《ちょうれん》のつもりで、諸葛亮は攻《せ》めたのだと思います。事実、撤退《てったい》する蜀軍を追った王双《おうそう》は、たやすく討《う》ち取られました」

司馬懿《しばい》は、息をついた。曹叡《そうえい》は、じっと司馬懿を見つめている。曹真《そうしん》と陳羣《ちんぐん》は、腕を組んでいた。

「三度目は、たやすく武都《ぶと》、陰平《いんぺい》の二郡を奪《と》られ、われらの遠征《えんせい》も御存知《ごぞんじ》の通りの結果です」

「勝てぬのか」

「はい。時をかけて、雍《よう》州を守り抜くだけで精一杯でございます」

「そうか」

曹叡は、ちょっと考える表情をしていた。

「時さえかければ、蜀《しょく》に雍州を奪られることはない、と言えるのだな、司馬懿？」

「私が陛下にお約束できるのは、局地戦で負けようと、持久戦に持ちこみ、決して雍州を奪られない、ということだけなのです」

「それでよい」

「しかし諸葛亮《しょかつりょう》は、漢中《かんちゅう》に撤退しても、また力を蓄《たくわ》えて雍州に出て参ります。天下を目指さないかぎり、蜀という国が存在する意味はないと考えているのですから、それこそ、何度でも侵攻《しんこう》して参ります」

「それが続けば、どうなると思うのだ？」

「やがて、蜀は疲弊《ひへい》のさわみに達するでありましょう。魏《ぎ》とは、持てる国の力に大きな差があるのですから。諸葛亮に勝てるとしたら、疲弊しきった時しかありません。それは、何年も、十数年も先のことかもしれません」

「なるほど。蜀は攻め続ける国か」

「申しわけございません。軍権をお与えくださるということで、思っていたことをすべて申しあげてしまいました。陛下の御下命があれば、私は軍人としてどこへでも行き、誰とでも勝つための戦をいたします。倒れるまで闘うのが、軍人です」

「勝たなくてもよい、司馬懿」

「それは」

「おまえの話を聞いていると、勝つための戦には自信がないが、負けぬための戦はできる、と言っている。それでよいのだ。何年睨《にら》み合っても、蜀に雍州を奪られさえしなければ、これは勝ちだと思おうではないか」

「そうだ、司馬懿。私は、漢中攻めを主張して、出兵した。あれは間違いであった。陛下にもお詫《わ》びを申しあげ、処断《しょだん》してくださるようお願いした。陛下はお笑いになり、御寛恕《かんじょ》くだされた」

曹真が曹叡に詫《わ》びたということは、司馬懿は知らなかった。多分、二人だけで話されたことなのだろう。

「秦嶺《しんれい》の天険《てんけん》がある以上、蜀《しょく》への進攻は、よほど国力が弱った時でなければ困難だ。私は、そう思う。だから、雍《よう》州から蜀軍を撤退させれば、それは勝ちなのだ。陛下には、そう言っていただいた」

あの出兵の時は、曹真《そうしん》と陳羣《ちんぐん》の激論があり、決定が二転三転した。曹叡《そうえい》は、途中で面倒になり、曹真にすべてを任せたのだ。戦に眼《め》がむいていない時の曹叡は、そんなものだった。

「だから、負けぬ戦をすれば、それでいいのだ、司馬懿《しばい》。陛下も、軍権を与えたからといって、すぐに勝つことを望んではおられぬ。おまえの言うことが正しいとすれば、私などは万死に値《あたい》すると思わぬか」

「これは、言葉が過ぎました、曹真将軍」

「よいな、司馬懿。曹真が申した通りだ。蜀が攻める国なら、魏《ぎ》は守る国でよい。そうやって雍州を守り抜けば、やがて自《おの》ずから勝敗が決する時は来ると思う」

「申しあげなくてもよいことを、口にしてしまいました。恥じております、陛下」

「相手は、諸葛亮《しょかつりょう》なのだ。負けぬ戦でさえ、なかなかに難しいと思う。私は諸葛亮の戦略と、実際に行われた戦を、つぶさに検分してみたのだ。驚嘆《きょうたん》に値する、としか言えぬ。わずかに、いまひとつの運に恵まれておらぬ。それが諸葛亮の星であろうがな。いまひとつの運さえあれば、魏という国はなくなっている。無論《むろん》、呉《ご》もだ」

「諸葛亮が生涯《しょうがい》の敵、と心の中では思い定めて参りました。しかし、口に出せば自分で自分を嗤《わら》うしかないことしか、やってきておりません」

「違うぞ、司馬懿」

曹叡が、身を乗り出して喋《しゃべ》りはじめた。熱中した時の癖《くせ》である。

「われらは、一度勝っている。昔のことではないぞ。諸葛亮が、雍州奪取《だっしゅ》を戦略の軸《じく》に置き、動きはじめた時だ。わずか、三年前のことだ」

「三年、でございますか、陛下？」

「おまえが、孟達《もうたつ》を討《う》った時だ。新城郡《しんじょう》に、蜀についた孟達がいることを想像してみよ。洛陽《らくよう》と長安《ちょうあん》はとうに分断され、この宮殿も河北《かほく》に移していたであろう。いや、一気に河北も押しこまれ、魏は滅びていたかもしれぬ。孟達の寝返《ねがえ》りは、諸葛亮の戦略の根幹《こんかん》のひとつであったはずだ。それを、おまえが潰《つぶ》した。それで、雍州はずっと守りやすくなったのだ。あの時のことを検分しながら、私は全身に粟《あわ》を生じさせたぞ」

「信じられぬほどの速さで、おまえは宛《えん》から上庸《じょうよう》まで駈《か》けた。五千頭の替馬《かえうま》を用意しておくという離《はな》れ技《わざ》でな。その替馬を用意したのは、曹真《そうしん》と亡くなった曹休《そうきゅう》だった。つまり魏《ぎ》軍をあげて、蜀《しょく》との戦の緒戦には勝ったのだ。だからこそ、常人とは思えぬ戦術で雍《よう》州に攻めこんでくる諸葛亮《しょかつりょう》にも、結局負けていない。私はそう思うぞ」

「あれは」

「わかりました」

司馬懿《しばい》は、一度拝礼をした。

「陛下のお心が、わかりました。この司馬懿、微力《びりょく》を尽《つく》して、諸葛亮を止めて御覧に入れます」

陳羣《ちんぐん》が、頷《うなず》いていた。こちらからの出兵にはいつも消極的だったが、侵攻《しんこう》されるということになれば、話はまったく別になる。

「荊《けい》州軍を率《ひき》いて、すぐに進発《しんぱつ》されよ、司馬懿殿」

「いや、この足で長安《ちょうあん》にむかおうと思う、陳羣殿。すでに大軍が集結しているのだ。宛には伝令だけ出し、副官が指揮して進発するようにします」

「総勢で三十五万だ、司馬懿。蜀軍はおよそ十二、三万。しかし、手強《てごわ》いぞ」

「あの国土で、それだけの軍を出してくる。諸葛亮の民政の手腕《しゅわん》も、大したものなのですな。とにかく、全力を尽します、曹真将軍。どうか、お躰《からだ》をいとわれますように。

曹真は、戦がうまいというわけではないが、父のようなお方です」

魏軍の兵にとっては、人望《じんぼう》はあった。そばで見ているのと、遠くから眺《なが》める兵の眼《め》では、映《うつ》り方が違うのかもしれない。

その日、召集《しょうしゅう》された群臣《ぐんしん》の前で、司馬懿は曹叡から軍権を与えられた。

洛陽《らくよう》を出たのは夕刻で、荊州から伴《とな》った二百の供回《ともまわ》りだけで、長安にむけて駈けた。荊州の尹貞《いんてい》には、速《すみ》やかに長安にむかえと、伝令を出してある。

諸葛亮がどういう動きをしてくるのか、司馬懿は駈けながら考えた。あり得ない、ということはない。すべてがそうだ。こちらが、あり得ないと思ってしまうだけのことだ。諸葛亮の場合、どんなことでもあり得る。

予断を持たずに、判断することだった。そうすれば、必ず見えてくるものがある。

長安に到着した。

二十数万の大軍は、総帥《そうすい》の到着を待ちわびていた。司馬懿は、即座に軍の編成を決め、集まっている蜀軍についての情報を検討《けんとう》した。軍の編成は、駈けながら考えていた。まだ、長安にむかっている軍がいる。荊州の自分の麾下《きか》六万も、尹貞が率《ひき》いてやってくる。

蜀《しょく》に潜入《せんにゅう》している間者《かんじゃ》からの報告も、かなり切迫《せっぱく》したものだった。間者は、かつては五錮《ごこ》の者と言った。それを軍の組織のように編成し直し、人数も増やしたのは、曹丕《そうひ》だった。五錮の者は、曹操《そうそう》との繋《つな》がりが強すぎたのだ。いまでは、五錮の者も組織に組み入れられている。

蜀軍が、動きはじめた。

斜谷道《やこくどう》に二万。関山道《かんざんどう》に一万。子午道《しごどう》を使って長安《ちょうあん》を直撃という情報がしきりだったが、いまのところ子午道に軍が入った形跡はないようだ。

「関山道は陽動。斜谷から出て渭水《いすい》沿《ぞ》いに長安を攻めようというのだろう」

長老格の将軍である張郃《ちょうこう》が、地図を指で示しながら言った。

「祁山《きざん》だ」

しばらく地図を見つめ、司馬懿《しばい》は言った。

蜀軍の最大の弱点は、兵糧《ひょうろう》である。戦術的に意味のある場所であると同時に、兵糧も手に入る場所。祁山しかなかった。

「長安の守備は五万。あとは全軍で、祁山にむかう」

「待たれよ、司馬懿殿。諸葛亮《しょかつりょう》の狙《ねら》いが祁山だったとしても、郿《び》にも半数の兵を置いた方がいいのではありませんか。斜谷を、確かに進軍してくる軍がいる」

「諸葛亮には、全軍で当たりたい。軍を二つに割って、各個撃破《げきは》されることは避けたいのです。張部将軍の言われることも、一理はある。諸葛亮が相手でなければ、私もそうするでしょう」

　張部は不満そうだったが、司馬懿は出撃命令を出した。

3

　奇襲《きしゅう》により、祁山の麓《ふもと》の城を落とし、確保中。魏《ぎ》軍三万の猛攻《もうこう》を受けている。

　姜維《きょうい》からの伝令を、孔明《こうめい》は武興《ぶこう》を百里（約四十キロ）ほど過ぎたところで受けた。先鋒《せんぽう》の王平《おうへい》は、すでに下弁《かべん》に達しようとしているはずだ。騎馬隊だけで駈《か》けよ、と孔明は王平に伝令を出した。

　長安の魏軍の本隊が出撃した、という情報も入っていた。斜谷道の二万が、牽制《けんせい》になるのかどうかは、まだわからない。

　魏軍の総帥《そうすい》は、曹真《そうしん》から司馬懿に交替しているという。曹真が病《やまい》に倒れたという噂《うわさ》は、ほんとうのことのようだ。

斜谷道《やこくどう》の二万に、司馬懿《しばい》が惑《まど》わされることはあるまい、と孔明《こうめい》は思った。

三年前、蜀《しょく》に寝返《ねがえ》ろうとしていた孟達《もうたつ》を、宛《えん》から異常な速さで疾駆《しっく》してきて、ほとんど抵抗《ていこう》の暇《いとま》も与えず殲滅《せんめつ》した。あの時の、剣の切先《きっさき》のような鋭さは、いまも忘れられない。

あれは、負けた。孟達が負けただけでなく、自分も負けた。

先鋒が騎馬で駈けているので、進軍は自然に速くなった。蜀から雍《よう》州へ出る道として、関山道《かんざんどう》は長いがほかの道よりましだった。特に、先年、武都《ぶと》、陰平《いんぺい》の二郡を奪《と》ったので、ほとんど蜀の領内を通って、祁山《きざん》の近くまでは行ける。

三日後、王平《おうへい》が祁山に到着した、という伝令が入った。下の城を囲んで猛攻《もうこう》を加えていた魏《ぎ》軍は、二万が上の城に戻って籠《こも》り、一万は遠く離れたという。

孔明は、四万を祁山の手前で東に反転させた。まだ敵が近づいているわけではない。広大な畠《はたけ》があり、麦《むぎ》が実っている。それを、刈《か》り取らせるのである。雍州の農民が泣くことはわかっているが、いまは一粒の麦でも必要なのだった。

祁山には、五万で攻囲の陣を敷き、残りは麓《ふもと》の台地に展開させた。

「兵糧庫《ひょうろうこ》が十二。すべて兵糧が満ちています。量は確認しました」

姜維《きょうい》が報告に来た。祁山の攻囲軍の中央に、孔明は本営を構えている。

獲得した兵糧は、蜀軍がふた月しのげる量があった。あとは、どれほどの麦が刈り取れるかだが、魏軍の本隊は斜谷道には眼《め》もくれず、祁山にむかって急行しているようだった。

「姜維、陳式《ちんしょく》の一万は、張翼《ちょうよく》、張嶷《ちょうぎ》の一万を加え、渭水《いすい》を渡れ。冀《き》と天水《てんすい》の城を落としておくのだ。兵糧が蓄《たくわ》えてあれば、それは祁山に運ばせよ」

「城は、破壊いたしますか？」

「必要ない。魏軍の動きを見定めたら、先鋒の王平が天水の先の台地まで突出する。第二段が、おまえたちの二万だ、姜維」

「街亭《がいてい》は、守らなくてもよろしいのですか？」

「それも、必要ない」

三年前に祁山を奪った時は、もう一方で長安奇襲作戦《ちょうあんきしゅうさくせん》を遂行《すいこう》しようとした。街亭を守り、そこで魏軍と膠着《こうちゃく》する必要があったのだ。

「天水まで、魏軍を引きこむ。そこが、勝負になる。そこで魏軍を打ち破れたら、雍州の西はたやすく奪れる」

実際、祁山の上の城はどうでもいいものだった。籠っている二万は、そのまま籠らせておけばいい。城が築かれているぐらいだから、湧水《ゆうすい》はある。兵糧も、二万が食いつなげるだけのものはあるのだろう。

どこが戦場になるかは、まだ読めなかった。

天水《てんすい》の備《そな》えは、街亭《がいてい》から進撃してくる敵に対するものだが、司馬懿《しばい》が街道をそのまま全軍で来るとも思えなかった。だから天水の兵は、三万までである。

街亭から祁山《きざん》にむかうには、渭水《いすい》を渡渉《としょう》しなければならない。三万で誘《さそ》い、渡渉させる。それもひとつの方法だが、司馬懿が思った通りの男なら、こちらの虚《きょ》を衝《つ》いた渡渉をやるだろう、と孔明《こうめい》は思っていた。

待った。動いているのは、魏《ぎ》軍三十万である。見失うはずもない大軍だった。

臨渭《りんい》の東、五十里（約二十キロ）の地点で、魏軍は渭水に船を並べ、その上に板を敷いて橋を作り、渡渉した。

孔明《こうめい》は、王平《おうへい》、姜維《きょうい》、陳式《ちんしょく》を渭水に急行させた。それから一万を麓《ふもと》の城の防備に回し、全軍を移動させた。

渡渉は、半日で済んだ。流れのゆるやかなところに船を並べ、三本の橋を作ったのだ。渡渉した軍から、陣を組んでいった。

先鋒は、費曜《ひよう》が率《ひき》いる六万。中軍を三段に分け、張郃《ちょうこう》、夏侯覇《かこうは》、司馬懿という構《かま》えで進んだ。殿軍《でんぐん》は郭淮《かくわい》である。

「どこかで、ぶつかるな。祁山の手前のどこかで」

司馬懿は、軍監《ぐんかん》として本陣に加えている辛毗《しんぴ》に言った。曹操《そうそう》のころからの、老臣である。あまり出世はしていないが、どこか人を食《く》ったところがある。

「まず、上邦《じょうほう》あたりでしょうか」

幕僚《ばくりょう》には、若い将軍を置いた。蜀《しょく》軍とぶつかった場合、司馬懿自身で兵を動かしてみるつもりだったのである。若い将軍の軍は、上でしっかり押さえている必要があった。

蜀軍十一万が、東にむかって移動中という報告が、斥候《せっこう》から入った。諸葛亮《しょかつりょう》は、全軍で当たる気のようだ。しかし、わからない。諸葛亮の戦《いくさ》は、すべてが変幻《へんげん》の中にある。

敵の前衛《ぜんえい》まで二十里（約八キロ）の地点に達した時、司馬懿は全軍に停止を命じ、陣を組んだ。それでも、蜀軍は進んでくる。

本陣を前に出した。先鋒の費曜の軍の、すぐ後方である。しびれるような緊張感があった。三倍の兵力を抱《かか》えていて、そうだった。軍と軍がむかい合っているのではなく、諸葛亮と一対一でむかい合っている、という気がしてくる。

敵の前衛が、五里（約二キロ）のところまで近づいてきた。気負《きお》いもなく、隙《すき》もない陣形のまま、まだじわじわと距離を詰めてくる。先鋒は王平《おうへい》。旗がはっきりと識別《しきべつ》できた。

掌《てのひら》だけでなく、全身に汗が滲《にじ》んだ。

不意に、王平の軍が突っかけてきた。

費曜《ひよう》が、迎撃《げいげき》の構えを取った。司馬懿《しばい》は、唾《つば》を飲みこんだ。しかし王平の軍は、半里ほどのところで反転した。つられたように出ようとする費曜を、鉦《かね》を打って止めた。

その間に、蜀軍は五里ほど退《さ》がっている。しかも、縦列《じゅうれつ》で密集隊形だった。

「柵《さく》を前に出せ。陣を固めろ」

それだけ言い、司馬懿は蜀軍の動きを凝視《ぎょうし》した。縦列の隊形が見事に鶴翼《かくよく》に拡《ひろ》がり、それが流れるように魚鱗《ぎょりん》に変った。

見とれるほど、鮮《あざ》やかな兵の動きだ。これでまた鶴翼に拡がれば、まるで巨大な鳥がはばたくように見えるだろう。

しかし、静止した。

「辛毗《しんぴ》、各軍を回れ。気負って飛び出しそうな者を、抑《おさ》えるのだ」

「いまの動きを見て、飛び出す度胸《どきよう》がある者がいるとは思えませんが、恐怖が人を動かすこともありますからな」

暢気《のんき》な口調で言い、辛毗は馬で駈け出した。

ただの魚鱗《ぎよりん》だ。司馬懿は自分に言い聞かせていた。諸葛亮《しよかつりよう》だからといって、無闇《むやみ》に警戒《けいかい》する必要はない。

本来は守りの陣である魚鱗に、殺気《さつき》が漂《ただよ》っているような気がした。鶴翼に拡がったところを見たからだろうか。それとも、別の隊形で攻撃しようとしているのか。

胸が締《し》めつけられるような時が過ぎ、また前衛《ぜんえい》の魚鱗が十枚ほど動くのが見えた。王平《おうへい》の軍ではない。気づくと、王平の軍は後方に回っているようだった。

つまり、いま前衛にいるのは、第二段である。第三段、第四段と、回転しながら攻撃するのが、蜀軍のやり方なのか。

進んでくる。突っこんでくる様子はないが、距離は詰《つ》まってきた。それが、不意に二つに割れた。その割れ目から、後方にいたはずの王平の軍が躍《おど》り出してきた。費曜の軍の前衛が浮き足立った。柵が引き倒されている。

「弓手《きゆうしゆ》を前に出せ」

司馬懿は叫んだ。しかしその時は王平の軍は退がり、第二段が費曜の前衛とぶつかっていた。束《つか》の間《ま》だった。第三段が出てくる気配を見せる間に、第二段は退がった。弓手《きゆうしゆ》が出た時は、もう矢が届かない距離だった。

また、睨《にら》み合う恰好《かっこう》になった。

「輜重《しちょう》を柵の代りに前に出せ。両翼を拡げて、突っこんできたら、包みこめるような構えを取れ」

陣を固めた。輜重のかげに弓手を配し、その後方に槍《やり》を持った歩兵を配した。騎馬隊は両翼である。

「司馬懿《しばい》将軍、後方に退がられよ。張部《ちょうこう》将軍からの伝令です」

司馬懿は、弓手の後方にいた。騎馬三千を含む、二万の旗本《はたもと》である。本陣が前方に出すぎている、と張部は見ているのだろう。

退がってたまるか、と司馬懿は思った。ここにいて、諸葛亮《しょかつりょう》の用兵のすべてを、見きわめてやる。自分がここにいれば、諸葛亮はさらに攻撃してくるはずだ。

両翼が、拡がっていった。騎馬二万騎である。白兵戦《はくへいせん》の場合は、各隊の騎馬はひとつにまとまることになっている。中央に留《とど》まっている騎馬は、司馬懿の三千も含めて、およそ五千だった。

「張部将軍に伝令。敵が中央に殺到したら、即座に側面攻撃を」

伝令兵が駈け出していく。

「来い、来てみろ」

司馬懿は、声に出して言った。

敵の前衛の後方に、別の旗が出てきた。『漢《かん》』。間違いなく、その旗だった。いまいましいほど、その旗は堂々としていた。中央に、十頭ほどの白馬が見える。その中のひとりが、諸葛亮だろう。

また、全身に汗《あせ》が噴《ふ》き出してきている。

司馬懿は、魏《ぎ》軍の展開に眼《め》をやった。守《まも》りとしては、完璧《かんぺき》だった。どこにも隙《すき》はない。しかし、攻撃に移れる構えではなかった。

それに較《くら》べて、蜀《しょく》軍は攻撃も守りもという構えである。

三倍の兵力で対峙《たいじ》しているのだ。司馬懿は自分に言い聞かせた。数を恃《たの》みにするな。別のところから、声が聞える。

心気を統一した。

敵が動くたびに全身に汗が噴き出してくるのは、気持で押されているからだ。相手が諸葛亮ということで、どこかに圧倒されるような気分があるからだ。

諸葛亮も人。自分も人。念じるように、何度もくり返した。いくらか、落ち着いてきた。守り続ければ、それは攻撃になる。守りが堅ければ堅いほど、攻《せ》める側の力を奪うからだ。だから、この守りの陣でいい。諸葛亮《しょかつりょう》は、寡兵《かへい》という弱点を隠すために、たえず攻撃の構えを取らなければならない。

自分が圧倒されているように、諸葛亮もこの大軍に圧倒されているかもしれないのだ。

「輜重《しちょう》の前に、柵を出せ。柵を引き倒しにきた騎馬を、輜重のかげの弓手《きゅうしゅ》が射落《いお》とすのだ。怯《ひる》むな。諸葛亮の首を取る、というぐらいの気持でいるのだ」

前衛に、再び柵が出された。

張りつめていた空気が、ふっと緩《ゆる》んだ。『漢《かん》』の旗。遠ざかっていく。代りに、第二段がまた出てきたようだ。

蜀軍が退がっていると気づいたのは、しばらく経《た》ってからだった。先鋒の王平《おうへい》の軍が、そのまま殿軍《でんぐん》となっている。

「追え。しかし、距離は詰《つ》めるな」

費曜《ひよう》に伝令を出した。

輜重が除かれ、費曜の軍が前進をはじめる。司馬懿《しばい》も、二万を率いてそれに続いた。

「やめられよ、司馬懿殿。どういう罠《わな》があるかわからぬ。ここで陣を固めた方がい
い」

張郃《ちょうこう》が、自身で駈けつけてきて言った。

「諸葛亮が、追撃を受けた時にどう出るか。それも知っておく必要がある。蜀軍との距離は詰めない。だから、大きな危険はない」

「では、私が司馬懿殿の代りをする。総帥《そうすい》が、先鋒の後ろにつくものではない」

「私は、諸葛亮のすべてを知りたいのだ、張郃殿。だから、この眼で見たい」

「ならば、その後方を私が行く。よろしいな。決して距離は詰めないことだ」

司馬懿は頷《うなず》いた。

蜀軍は、攻撃の構えを崩《くず》していない。そのくせ、退がっていく。どこかで、乱れを見せないのか。対峙していた三十万の大軍の前から、平然と退がっていくのは、大胆すぎるのではないか。

そういうことを考えているうちに、十数里も距離がひらいた。見た感じより、ずっと速く退がっているということだ。

「鉦《かね》を打て。費曜の軍を停止させろ」

このまま追うというのは、祁山《きざん》まで引き寄せられるということだった。

「この地に、陣を構築する。あらゆる攻撃に耐《た》え得る陣だ。そして待つ」

なにを待つか、司馬懿《しばい》は言わなかった。

兵が動きはじめた。もう、蜀《しょく》軍の姿は見えなくなっている。夕刻だが、夜を徹《てっ》して陣を構築させようと司馬懿は思った。

「臆病《おくびょう》な者ほど、無茶《むちゃ》をしようとする。ほんとうに、そうですな。臆病すぎて、じっとしていられなくなるのでしょう」

辛毗《しんぴ》が戻ってきていた。

誰《だれ》が臆病で、誰がそうでないか、司馬懿は聞かなかった。いずれ本気でぶつかってみれば、いやでもそれは見えてくる。

軍を退《ひ》いた。

本気でやり合う気が、司馬懿にはない。何度か誘《さそ》いをかけたが、防備を堅《かた》くするだけだった。さすがに、防備の陣に隙は見えなかった。

司馬懿が、こちらのやり方をじっと見ているのが、孔明《こうめい》にはよくわかった。だから、派手《はで》な兵の動きだけを見せてやった。退く時は、距離を詰《つ》めずについてきたが、攻撃のそぶりはまるで見せなかった。

対峙して膠着《こうちやく》に入るには、祁山《きざん》から離れすぎている。だから、魏《ぎ》軍が追撃の態勢《たいせい》を作る前に、速《すみ》やかに退いた。

祁山の麓《ふもと》に陣を敷いた。

一日遅れて、魏軍は進んできた。十里ほどの距離を置いて、素早く陣を固めた。三つの、巨大な魚鱗《ぎよりん》である。防柵《ぼうさく》や逆茂木《さかもぎ》なども、手早く並べられ、その内側に防《ぼう》塁《るい》を築《きず》いている。どちらが大軍かわからぬ、二重三重の防御だった。

孔明《こうめい》は、方陣《ほうじん》である。防柵だけは、騎馬隊の奇襲《きしゆう》を防《ふせ》ぐために、二重に並べた。背後は城で、そのまま守りになっている。

長くなりそうだ、と孔明は思った。司馬懿の用心深さは、異常なほどだ。それでいて、宛《えん》から新城郡《しんじようぐん》まで、神速《しんそく》で駈けたりもする。攻める時は、極端なほど強攻め、守る時もまた、決して崩れない堅固さを持っているのだろう。

見張りの櫓《やぐら》なども、異常と思えるほどの数が立っている。魏軍の陣は、見る間に砦《とりで》という感じになってきた。

蜀軍は、後方に幕舎《ばくしや》を張っただけである。まだ、夜は寒い。薪《まき》なども、城の方に貯蔵してある。火攻《ひぜ》めは、警戒しなければならない。それから、水路も確保した。上流で飲み水を取り、下流からは汚物を流す。

対峙が四日目になると、孔明《こうめい》は三千だけ柵のそばに立たせ、残りの兵は比較的自由に動き回らせた。ただ、部隊ごとに、指揮官の将軍のもとにどれほど早く集結し、態勢《たいせい》を整えられるかという調練《ちょうれん》だけは、頻繁《ひんぱん》にやった。決められた時間内に集まれなかった者は、鞭打《むちう》ちである。毎日、どこかで鞭打ちが行われていたが、それ以外は静かなものだった。

魏延《ぎえん》が奇襲《きしゅう》を建策《けんさく》してきたが、却下《きゃっか》した。動き回る時、魏延はその力を最大限に発揮するが、じっとしているのが耐えられない、というのが欠点でもあった。

いまの魏《ぎ》の陣に奇襲をかけても、いたずらに犠牲を出すばかりである。城と同等の防御力があると考えられるので、実際には奇襲というものは成立しない。

騎馬隊の半数を祁山《きざん》の麓《ふもと》に出し、魏延にそれを調練させた。歩兵も、毎日駈けさせた。体力を落とすことを、警戒する将軍が多かったのだ。

兵は、体力だけで闘うわけではない。指揮官に、どれほどの思い入れを持っているか。それが、大きい場合が多い。命をかけるのである。しかし、思い入れの次に必要なのが、体力であり、武器を扱う技術だった。

魏軍でも、後方でかなりの調練をやっているようだった。

いずれ、どこかでなにかが緩《ゆる》んでくる。それを見逃《みのが》さないことだ。司馬懿《しばい》も、多分同じことを考えているだろう。

孔明は、昼夜を問わず、陣内を歩き回った。長い滞陣《たいじん》になった時、警戒しなければならないものが、いくつかある。士気《しき》の緩み、軍規《ぐんき》の乱れ、兵糧の不正。ほかにも、疫病《えきびょう》の発生なども、気をつける必要がある。

兵糧は、いまのところ心配がなかった。ただ、魏軍が迷わず祁山にむかってきたので、畠《はたけ》の麦《むぎ》を刈《か》り取る日数はわずかしかなかった。その分だけ、目論見《もくろみ》よりも少ない。

毎日、校尉《こうい》（将校）との会議も開いた。将軍は二十数名だが、校尉の数は多い。一部隊五千で、十五名の校尉がいる。四部隊ずつの校尉を集め、昼食をともにした。言いたいことは、そこでなんでも言わせた。校尉が兵を掌握《しょうあく》しているかどうか。さらには、兵の気持を摑《つか》んでいるかどうか。戦場では、校尉と兵の一体感は、力そのものになっていく。

将軍の悪口も、他の部隊の悪口も、ここだけにかぎるという条件で、言わせた。長くなってきた滞陣に苛立《いらだ》っている者は、ほとんどいなかった。調練がつらすぎると言う者もいなかった。

戦闘ができない、という不満だけが、ほとんどの者の口から出てきた。奇襲でも、正面攻撃でもいい。戦闘で、躰《からだ》を動かしたい。人を殺したい。

それは不満というより、情念の高まりと言うべきものかもしれなかった。三年前に劉禅《りゅうぜん》に上書《じょうしょ》した、出師《すいし》の表《ひょう》を暗誦《あんしょう》する者までいた。

間違いなく、この軍は精鋭《せいえい》だ、と孔明《こうめい》は思った。全体の用兵さえ誤《あやま》らなければ、相当の戦《いくさ》ができるはずだ。

喋《しゃべ》りたいことを喋ると、校尉たちは自陣《じじん》へ帰っていく。そして多分、兵を集めて話を聞かせるのだろう。

夜、孔明は営舎《えいしゃ》でひとりきりだった。

司馬懿《しばい》の陣を崩す方法。孔明には、それが見えはじめていた。しかし、完全に崩すことはできない。司馬懿に、本格的に戦をしようという気がないからだ。

そろそろ、揺《ゆ》さぶってみる時だ、と孔明が考えはじめたのは、滞陣がひと月を過ぎたころだった。

4

五千ほどの部隊が動いている、という報告を司馬懿は受けた。

面倒なことに、糧道《りょうどう》を断つ動きをしていた。

最初に運びこんだ兵糧《ひょうろう》はもう切れて、いまは長安《ちょうあん》からの補給に頼っている。その補給の部隊が、しばしば襲《おそ》われるのである。兵糧を奪いに来ているのではない。奪おうとしているのなら、対処《たいしょ》のしようもある。奪った兵糧は、運ばなければならないからだ。

兵糧を、ただ焼かれた。一度襲われるたびに、百両《りょう》単位の輜重《しちょう》が燃やされるのだ。三十万人分の兵糧は、実に厖大《ぼうだい》なものだった。百両の輜重を焼かれたぐらいでは、大きな影響はない。しかし、それが毎日続くのだった。十日もそれが続くと、兵糧が行き渡らない部隊が出はじめた。

兵糧移送に弱点を持っているのは、蜀《しょく》軍のはずだった。しかし現実には、魏《ぎ》軍の兵糧が欠乏してきている。

司馬懿は、新しい移送方法を考え、長安に指示を出した。船で運び、両岸を二万の兵が守りながら進むのだ。それで、騎馬を中心とした部隊で襲うのは、難しくなるはずだった。ただ、その兵糧が届くまでには、まだ時間がかかる。

「魏延《ぎえん》と、もう一隊は姜維《きょうい》という若造《わかぞう》か」

奇襲《きしゅう》に二隊が出てくるようになって被害《ひがい》はさらに増えていた。陳倉《ちんそう》までは、兵糧は届く。陳倉《ちんそう》から天水《てんすい》までの間で、いつも襲われる。五万の部隊を出したが、逃げ足は速かった。

次第に、陳倉で兵糧が滞《とどこお》りはじめた。

「まるで、羽虫《はむし》のような部隊だ。見つけて打ち落とそうとすると、飛び去るように消える。そのくせ、どこかに隠れていて、すぐにまた出てくる」

五万を指揮した将軍は、お手あげだというようにそう言った。陳倉まで五万の部隊をやり、ずっと輜重隊《しちょうたい》の護衛をしてくる、という方法しかなかった。それで、しばらく兵糧が途切《とぎ》れることはなくなった。ただ、実戦部隊を投入しているのである。船での移送のやり方が確立するまで、しばしば五万を割《さ》かれることになる。

司馬懿《しばい》は、本営の居室から、あまり出ることはなかった。表《おもて》に、将軍たちが詰めている部屋がある。そこへも、一日に一度顔を出すだけで、あまり長い話もしない。兵の調練《ちょうれん》など、そこで将軍たちが話し合いながら決めていたし、軍監《ぐんかん》の辛毗《しんぴ》が将軍たちに注意や通達《つうたつ》を伝えるのも、そこだった。

張部《ちょうこう》と夏侯覇《かこうは》が居室にやってきたのは、五万の兵に守られた兵糧が、ようやく届いた時である。

「陣の外にいたいというのか」

二人は、それぞれ五千ほどの部隊を率《ひき》いて、敵の奇襲隊と闘《たたか》いたい、と言うのである。言ってきたのが、張部《ちょうこう》と夏侯覇《かこうは》というのが、司馬懿にはなんとなくわかった。蜀《しょく》の最古参《さいこさん》の将軍で、猛将《もうしょう》として出ている敵は、魏延《ぎえん》と姜維《きょうい》だという。魏延は、趙雲《ちょううん》なきあとの、蜀の最古参の将軍で、猛将としてその名は魏《ぎ》にも聞えている。姜維は、若手の将軍たちの、中心的な存在というところなのだろう。魏軍の中での、張部と夏侯覇の立場に似ているのだ。

それに先年の漢中《かんちゅう》進攻で、夏侯覇は姜維にいいように翻弄《ほんろう》され、せっかく築《きず》いた陣を失うという、大きな敗北を喫《きっ》している。

「しかし、あの奇襲隊は、闘おうとはしておらぬな」

「それは五万という大軍だからで、同数であれば逃げないのではありませんか、司馬懿将軍」

「逃げるだろう。この陣の近辺でのぶつかり合いは避ける。自陣の近くまで誘《さそ》おうとし、誘われればその時大軍が出てくる。それを打ち破れる自信があるか、夏侯覇？」

「やってみなければ、どう出てくるかわからないと思いますが」

「戦《いくさ》に、およそやってみなければ、ということはない。それで成功しても、偶然にすぎぬのだ。相手の測《はか》るべきところは、測っている。張部将軍《ちょうこう》に止められながらも、撤退《てったい》する蜀軍《しょく》を追ってみたのは、それで見えてくるものがあると思ったからだ。やはり蜀には、劉備《りゅうび》軍以来の、精鋭《せいえい》の伝統が生きている」

「このまま、ここで敵の撤退を待とうというのですか、司馬懿《しばい》殿？」

「できれば、そうしたいと思っていた、張部将軍」

「思っていた？」

「敵は精鋭には違いないが、実際にぶつかったわけではない。中には、腰の定まらない部隊もいるだろう。一度、叩《たた》いておく。叩けないまでも、正面から大軍の威力をぶっつけてみる。小細工《こざいく》はしない方がいい、と諸葛亮《しょかつりょう》が思う程度にな。無論《むろん》、殲《せん》滅《めつ》できるのなら、そうする」

「では、出撃させるおつもりなのだな？」

「一度で、どこまで相手を叩けるかどうか、わからぬ。しかし、時々は攻《せ》めて、大軍の威力を見せつけ、締《し》めあげる。私はずっと、それだけを考え続けてきた」

実際に、蜀軍にそれなりの打撃が与えられれば、陣を組んでの長期の対峙《たいじ》で、心理的に優勢になってくる。いまは、雍《よう》州に攻めこんだ蜀軍に、なんの手出しもできずにじっとしている、という恰好《かっこう》なのだ。あたら大軍であるだけ、将軍たちも不満にあった。

それに、軍人として諸葛亮とまともに闘ってみたい、という気持はやはりどこかにあった。


「そうですか。司馬懿将軍は、決戦の肚《はら》を固められましたか」

「先走るな、夏侯覇《かこうは》。一度の出撃で打ち倒せるほど、諸葛亮は甘くはないぞ」

「わかっております。しかしぶつかる以上は、決戦の気持で」

夏侯覇は、先年の雪辱《せつじょく》を果したがっている。気持が燃えている軍というのは、扱い方によってはよく働くものだ。決戦という気持に、水を浴びせる気はなかった。こちら
「戦機は、私が見る。敵も焦《じ》れて、兵糧の移送隊を襲ったりしているのだ。こちらが出ていっても、陣を堅《かた》くしているだけでは意味がない。野戦に引き出さなければならん」

「どれほどの兵で、出撃を考えておられる、司馬懿殿？」

「陣の防御に五万」

「それから？」

「それだけだ、張郃将軍。残りは、全員出撃する」

「ほう」

「守る時は、徹底して守る。攻める時は、渾身《こんしん》の力で攻める。相手は諸葛亮《しょかつりょう》なのだ。大軍を恃《たの》むべきでもない」

ほんとうに考えていたことなのか、と司馬懿《しばい》は喋《しゃべ》りながら自問《じもん》していた。

二人が退出してからも、その自問は続いた。

尹貞《いんてい》を呼ぼうかと思ったが、耐《た》えた。ひとりで決めるしかない。それが、大将というものなのだ。

魏《ぎ》軍の糧道《りょうどう》を、完全に断てるなどと、孔明《こうめい》は考えていなかった。

ただ、三十万の大軍である。なにかがちょっと滞《とどこお》っても、兵糧が不足する事態になる。一日か二日の混乱。それが何度も続けば、将は苛立《いらだ》ち、兵は不安になる。

それは蜀軍も同じことだが、祁山《きざん》の下の城に蓄《たくわ》えられたものがあり、いまのところ移送に問題が出ても、凌《しの》ぐことはできた。

なるだけ漢中《かんちゅう》から運ばれてきた兵糧を使い、城に蓄えられたものは、必要がないかぎり手をつけないようにしていた。兵糧の全体量を考えると、魏軍は圧倒的なのだ。

兵糧の消費については、克明《こくめい》に記録した。あと何日もつかということは、たえず頭にある。対峙《たいじ》が一日長引けば、一日負けていく。そういうことだった。

三十万の大軍とむき合って、動きようはあるのか。それも、広大な地域を、砦《とりで》にしてしまったような三十万である。司馬懿の防御は、野戦の防御などというようなものではなかった。いつまでも戦機を熟《じゆく》させない。そう考えているのではないか、と思えるほどだ。

こういう時に有効な、諜略《ちようりやく》による内部攪乱《かくらん》も、いまのところ無理だった。司馬懿も攪乱してきているが、なんの効果もあげていない。お互いに、国家を支えている正規軍なのである。混成の軍のように、甘いところはない。

糧道を混乱させた効果が、どれほどあったかはわからなかった。姜維《きようい》と魏延《ぎえん》が、それぞれ五千ずつ率い、輜重《しちよう》を焼くことをくり返した。はじめは五万が討伐《とうばつ》に出ていたが、やがてその軍が直接輜重を守るようになった。

曲がりなりにも実戦に出た、魏延と姜維は生き生きとしていた。調練だなんだと尻《しり》を叩いてみても、やっぱり実戦が軍人には精気を与える。

魏軍に動きが見えたのは、対峙してふた月も経《た》ったころだった。

出動の動きである。報告は複数入った。

「間違いなく、仕掛けようとしています」

か。

潜入《せんにゅう》していた応尚《おうしょう》も戻ってきて、自身で報告した。

司馬懿《しばい》は、やはり戦機を測《はか》っていたのか。そして、なにが出動の決断をさせたのか。こちらに、司馬懿から見える隙《すき》があったのか。

出動には、さまざまな動機がある。大軍でありながら、対峙して動かないのは、兵の士気を低下させるであろうし、洛陽《らくよう》からの催促《さいそく》に抗《こう》しきれなくなった、とも考えられる。

全軍出動の動きについての報告は、それからも入った。同時に、蜀《しょく》軍の近くまで、魏《ぎ》軍の斥候《せっこう》が出没するようになった。

将軍を集めた軍議は、一度開いただけだった。即座に出動できる態勢《たいせい》にあることを、改めて確認させただけである。

魏軍の動きを、孔明《こうめい》はじっと見ていた。三十万が、ひそかに動くことなど不可能である。まず、陣の防備がさらに強化された。出動の前兆《ぜんちょう》だ、と孔明はそれを読んだ。それも、やはり全軍での出動である。

自分が司馬懿ならば。そう思って、自陣をもう一度見直した。祁《き》山《ざん》の山麓《さんろく》に大きく拡《ひろ》がっている陣の中で、最も弱いところ。南麓の、何平《かへい》の陣か。そこは、漢中《かんちゅう》から移送されてくる兵糧の、受け入れ場所でもある。そこに、強力な軍を当て、まず潰《つぶ》す。同時に、本隊をぶつからせる。

それ以外にも、いろいろ考えられる。そのすべての想定をする気が、孔明にはなかった。どんな想定をしようと、想定を超《こ》えることは、常に起きる。


ついに、出動の命令を出した。

まず、張郃《ちょうこう》。南麓の、蜀軍の中では最も弱いと思える場所を攻める。当然、増援《ぞうえん》がむかうだろう。それで、大きな動きが出る。そこで、ぶつかる。

諸葛亮《しょかつりょう》は、陣を守って耐えようとするのか。それとも、迎えるように出動してくるか。

張郃の軍が、出動した。司馬懿は、営舎《えいしゃ》を出てそれを見送った。胸が締《し》めつけられそうな気がしてくる。それは態度に出さず、背筋《せすじ》をのばして立っていた。

「夏侯覇《かこうは》。一族の者が、将軍として何人も参戦しているな。いわば、魏の武門《ぶもん》の家だ。それに恥じぬ働きをしてみろ」

「はい。弟たちにも、死の覚悟をさせております」

こういう時に働かなければ、夏侯一族の存在の意味はないのだ、と司馬懿は思った。

脇《わき》の下に、汗《あせ》が流れていた。握った拳《こぶし》の中も濡《ぬ》れていた。

「全軍、出動する」

三万単位で、軍が動きはじめた。先行した張部《ちょうこう》も含《ふく》め、二十五万。

負けるはずがない。数を恃《たの》むこともなく、考えに考えた出動なのだ。二十五万の持てる力のすべてを、蜀《しょく》軍に叩きつけることができる。

馬に乗った。

中軍として、司馬懿《しばい》は数千騎に守られて陣を出た。胸を曇《くも》らせていた、不安のようなものが消えた。原野が、魏《ぎ》軍で充満している。躰《からだ》を、熱い血が駈《か》けめぐった。

諸葛亮《しょかつりょう》。陣から出てこちらにむかっている、という斥候の報告が入った。

野戦を挑《いど》もうとしてきている。望むところだった。陣を固《かた》めているところを攻めるより、犠牲は少なくて済むだろう。

「各隊とも、弓手《きゅうしゅ》を前に出しているな」

辛毗《しんぴ》も、そばにいた。尹貞《いんてい》が率いる、荊《けい》州の自分の軍も、中軍の中にいる。

張部の騎馬隊が、南麓の陣に突っこんだという伝令が来た。司馬懿は、ただ頷《うなず》いた。全軍は、歩くほどの速さで進んでいる。

「あれが」

辛毗が、指さした。

蜀軍が見えた。やはり、進んできているのか。旗の字が読み取れるようになってきた。『漢《かん》』。中央である。騎馬隊が中央と両翼にいて、歩兵はそれに挟《はさ》まれるようにして進んでいた。

「見あげたものだ、諸葛亮。あえて野戦を選ぶか。滅《ほろ》びの道を。漢の亡霊に導かれて、滅びていくがいい」

声に出して言った。

さらに、距離が詰《つま》ってきた。

「敵の動きを見定めるまで、騎馬隊は動かすなよ」

蜀軍は、堂々と陣を組んでいた。奇襲のような動きは、多分ないだろう。しかし、素《す》速《ばや》く陣形を変えられることは、最初の時に見た。鶴翼《かくよく》に拡がろうと、魚鱗《ぎょりん》を組もうと、こちらは惑《まど》わされることはない。正面からぶつかり、力で押す。奇策《きさく》も弄《ろう》しない。

蜀軍の動きが止まった。

司馬懿も、軍を止めた。原野を、不意に静寂《せいじゃく》が包んだ。自分の息遣《いきづか》いが、聞えるような気がした。『漢』の旗は、正面である。風が鳴った。

「弓手《きゅうしゅ》、前へ。敵陣に矢を射《い》こめ」

ここからでは、矢は届かない。半里（約二百メートル）ほど、弓手が前進し、矢を放《はな》ちはじめた。蜀《しょく》軍の姿が見えなくなるほどの、おびただしい矢だ。前衛《ぜんえい》が、楯《たて》を翳《かざ》して防《ふせ》いでいるようだった。『漢《かん》』の旗が退《さ》がっていく。矢の雨の間から、それが見てとれた。弓手は、矢の距離から逃がさないように、前進しながら矢を浴びせ続けた。

「引きこまれすぎだ。弓手を退げろ」

鉦《かね》が打たれた。

弓手が退がってくる。それに合わせたように、敵の両翼の騎馬隊が出てきた。

もっと突っこんで来い。司馬懿《しばい》は呟いた。騎馬隊にとっては、弓手が退がる時が、前進の好機だった。歩兵の戟《げき》で、それを正面から止める。止まったところに、側面からこちらの騎馬隊を突っこませる。

そこまで、司馬懿には見えた。しかし、土埃《つちぼこり》が収まった時、敵の騎馬隊は鶴翼に拡がっていただけだった。

「やるな、諸葛亮《しょかつりょう》」

中央の騎馬隊も小さくかたまり、歩兵が離れた。

五つに分かれた集団が、前方にいる。次の攻めが、司馬懿には読めなかった。とりあえず、敵に対するように、両翼の騎馬隊を拡げた。

歩兵が、退がる。いきなり、『漢』の旗とともに、中央の騎馬隊が突っこんできた。まさか、と司馬懿は思った。

直前まで突っこんで、馬を返す。調練で徹底してやったことで、うまくできなかったのは、孔明《こうめい》だけだった。ようやく反転させた馬の腹を蹴《け》る。周囲に馬がいたので、孔明の馬もなんとかそれをやったようなものだ。

歩兵が、戟《げき》を突き出して駈けてくる。敵の騎馬隊が追ってきているようだが、孔明はふりむけなかった。

ようやく馬が止まり、反転した。追ってきた敵と、歩兵がぶつかっている。そこに、両側から騎馬隊が交錯《こうさく》するように突っこんだ。

「こんなことは、二度とおやめください、丞相《じょうしょう》。敵の直前まで突っこむとは、やはり無謀《むぼう》です」

「わかっている、姜維《きょうい》。馬さえも満足に扱えぬ。しかし見よ。敵の前衛を引き剝《は》がしたではないか」

息を弾《はず》ませながら、孔明《こうめい》は言った。

前衛は崩《くず》れて後退している。味方の歩兵も退がってきた。両翼の騎馬隊が、左右に入れ替っただけだった。

「倍する大軍に、決してまともにぶつかってはならぬ。しかし、奇策があると思われてもならぬ。奇策があるとすれば、正攻法に紛《まぎ》れさせて、それを使うのだ。特に、相手は司馬懿《しばい》。奇策と見える奇策は、たやすく破ってくるだろう」

「暢気《のんき》なことを、言われるものです。丞相《じょうしょう》になにかあったらと、私は汗で全身が濡れました」

「姜維、戻った敵の前衛に、騎馬隊を突っこませよ。鉦《かね》を打つまでだ」

「はっ」

孔明は、二度三度大きく息をつき、戦況《せんきょう》に眼《め》をやった。魏軍の前衛には、乱れがある。そこに、騎馬隊が突っこんでいった。前衛が、またたく間に崩れていく。

「鉦」

騎馬隊が、素速く退がった。前衛の混乱は、しばらく続いていた。

「なぜ、騎馬隊を退げられました。大きく崩せたかもしれなかったのではありませんか？」

「まともにぶつかると、いずれ大軍の強さが出る。力較《ちからくら》べでは、勝てぬのだ」

さすがに、司馬懿だった。前衛の乱れはすべて第二段に吸収させている。

しかし、敵の全軍には、衝撃《しょうげき》に似たものが走っているはずだ。どこから、どういうかたちで来るかわからない攻撃。まともなぶつかり合いで、しかも倍以上の兵力にもかかわらず、なすすべもなく前衛が崩された。そういう思いが、兵のひとりひとりに芽《め》ばえはじめているだろう。それは、司馬懿にも伝わるはずだった。

司馬懿の用心深さを、どこで違うものに変えるか。こちらの攻撃によって司馬懿は変るのではなく、自軍の兵士の心理を読むことで変る。それは、司馬懿がすぐれた軍人だからだ。司馬懿の、人並みはずれてすぐれた部分を逆手《さかて》に取る。倍する大軍を前にし、隙《すき》のない陣の構えを見た時、孔明はひらめきのようにそれだけを感じたのだった。

用心深さを、攻めに転じさせる方法。本格的な攻めにかかってきた時に、堅実な司馬懿の陣には、はじめて全体的な乱れと隙が出るはずだった。

前衛を乱す程度の攻撃を続ければ、やがてこちらの体力が尽き、その時こそ司馬懿は悠然《ゆうぜん》と反撃を開始してくる。司馬懿の攻撃は、早ければ早いほどこちらにとってはいいのだ。

「陳式《ちんしょく》を前に出せ。各隊の弓手《きゅうしゅ》も、それに従わせよ。射かけるだけ射かけて、ひとりの犠牲も出さずに後退させるのだ」

伝令が走り、陳式の部隊がすぐに動きはじめた。攻城兵器を有した、重装備の部隊である。こういう部隊が、実は矢の攻撃には最も強い。

雲梯《うんてい》（梯子《はしご》に車が付いたもの）の梯子の部分だけ横にし、そこに楯を張りつけ、陳式の部隊が前進をはじめた。弓手が三千ほど、それに続く。

矢を射かけた。魏《ぎ》軍が、最初に放《はな》った矢も集めてあったので、まさに魏軍の頭上に矢の雨を降らせるという状態になった。かなりの効果をあげている。それでも、司馬懿《しばい》は陣形を動かさなかった。ただ、第三段、第四段が前進し、密集した感じになっている。

矢を放ち尽した弓手が後退すると、投石機が六台持ち出された。人の頭ほどの石を、次々に魏軍の中に打ちこんでいく。明らかに、うろたえる兵が出はじめているのが、孔明のいる場所からもはっきりとわかった。

陳式が後退する。百数十の石を魏軍の頭上に落とした。石に打たれて倒れた者より、打たれるかもしれないという恐怖を感じた兵の方がずっと多い。

兵の中にある恐怖感や焦燥《しょうそう》感を、いま最も強く感じているのは、司馬懿だろう。

司馬懿が、すぐれた軍人ならばだ。

　矢よりも、石の方が陣形を乱した。

　司馬懿のところまでは飛んでこなかったが、かなり大きな石だった。兵たちの恐怖感も大きい。

　投石機や雲梯を、漢中《かんちゅう》から運んできたとは思えなかった。滞陣《たいじん》中に作りあげたのだろう。弓も、普通のものよりずっと威力の大きなものがあった。

　攻め寄せてくる。反撃しようとすると、それより先に退《さ》がる。裏を衝《つ》かれていた。それぐらいはよかった。裏を衝いた攻撃など、全体を動かす力は持っていない。しかし、気持が押されてくる。自分の気持が押されているということは、兵はもっと押されていると考えた方がいい。

　また、雲梯に楯を張りつけたもののかげに隠れながら、歩兵が押し寄せてきた。矢の次には石が飛んでくる。誰《だれ》もがそう思っているはずだ。

　両翼の騎馬隊をと思ったが、敵の騎馬隊が外側に回りこもうとしていた。動きがいいことは、わかっている。ただ、こちらの騎馬隊がついていけない速さではない。ついていけないのは、常にこちらの虚《きょ》を衝いた動きをしてくるからだ。どう動くのか見きわめる分だけ、対応が遅れる。

「壕《ほり》を挟《はさ》んで対峙《たいじ》中」

張部《ちょうこう》からの伝令だった。壕。そんなものはなかった。南麓《なんろく》の何平《かへい》の陣は五千で、漢中《かんちゅう》から運ばれた物資を受け取るところだった。地形を思い浮かべた。ひそかに、壕を掘っていたのだ。物資は、橋を渡したところを通り、ほかのところは隠してあった。橋は、距離を置いて三本ほどは架《か》けてあったのだろう。一本なら、輜重《しちょう》などそこしか通らないので、怪《あや》しいと思ったはずだ。

投石機の石が飛来していた。騎馬隊を動かそうにも、外側から敵に牽制《けんせい》されるという恰好だった。

「石を恐れるな。陣形を決して乱さないようにしろ」

張部の軍が、何平の陣を抜き、反転して蜀《しょく》軍の側面を襲《おそ》えば、それで勝負はつく。しかし、何平の陣を抜けるのか。攻撃を受けることを予測して築《きず》かれた陣なら、抜くのは難しい。だからといって、退《ひ》こうとすれば陣から兵が出てきて、追撃《ついげき》を受ける。

「張部に伝令。南麓の陣は放置して、兵を本隊に合流させせよ」

早い方がいい、と司馬懿《しばい》は判断した。伝令が駈け出していく。

「前衛を前に出せ。敵の歩兵を、投石機ごと押し包め。騎馬隊は、半数を外に、残りを内側にむけよ」

前衛が出た。矢に耐えながら、進んでいる。

「第二段を、後詰《ごづめ》に」

さらに、第二段も前進する。雲梯のかげの敵。もはや石はないのか、矢を射かけてくるだけだ。両側に、手をのばすように兵が拡がる。包みこむ。そう思った時、雲梯と投石機が動きはじめた。車輪がつけてある。動きは次第に速くなる。城門を打ち抜くための、衝車《しょうしゃ》に似たかたちのものまで現われた。輜重に、尖《とが》った太い丸太を載《の》せている。押し包もうとするのを構《かま》わずに、前進してくる。

突き破られた。衝車も雲梯も投石機も、火を噴《ふ》きはじめている。油を積んでいたようだ。勢いが、さらについた。第三段、第四段の中にそれは突っこみ、炎をあげた。押してきた歩兵は、駈け去っていく。それを押し包もうとしたが、中央の騎馬隊が突っかけてきた。

「慌《あわ》てるな。十五段まで、陣は組んである。第二段と前衛を退かせよ」

鉦《かね》。しかし、引き返す歩兵と、突っこんできた騎馬隊に挟《はさ》まれている。両軍が分かれた時は、かなりの数が打ち倒されていた。

「前衛は、第二段と合体して、新しく前衛を作れ。燃えているものは、放《ほう》ってお
け」

内側にむいている騎馬隊を、正面に移動させた。両翼の騎馬隊が半数になり、正
面に騎馬隊が並ぶという陣形になった。前衛は、騎馬隊の後方である。

司馬懿《しばい》は、大きく息をついた。

陣の乱れは、まだまったくないと言っていい。先手《せんて》を取られている、というだけ
のことだ。そして、諸葛亮《しょかつりょう》には先手を取る以外に、攻撃の方法はない。攻城兵器を
野戦に遣《つか》ってくるとは、確かに想像の外にあったが、絶対的な威力を発揮したとい
うわけではない。最後は、燃やして放置したのだ。

本陣と定めた位置から、司馬懿は一歩も動いていなかった。だから、攻撃のすべ
てを撥《は》ね返した、と言っていい。しかし、くやしさに似たものが、心の底で揺《ゆ》れて
いる。それがなにか、司馬懿にははっきり見きわめられなかった。

両軍は、睨《にら》み合った恰好で、膠着《こうちゃく》した。なにかの前ぶれの膠着なのか。それとも、
諸葛亮の策が、もう尽きたのか。

張郃《ちょうこう》が、合流してきた。結局、南麓《なんろく》の陣は抜けなかった。攻撃したのではなく、
攻撃をさせられた、と司馬懿は思った。

「夏侯覇を呼べ」

膠着は、まだ続いている。蜀《しょく》軍は、五つに分かれた陣形をとったままだ。

夏侯覇が、駈けてきた。

「膠着を、こちらから破りたい。騎馬隊のぶつかり合いからだ。蜀軍の四倍の騎馬がいる。これで、敵の騎馬隊を潰《つぶ》せ。中央はいい、左右両翼だけだ」

「すぐに」

「待て、本陣から合図を出す。しばらくは相手の出方を見て、私が機だと判断した時に、合図を出す。歩兵が動くかもしれん。あるいは、全軍で動くかもしれん」

「待ちます」

夏侯覇が駈け去ると、張郃を呼んだ。

「先鋒と中軍で、敵を正面から押す。その指揮を頼む。私は、たたみかける時に出る。敵が祁《き》山《ざん》の陣に逃げこむ前に、殲《せん》滅《めつ》してしまいたい」

「全軍ですな」

「夏侯覇が、騎馬隊に当たる。どちらが先に動くかは、私が判断して、合図を送る」

攻《せ》めると決めたら、渾《こん》身《しん》の力で攻めるしかないのだ。攻めることで、攻撃を防げる。

膠着が続いた。出動したのは早朝で、まだ午《ひる》にもなっていない。風にはためく、『漢《かん》』の旗を司馬懿《しばい》は見つめた。

5

魏《ぎ》軍は、少し小さくかたまったように見えた。五、六千騎の騎馬を、正面に移動させている。

膠着《こうちゃく》だった。孔明《こうめい》の方から攻《せ》める方策は、もうなかった。攻められるかぎり、攻めたのである。いや、もうひとつ方法がある。敵の攻めに乗じるということだ。

魏軍は、すぐに動き出す気配ではなかった。なにかを、測《はか》っているのだろう。さすがに司馬懿は、手堅《てがた》かった。あれだけの攻めをしても、陣形は動かさなかったのだ。

これ以上は、やはり攻める方策はない。いや、これ以上の攻めは、相手と同等の犠牲を覚悟しなければならない。こちらが全滅《ぜんめつ》しても、相手は十数万が残る。つまり、これ以上の攻めは、負けでしかないということだ。

魏延《ぎえん》と姜維《きょうい》を呼んだ。

「陳式《ちんしょく》が、よくやった。今度は、おまえたちの番だ」

二人の眼《め》は、ものに憑《つ》かれたように光っている。

「魏延、五万の兵で、あの騎馬隊を含む正面の軍を受けられるか。おまえに与えられる騎馬は、二千だけだ」

「騎馬はいりません。代りに、六万を預けていただけませんか？」

「よかろう」

「受けると言われましたか、丞相《じょうしょう》。こちらから攻めるわけではないのですね？」

「私は、司馬懿を追いつめたと思う。かたちではなく、気持でだ。この膠着は、司馬懿の方が破る。私は、そう思っている」

「全軍で、攻めてくるということですな」

「だから、受けるのだ」

「受けてみせます」

魏延は、ねっとりとした視線を敵陣の方へむけた。こういう仕草《しぐさ》が嫌いなのだ、と孔明は思ったが、すぐに抑《おさ》えた。

「姜維。五千騎を与えよう」

「はっ」

「攻撃に出る軍は、必ず間隔があく。それを乱れとは言えぬが、陣形の変化の際の、束《つか》の間《ま》の空隙《くうげき》なのだ。そこを、全力で衝《つ》け」

「どこに、空隙が？」

「わからんのか、姜維《きょうい》。本陣の前だ。だから歩兵では衝けん。私が、本陣の前の兵はすべて受ける。おまえが、本陣を衝く。そのために、丞相《じょうしょう》はおまえに五千騎を与えられているのだ」

「本陣を、私が」

「生きて戻るな。私が敵を受けている間に、なにがなんでも、本陣を崩《くず》せ。屍体《したい》になっても、本陣にむかって駈《か》け通せ。本陣も衝けずに生きて戻ったら、私が斬《き》る」

「魏延《ぎえん》殿こそ、ひと揉《も》みにされぬよう、踏《ふ》ん張《ば》っていただきたい」

二人が、睨《にら》み合った。戦場だった。こういう気合は、悪くない。

「私は、趙雲《ちょううん》将軍が鍛えられた騎馬隊と、魏延殿の騎馬隊を預かることになるのですね」

「これで負ければ、おまえは腰抜けということだ」

「もうよい、二人とも。それより、誰《だれ》をつけて貰《もら》いたいか、言え。魏延からだ」

「まず、王平《おうへい》を。あとは、丞相にお任せいたします」

「悪くない。さすがに魏延だ。見るところは見ているな」

「私は、張嶷《ちょうぎ》殿、張翼《ちょうよく》殿を。騎馬隊の指揮は、うまい人です」

「よかろう。私の下には馬岱《ばたい》を置き、あとの編成はすぐに決める。行っていいぞ、二人とも」

ほとんどの将軍を、魏延の下に置いた。姜維には、張嶷、張翼だけをつける。その方が、呼吸が合うだろう。騎馬隊の指揮には、一瞬の呼吸が必要な時がある。

伝令を出した。まだ、軍の編成はしない。魏《ぎ》軍が動いた時に、こちらは動きながら編成していく。

本陣は、孔明《こうめい》と馬岱。それに五千の兵である。あとは、遊軍《ゆうぐん》の使い方だった。

孔明は、魏軍の陣に眼をやった。

動きはじめた時に、蜀《しょく》軍は流れるように陣形を変える。変った時の配置が、孔明には見えるようだった。

緊張はしているが、怯《おび》えはまるでない。かつて漢中《かんちゅう》で、曹操《そうそう》軍五十万の猛攻《もうこう》に耐《た》えた。あの経験が、孔明の心から怯えを拭《ぬぐ》い去った。あれ以後の戦《いくさ》では、戦況だけをじっと見ていられるようになった。

思った。

魏軍が、さらに小さくかたまりはじめたように見えた。そろそろだな、と孔明《こうめい》は

全身に、汗《あせ》が噴《ふ》き出している。

しっかりと膝《ひざ》を押さえておかなければ、ふるえが止まらなかった。

本陣は小高い丘で、司馬懿《しばい》は胡床《こしょう》に腰を降《お》ろしていた。蜀《しょく》軍の本陣もやはり丘で、『漢《かん》』の旗が遠望できる。あれが、諸葛亮《しょかつりょう》の志《こころざし》の象徴なのか。劉備《りゅうび》や、関羽《かんう》、張飛《ちょうひ》、趙雲《ちょううん》といった豪傑《ごうけつ》たちの、夢の印《しるし》なのか。

束《つか》の間《ま》、羨望《せんぼう》に似た感情に襲《おそ》われて、司馬懿は戸惑《とまど》った。自分には、ああいうものはない。魏《ぎ》という国に運命を預けたりはしたが、志とか夢とかいうものとは、無縁だった。強《し》いて言えば、できるかぎり上へ昇りたい、という野心《やしん》があっただけだ。

司馬懿は、『漢』の旗に眼を据《す》えた。

掌《てのひら》を握る。濡《ぬ》れていた。

「夏侯覇《かこうは》」

「はっ」

「やれ」

夏侯覇が、馬に跳《と》び乗り、駈け去っていった。敵の陣形は、やはり五つに分かれたままだ。両翼《りょうよく》にいる騎馬隊は、合わせて七、八千というところだろうか。正面にも一千騎ほどいるが、全体で一万騎には満たない。魏軍は、三万騎である。その中の二万は、夏侯覇に与えてあった。

魏軍の騎馬隊が、動きはじめた。二つに分かれながら進んでいる。蜀の騎馬隊は、まだ動かない。

「張部《ちょうこう》に合図を」

太鼓《たいこ》が打たれた。魏軍の騎馬隊が駈けはじめ、前衛《ぜんえい》が前に出た。第二段、第三段と続く。八段までを、張部は指揮する。実に、十五万に達する。

勝てる。司馬懿はそう思った。次の瞬間、全身に汗が噴き出した。気づかぬうちに、立ちあがっていた。

蜀軍が、動いた。それも、全軍である。歩兵が、中央に集まり、騎馬が十数隊に分かれた。夏侯覇は、その騎馬隊のどれに当たるべきか、一瞬迷ったようだ。

蜀軍の三千騎ほどが、まとまった。一直線になって、夏侯覇の騎馬隊に突《つ》っこんでいく。二つに分けた密集隊形のひとつで、夏侯覇はそれを押し包もうとした。

蜀軍の騎馬は、無闇《むやみ》に突っこむことはせず、ぶつかった瞬間に反転する。本陣から見ていると、巨大な一本の鞭《むち》のような動きに見えた。押し包め。まずその三千を押し包み、潰《つぶ》してしまえ。司馬懿《しばい》は、そう念じた。ほかの騎馬隊は、十隊ほどで、縦横に駈けている。そちらは、羽虫《はむし》が飛び回っているという感じで、あとで始末すればよかった。

一直線だった三千の騎馬が、押し包まれそうになった。するとすぐにひとつにかたまり、包囲を突き破った。

張郃《ちょうこう》が、前進している。

蜀《しょく》軍は、流れるような動きで、中央に歩兵が集まり、陣形を組んだ。五、六万ほどだ。さすがにいい動きだが、十五万とどうやって対するというのか。

勝った。こちらの攻めに応じて動いたところで、勝負はついた。しかし、騎馬隊はまだ、敵を捉《とら》えきれないでいる。全軍で押し包もうとしては、破られるのだ。十隊ほどで駈け回っている騎馬隊が、うるさかった。騎馬のぶつかり合いは、次第に中央から離れていく。その方が、張郃は動きやすい。

張郃が前進した。前進しながら、二千ほどの騎馬を前面に出した。蜀軍には騎馬隊はいない。六万ほどの歩兵を、まず騎馬隊で二つに断ち割る。それで、ほぼ勝ちは見えるはずだ。

騎馬隊が駈けはじめた。蜀軍の前衛が、退《さ》がった。なにかが、光を照り返した。突っこんだ騎馬が、竿立《さおだ》ちになったりしている。なにかで、阻《はば》まれた。矢が射《い》かけられ、次々に撃《う》ち落とされている。

拒馬槍《きよばそう》だった。丸太《まるた》に槍《やり》を通し、斜めに立てたものだ。

「あんなものを」

司馬懿は、呻《うめ》くように言った。張郃が、慌《あわ》てて騎馬隊を返させている。半数は、射落とされたようだ。

拒馬槍は、もともと魏《ぎ》軍がよく遣《つか》う武器だった。拒馬槍を地面に埋伏《まいふく》し、突っこんできた騎馬隊の中で、それを縄《なわ》で引き起こす。曹操《そうそう》が、無敵と言われた呂布《りよふ》の騎馬隊を、それで破った。

蜀軍は、それを地面に埋伏するのではなく、歩兵の中に埋伏していた。張郃が、態勢《たいせい》を立て直している。いくら騎馬が射落とされたと言っても、八千騎はいるのだ。大した損害ではない。

歩兵が、前面に出る。拒馬槍を除《のぞ》いてから、騎馬を突っこませればいいだけのことだ。

夏侯覇《かこうは》は、敵の三千騎をかなり追いつめたようだ。それを潰せば、あとは一百騎ほどで駈け回る十隊がいるだけだった。

敵の本陣との距離を、姜維《きょうい》は測りながら駈け続けた。二万騎の圧力は、相当なものだ。張翼《ちょうよく》が指揮している三千騎は、よく動いたが、しばしば押し包まれた。張翼が内側から突き破ろうとする場所を、近くにいる二百騎が、外から攻撃する。それでようやく、張翼は包囲から脱《ぬ》け出す。

歩兵のぶつかり合いもはじまったようだが、土埃《つちぼこり》でよく見えない。

敵の本陣。前軍との空隙《くうげき》は、まだ少ない。魏延《ぎえん》の指揮する歩兵が、よく受けているということだろう。

まだ、必死になるな。姜維は、自分に言い聞かせ続けた。落ち着いて、敵の本陣から眼をそらすな。ほんとうの戦は、これからなのだ。

張翼の隊は、苦しそうだった。二万騎を全部引き受けている、という恰好《かっこう》だった。しかし、牽制《けんせい》以上の助勢はできない。一旦《いったん》こちらが駈けはじめたら、二万騎の標的はこちらになるのだ。

張嶷《ちょうぎ》と馳《は》せ違った。まだだ。眼で、そう合図した。敵の前軍は、まだ大きく魏延を押してはいない。拒馬槍《きょばそう》で騎馬隊を止めたのだろう。歩兵同士の押し合いが、土埃の中からぼんやりと見えた。大軍の押し合いである。全体の形勢など、見えはしなかった。

魏延は、ぎりぎりまで踏ん張るだろう。崩れて押されはじめたら、限界を超えている。敵は、一気に押し潰そうとするはずだ。完全に押し潰されてしまうかどうかも、自分の動きにかかっている、と姜維は思った。

一千騎ほどが、前を塞《ふさ》いでいた。牽制《けんせい》を、あまりにうるさいと感じたのだろう。二百騎で、姜維はためらわずにぶつかった。次の瞬間、側面と後方からも二百騎ずつの味方が突っこんでくる。ほとんど、抵抗の暇《いとま》も与えなかった。算《さん》を乱して本隊の方へ駈け戻ったのは、五百騎に満たない。

張翼が、また押し包まれている。

丘の上にある敵の本陣。前軍が、魏延を押しはじめていた。とんでもない大軍と、魏延は正面から押し合っている。空隙が、見えた。前軍と本陣の間。

姜維は馬を止め、槍を高くかかげた。張嶷も、旗を振り回している。二百ずつに散って駈け回っていた味方が、素速《すばや》く集まってきた。

「ほかのものには、眼をくれるな。目指すは、敵の本陣のみ。死を恐れるな。敵の本陣に達してのち、私とともに死のう」

姜維は一度雄叫《おたけ》びをあげ、馬腹を蹴《け》った。

二千騎が、二隊に分かれて駈ける。姜維の後方に六百、そして張嶷《ちょうぎ》は千四百を率《ひき》いている。天地が轟《とどろ》いた。敵の本陣が、見る間に近づいてくる。遮《さえぎ》った歩兵に突っこみ、駈け抜けながら十人ほどを突き倒した。

本陣が、動揺《どうよう》している。はっきりと、それがわかった。騎馬がむかってくる。槍を振り回し、四人を叩《たた》き落とし、駈け抜けた。遮るものに対しては、躰《からだ》が自然に動く。槍が躍《おど》る。眼は、本陣を見ているだけだ。

張郃《ちょうこう》が、ようやく押した。矢、拒馬槍《きょばそう》、柵《さく》と、蜀《しょく》軍は出せるものを次々に出してきた。しかも、前衛を目まぐるしく回転させる。さながら、車輪が回って石を蹴散《けち》らすように、兵の輪が回るのだ。それにてこずったが、ようやく騎馬を前に出して、その車輪を止めた。騎馬だけで押せば、拒馬槍が出る。車輪を止めると、歩兵で押す。それをくり返して、押す勢いがついてきたのだ。

張郃はうまく闘っている、と司馬懿《しばい》は思った。蜀の本陣は、まだ動かない。『漢《かん》』の旗は、何事もないように、風にはためいている。

いまに見ろ。胡床《こしょう》から立ちあがり、司馬懿は叫んだ。あと二里（約八百メートル）

押しこんだら、全軍で攻撃をかける。一気に、蜀の本陣も呑《の》みこめるはずだ。

不意に、地響《じひびき》を感じた。騎馬隊。地から湧《わ》き出したように、突然姿を現わし、こちらに押し寄せてきている。

「どこの軍だ？」

司馬懿ははじめ、それが敵だとは思わなかった。味方の騎馬隊の一部が、戻ってきている、と感じたのだ。騎馬による乱戦に、結着がついたのか。

「敵です。蜀軍の騎馬隊」

誰《だれ》かが叫んだ。

なぜだ。最初は、疑問しか出てこなかった。三千の騎馬隊を、夏侯覇《かこうは》が何度も押し包んでいた。そのまわりを駈け回っていた、いくつかの二百騎ほどの小部隊。

「あれか」

叫んだ瞬間に、司馬懿は失禁していた。

諸葛亮《しよかつりよう》は、あの騎馬隊で、いまこの時を、狙《ねら》っていた。自分のこの首を、取ろうとしていた。鉦《かね》を打つのは、もう遅い。丘のすぐ下まで、騎馬隊は迫《せま》っている。

どうすればいいのか。逃げられるのか。

「殿、馬を」

尹貞《いんてい》だった。どうやって馬に乗ったか、憶《おぼ》えていなかった。気づいた時は、駈けていた。眼の端で、『漢《かん》』の旗が動きはじめたのが見えた。

追い撃ちに討《う》たれた。すぐ背後まで、敵が迫っていた。首を取られる。考えていたのは、それだけだ。味方は混乱していた。方々で、鉦《かね》が打たれている。

まだ生きているのか。自分に、そう問いかけた。味方の歩兵が逃げている。何人か、馬の蹄《ひづめ》にかけた。

「殿、前方に敵はおりません。このまま陣に駈けてください」

尹貞。そばにいる。しかし、背中は敵ではないのか。

鞍《くら》にしがみつくような恰好《かっこう》で、馬の腹を蹴った。剣を抜き、馬の尻《しり》を叩《たた》いた。駈け続ける。どこへむかっているのか。何度も考えた。横を走っていた兵が、射落とされた。何本も、頭の上を矢が走っていった。

あと一歩だ、と姜維《きょうい》は思った。

司馬懿《しばい》は、二百騎ほどの旗本《はたもと》に守られて、眼の前を駈けている。馬が、潰れかけていた。駈け回り続け、それから本陣を目指した。無理をさせすぎている。それでも、馬腹を蹴った。

司馬懿の背中。槍で貫《つらぬ》き通してやる。反転してきて遮《さえぎ》ろうとする敵は、槍で撥《は》ねあげた。何人もが、頭上を飛んで後方に落ちた。

魏《ぎ》軍の陣地。間《ま》に合う。そう思った時、姜維の躰《からだ》は宙に浮いた。地面に叩きつけられ、跳《は》ね起きると槍を構えた。

敵ではない。馬が潰れたのだ。

司馬懿の背中が、遠ざかっていった。

「姜維殿、これを」

しばらくして駈けつけた張嶷《ちょうぎ》が、馬を曳《ひ》いてきて言った。

元気のいい馬だったが、もう追うには遅すぎた。姜維は、天を仰いだ。あと一歩が、届かなかった。司馬懿は、命を拾った。

五千騎は、ほとんど欠けていなかった。

「掃討《そうとう》がはじまっているぞ、姜維殿」

張嶷が言う。姜維は頷《うなず》き、二万ほどの歩兵がひとかたまりになっている方へ、馬首をむけた。方々で抵抗《ていこう》が打ち砕かれている。

全身が、血にまみれていた。返り血もあれば自分の血もある。無数の浅傷《あさで》を受けているようだ。

姜維《きょうい》はまた、駈けながら呟《つぶや》いた。

残っていた六本の矢で、司馬懿《しばい》のそばの者まで射落とした。槍を脇《わき》に挟《はさ》んで射《い》た矢が、届く距離にまで迫っていたのだ。あと数本の矢があれば。

騎馬隊が駈け寄ると、歩兵は逃げはじめた。遠くに、防戦しながら後退している軍がいる。張部《ちょうこう》の軍のようだ。さすがに、数万単位でまとまって後退している軍が多い。本陣を突き崩したといっても、圧勝というわけではないのだ。

鉦《かね》が打たれていた。

敵の陣地から、五万の新手《あらて》が出てきたようだった。陽《ひ》が落ちかけている。兵の疲労は、限界に達しているだろう。

張部の軍を、本陣から出てきた馬岱《ばたい》が側面から攻《せ》め、崩していた。二万の騎馬隊は、張翼《ちょうよく》の三千騎を押し包んでいたが、姜維の動きを見て慌《あわ》てて引き返し、逆に張翼に追撃《ついげき》されたという。

「みんな、よくやった。祁山《きざん》の陣に、帰還する」

孔明《こうめい》は、短くそれだけを言った。


「あと一歩だった」

6

本営の前まで走り、司馬懿は馬から落ちた。

両脇《わき》を支えられて立ったが、しばらくは茫然《ぼうぜん》としていた。

騎馬が、三十、四十と駈《か》け戻ってくる。郭淮《かくわい》が、抱《かか》えられてきた。腿《もも》に矢を受けたようだ。歩兵も、戻りはじめた。守備に残していた五万が出動し、追撃《ついげき》をなんとか遮《さえぎ》った。

「負傷した者は、一番の営舎《えいしゃ》に運べ。馬はまとめろ。各隊の校尉《こうい》は、損害を隊長にあげろ。陽《ひ》が落ちる。防塁《ぼうるい》の上に篝《かがり》を焚《た》け」

暗くなっても、まだ戻ってくる者が続いた。

出動した五万を、そのまま陣の外に展開させ、夜襲《やしゅう》に備《そな》えた。それから司馬懿は、馬に乗って陣中を回った。兵たちに、声をかけていく。兵糧《ひょうろう》が配られはじめていた。陣に戻ってから死んだ兵が、柵《さく》のところに集められ、積みあげられた。闇《やみ》の中で、それは土塁《どるい》のように見えた。

将軍を、本営に集めた。

「敗戦である。防備を固める。明日の朝までに、損害の報告ができるようにしておけ」

張郃《ちょうこう》も夏侯覇《かこうは》も、生きて戻っていた。それが、なぜか腹立たしかった。ただ、二人にも労《ねぎら》いの言葉はかけた。

本営の奥の居室に入ると、具足《ぐそく》を解《と》き、従者《じゅうしゃ》も退《さ》がらせた。笑い声が、口から出てきた。止めようと思っても、それは止まらなかった。同時に、涙も流れ出してくる。

床を転がりながら、司馬懿《しばい》はひとしきり泣き笑いを続けた。

完膚《かんぷ》なきまでに、負けた。大軍であったから、命までは落とさずに済んだのだ。眼《め》を閉じると、『漢《かん》』の旗が見えてくる。

亡霊《ぼうれい》に負けたのか。いまはもう、漢の時代などではない。魏《ぎ》の時代であり、それを肯《がえ》んじない呉《ご》と蜀《しょく》が、細々とした抵抗《ていこう》を続けているだけだ。

しかし、負けた。負けたが、死にはしなかった。だからまた、諸葛亮《しょかつりょう》とは闘える。ほんとうに、闘えるのか。『漢』の旗を見るたびに、この敗戦を思い出し、打ちのめされるのではないのか。

眠ることは、できなかった。いつまでも、床を転げ回っていた。夜が明けはじめたところ、うとうととしただけだ。

眼醒《めざ》めると、従者を呼び、軍袍《ぐんぽう》も具足も新しいものに変えた。運ばせた食事も、半分しかのどを通らなかった。朝の光の中で、もう一度陣の中を見回った。従ってくるのは、旗本《はたもと》の十騎ほどである。積みあげられていた屍体《したい》は、穴《あな》に埋《う》められようとしていた。生き残った喜びなのか、兵たちの表情は暗くない。武器庫《ぶきこ》が開けられ、武器を失った兵が支給を受けている。

馬がそれほど減っているとは思えなかったが、数える気は起きてこない。あとで報告を受ければいいだけのことだ。

軍議を招集した。将軍たちだけである。

損害の報告がはじまった。

眼を閉じて、司馬懿はそれを聞いた。

五万の兵を、失っていた。おびただしい武器を、三千頭の馬を失った。推定される蜀軍の損害は、わずかである。

「騎馬隊を、見誤《みあやま》った。それが、敗因である。諸将はよく闘ってくれた。敗戦の責任は、すべて私にある。この敗戦に、あまり気を取られるな。蜀軍は雍《よう》州にいるのだ。大きな敗戦ではあったが、まだ二十五万の兵力がある。武器も兵糧も不足していない。蜀《しょく》軍を祁《き》山《ざん》に釘《くぎ》付《づ》けにしている状態は、変らない。防備を固めよ。われらがここにいるかぎり、蜀軍は雍《よう》州を奪《と》れはしないのだ」

自分の心の中から、諸葛亮《しょかつりょう》と闘おうという気持が消えていることに、司馬懿《しばい》は気づいた。闘わなければ、勝てるのだ。何年も雍州に駐屯《ちゅうとん》する力が、蜀にはない。

散会すると、従者が近づいてきて、耳打ちした。

「尹貞《いんてい》が」

負傷して、危ない状態にあるという。

司馬懿はすぐに、尹貞の営舎《えいしゃ》にむかった。

寝台の上で、尹貞は眼だけ開いた。上体を起こす力も、残っていないようだった。腹に槍《やり》を受けたという。相手は、姜維《きょうい》だった。いつ姜維に突かれたのか、司馬懿にはまったくわからなかった。

「ひどい傷だそうだな」

「死にますな、これは」

「笑っているのか、負けた私を」

「負けたのは、いいことでしょう。いま殿の肚《はら》の中にあるのが、負けの味というものです。なに、恥じることはありません。いまの諸葛亮と闘って勝てる者は、魏《ぎ》にも呉《ご》にもいないでしょうから」

「大軍であった。数だけ揃《そろ》えたというのではなく、精鋭《せいえい》だという自負もあった。恥じるべきであろう、やはり」

「ならば、恥じられればよい。そして、諸葛亮とは、二度と闘おうと思わないことです」

「雍州からは、なんとしても打ち払わなければならん」

「打ち払うなどと、傲慢《ごうまん》な。撤退《てったい》するまで、粘《ねば》ることができるだけです、殿には」

「そうだな」

尹貞が眼を閉じた。尹貞は、二人になりたがっているようだった。背後に控《ひか》えた従者と医師を、部屋の外に出した。

「魏は、駄目ですな」

「死にそうな傷を負いながら、そこまで言うのか、尹貞」

「はっきりと、わかります。魏は、呉や蜀を併呑《へいどん》して、天下を統一はできません」

尹貞の頬《ほお》の赤痣《あかあざ》が、不気味に動いた。

「殿が、魏という国を利用して、天下を統一されます。私には、それが見えます」

「おまえの眼は、いつもおかしなことばかりを見てきた」

「でしょうな。魏《ぎ》の曹《そう》家の立場でものを見たことが、一度もないのですから。曹操《そうそう》が殿を無理矢理《むりやり》仕官させた時から、曹家の命運は定まっていたと思います」

尹貞《いんてい》の腹の傷は、ほんとうにひどいのだという。血止めがうまくいってすぐには死なななかったが、もう駄目だろうと司馬懿《しばい》は聞かされてきていた。腹の傷は、すぐに死ねないと苦しむ。苦しみはじめた人間が、助かったのを司馬懿は見たことがなかった。

「曹爽《そうそう》が、力を持ちますな、これから」

曹真《そうしん》は、司馬懿が洛陽《らくよう》を出た数日後に、死んでいた。息子の曹爽が、いまは曹真の代りに宮中に出入りしているようだ。

「殿は軍の頂点に立たれましたが、何事もひとりでしようとはなされぬことです。司馬《しば》一族には、人材は雲のごとくいます。まず、弟の孚《ふ》様を宮中に入れ、曹叡《そうえい》のそばに置かれること。御子息の師《し》様、昭《しょう》様の御兄弟は、ともに英邁《えいまい》であられます。これは、殿の幸福のひとつですな」

そうかもしれなかった。そして司馬懿には、血というものについて執着《しゅうちゃく》があった。

「まず、昭様は陳羣《ちんぐん》の下に、師様は軍のどこかに置かれることです。目立たず、しかし大事な仕事を任されるのが、肝要《かんよう》です」

「それは、前にも聞いたことだ」

「甥《おい》に当たられる方で、成人されていたら、やはり軍のどこかに置かれることです。目立たぬが、しかし力は持てるという位置に」

「この際《さい》だ。おまえの言いたいことは、一応聞いておいてやろう。なんでも言ってみろ」

「もう、なにもありません。慎重に、秋《とき》を待たれることです」

「慎重にか」

「その点で、私は心配しておりませんが」

尹貞の表情が、ちょっと歪《ゆが》んだ。顔色が悪いので、赤い痣が妙《みょう》に生き生きとしているように見えた。

「痛むか？」

「というより、苦しいのですな。なにしろ、腹に槍を突き立てられたのですから」

「運がなかったのだ」

「ですな。司馬家が天下に飛躍する姿を見ることができなくて、いささか無念《むねん》ではありますが。まあ、殿が躓《つまず》かれて滅びるということもあるわけで」

「手を汚させたな、尹貞」

「なんの。それより、諸葛亮《しょかつりょう》とは、今後も対峙《たいじ》せざるを得ないでしょう。そういうめぐり合わせです。実際に干戈《かんか》を交《まじ》えたら、決して勝てません。闘わないことです。一年でも二年でも、守りを固めて、じっとしていることです」

「今度のことで、私もそう思った」

「まあ、死ななかったのです」

「おまえは、死ぬのか。楽でよかろうな、死んでしまえば」

かすかに、尹貞《いんてい》がほほえんだ。

幼いころから、そばにいた。顔に大きな痣を持つ男が、そばでうるさく言うのがいやだ、と思った時期もある。

尹貞が、低く呻《うめ》き声をあげた。

「殿、それではもうお帰りください。お目にかかるのも、これが最後です」

「さらばだ、尹貞」

言って、司馬懿《しばい》は寝台に背をむけ、部屋を出た。

尹貞が死んだという報告が入ったのは、翌日の夕方だった。

死ぬまで、苦しみ続けていたという。

孔明《こうめい》は、毎日応尚《おうしょう》の報告を聞いた。

魏《ぎ》軍の陣中に潜入《せんにゅう》している応尚の配下が、中の様子を知らせてくるのだ。

司馬懿は、防備を固めていた。いままでも、充分すぎるほど堅い守りの陣営だったが、それをさらに固めているというのだ。

闘う気がない、というのが孔明にとっては最悪の想定だった。領土を侵《おか》されているのに、ただ陣に籠《こも》ってじっとしている。攻《せ》めようがないのだ。無理な攻めは、いたずらに犠牲を多くするだけだ。

動き出すのを待つ。それしかなかったが、動くことはないと思えてきたのだ。戦《いくさ》には、勝った。多分、あれは勝ったと言うのだろう。二十五万の軍に十一万で対峙し、原野《げんや》戦をやったのだ。本来なら、数に呑《の》みこまれてしまう戦だ。

それが、敵の五万を討《う》った。馬を二千頭獲得《かくとく》し、具足や武器なども大量に手に入れた。誰《だれ》がどう判定しても、大勝利だった。蜀《しょく》軍の犠牲は、千五百程度で済んでいる。

軍はまたもとの編成に戻り、調練《ちょうれん》などをくり返していた。

このまま司馬懿の陣を通り過ぎ、長安《ちょうあん》にむかうという方法がないわけではなかった。しかし、無謀《むぼう》だ。魏は、長安にも三十万の兵を集結させられるだろう。すると、長安《ちょうあん》の軍と司馬懿《しばい》の軍に挟撃《きょうげき》されることになる。五、六十万を相手に、原野戦ということになるのだ。

豪族《ごうぞく》の叛乱《はんらん》も、魏《ぎ》の大軍が駐留《ちゅうりゅう》しているという状態では、起こしようもなくなっていた。そのあたりは、三年前とまるで様子が変ってしまっている。少なくとも、司馬懿の軍が長安まで撤退するということがなければ、雍《よう》州西部の叛乱は期待できない。

兵糧の管理を、厳しくした。孔明《こうめい》自身で、その日に使われた兵糧の量を確認し、克明《こくめい》な記録もとった。

司馬懿は、明らかに持久戦に入っている。とすると、すべてが兵糧にかかっていた。

姜維《きょうい》の軍の調練が激烈《げきれつ》である、という報告が入った。やり過ぎだという響《ひび》きが、報告してきた者の口調にはあった。事実、八名ほどの死者を出している。

「ここは戦陣《せんじん》だ。調練で兵を死なせるのは、好ましくない。それでなくとも、一旦《いったん》戦がはじまれば、兵は死に晒《さら》されるのだ」

居室に姜維を呼んで、二人だけで話をした。

「丞相《じょうしょう》は、よく闘った、と言われました」

「確かに、みんなよく闘ってくれた」

「大勝利、と思い、言っている者がほとんどです」

孔明は、勝利という言葉は口にしていなかった。よく闘った。それは間違いないことだと思っている。

「司馬懿を討《う》てなかったことを、それほど気にしているのか？」

「気にしているというより、くやしいのです。あと一歩でした。いや、矢があと三本残っていたら、と思います」

「おまえは、済んだことを気にするところがあるのだな。いくらか、意外だ」

「勝利と言うことを、誰も疑おうとしない。それもまた、くやしいのです」

「みんな、よく闘いはしたのだ」

「しかし、丞相。あれは勝利だったのですか？」

「おまえは、どう思っている？」

「戦闘では、勝ちました。しかし、蜀《しょく》の勝利ではありません。司馬懿を東に追い、雍《よう》州を手中にした時に、はじめて勝利という言葉が使えるのだ、と思っています」

孔明は、黙って腕を組んだ。すでに陽が落ちているが、夜でも蒸暑《むしあつ》い季節になっていた。灯台の明りが、姜維の顔を明滅させる。

「五千の騎馬隊を与えられ、作戦をも指示されていたのに、私は司馬懿《しばい》を討てませんでした。戦果《せんか》はあがりましたが、私ひとりをとってみれば、あの戦は負けたのだ、と思っています」

「その通りだ。負けたのだ。おまえが負けたのではなく、蜀《しょく》軍は負けた。あのまま司馬懿を陣営《じんえい》に追いこんで、討ち果し、魏《ぎ》軍を東へ追って、はじめて勝利と言えた」

「丞相《じょうしょう》は、やはりそうお考えでありましたか」

「闘った兵に、負けたとは言えぬ。しかし、私の戦略が、またも潰《つい》えつつあることは確かなのだ」

「私が、司馬懿を討ってさえいれば」

姜維《きょうい》が、唇《くちびる》を嚙《か》みしめていた。

戦場での勝利が、必ずしもほんとうの勝利ではなかったとわかっている将軍が、蜀軍の中に何人いるだろうか。

「あの戦で、丞相が立てられた作戦は、卓越《たくえつ》したものでありました。私ごときが言えることではない、とはわかっております。しかし、敵の布陣《ふじん》を見て、即座に卓抜な戦術を決められた時は、ただ驚倒《きょうとう》いたしました」

孔明《こうめい》は、じっと姜維を見ていた。心の底に、熱いものを持っている。そして、それを隠しきれないでいる。

熱さは、蜀に来てから芽《め》ばえ、育《はぐく》まれたものだろう。漢《かん》王室の再興という志《こころざし》が、この青年の心の底にあったものを眼醒《めざ》めさせたのだ。いま、孔明にはそれが眩《まぶ》しいほどのものに思えた。

志は、失っていない。しかし、若いころは確かに持っていたこの熱さが、いつの間にか消えてしまっていたのではないか。熱さを持ち続けるには、あまりに多くの死を見すぎてしまった。

「あの作戦を与えられながら、私はそれを生かすことができませんでした」

「深く考えるな、姜維。戦だったのだ」

「なにかを賭《か》けた、戦だったと思います。勝たなければならない戦でした。どれほどの犠牲を払おうと、司馬懿さえ討っていれば、魏軍を東へ追うことができたと思います」

確かなところを、姜維は見ている。あの戦で、孔明は魏軍を殲滅《せんめつ》するのと同程度の勝利として、司馬懿を討ち取るということを考えていたのだ。二十五万に十一万で対して、そこまで考えるのを、決して妄想《もうそう》だとは思わなかった。蜀は、どうしても魏《ぎ》軍を東へ追わなければならなかったのだ。

「いま、道は閉ざされている」

「陣の攻略は、やはり無理なのでしょうか？」

「攻城戦《こうじょう》と同じだ。通常考えても、三倍の兵力が必要になる。まして、守備しているのは司馬懿《しばい》だ。野戦に持ちこむしか、方法はないと思う」

戦場では勝ったが、魏軍を殲滅するというにはほど遠い勝利だった。三十万を、二十五万に減らした。それだけのことだ。だから姜維《きょうい》が言う通り、司馬懿を討ち取るしかなかった。

それがあと一歩で果せなかったのは、やはり作戦が甘かったのだ。兵のひとりひとりは、すべてを出しきって闘った。姜維が作戦を生かせなかったのではなく、自分が戦のやり方を間違ったのだ、と孔明《こうめい》は思う。

「丞相《じょうしょう》、司馬懿を野戦に引き摺《ず》り出す方法は、なにもないのでしょうか？」

「お互いに、人智《じんち》の限りを尽している」

「兵糧を」

「それはむしろ、こちらが心配しなければならないことだ。魏軍は、渭水《いすい》を糧道《りょうどう》として船を使い、軍で陸上からそれを守るという、鉄壁《てっぺき》の態勢《たいせい》をとっている」

蜀《しょく》に荊《けい》州があれば、水軍も当然持った。しかし、雍《よう》州進攻に水軍の必要性が考えられたことはない。

「すべて、私の未熟なのだ、姜維」

「丞相がそう言われると、私は身の置きどころがなくなります」

「もういい、姜維。二、三万の軍で東へ走ろう、などとは考えるなよ」

「それも、駄目でしょうか？」

「若い将軍が、五、六万の軍で追撃《ついげき》をかけてくるだけだ。そして長安《ちょうあん》の軍には迎撃《げいげき》される。司馬懿を引き摺り出すどころか、おまえが死ぬだけだ」

全軍で東へ進んでも、司馬懿が野戦に出てくるかどうかは、わからない。自分は陣にいて、二十万の兵を出す。長安に三十万を集結させ、挟撃《きょうげき》する。

どこをどう考えても、いま司馬懿を引き摺り出す方法はなかった。

「あとは時だ、姜維。一年も二年も蜀軍が雍州に駐留したままでいれば、周辺の情勢が動く」

そのためには、兵糧の問題がある。あと半年。そこが限界だ、と孔明は思っていた。

「もうひとつだけ、情勢が動くことがある。呉《ご》が、魏に大攻勢をかけることなのだが」

そういう危険を、孫権《そんけん》は冒《おか》そうとしない。小さな領土を奪《と》りに行く。その程度の戦しか、やろうとしないのだ。そして、魏《ぎ》か蜀《しょく》が、大きく傷つくのを待っている。

だから、兵糧だった。今年一杯、兵糧が保《も》てばなんとかなる。

蜀での麦《むぎ》の収穫は、悪くなかったという。やがて、米の収穫もはじまる。そこまで当てにするのは、国力を使い尽すということだが、雍《よう》州が奪れれば、短期間での回復も難しくない。

「腰を据《す》えよう、姜維《きょうい》。苛《いら》立《だ》って、激しい調練などしてはならぬ。労《いた》わる時は、兵は労わってやるのだ。戦場では、おまえのために死のうという者たちではないか」

うつむいた姜維の眼から、涙が流れ落ちている。灯台の明りが、それを違うもののように照らし出していた。

「これからは、一日一日が長い」

「はい」

夜が更《ふ》けていく。

風もない季節で、静かだが蒸暑かった。

敗北はなく勝者も見えず

1

臨羌《りんきょう》から楡中《ゆちゅう》まで、馬での旅だった。

芒秘《ぼうひ》の書簡《しょかん》を臨羌の豪族《ごうぞく》に届けると、馬と、十名ほどの護衛をつけてくれたのだ。護衛のついた旅など、爰京《えんきょう》にははじめての経験だった。

連れもいる。それも、はじめてのことだ。馬駿白《ばしゅんぱく》と羊和《ようわ》と沈于《ちんう》だった。羊和は、勝手に爰京の弟子《でし》だと自称している若者で、山中の村でも起居をともにしていた。沈于は馬駿白に馬超《ばちょう》がつけた、寡黙《かもく》な男である。

四人の旅のつもりだったのが、楡中までは十四人で行った。十人は、楡中に四人を送り届けたところで、引き返した。芒秘の書簡になにが書かれていたのか、知らない。馬駿白を見た時の臨羌の豪族の眼《め》は、眩《まぶ》しそうだった。

「これで、やっと気楽な旅になった。もっとも、これからは自分の脚《あし》で歩かなければならないがね」

「歩くのは、なんでもありません、爰京先生《えんきょう》。馬に乗っている方が、つらいと思います。尻《しり》や腿《もも》が痛くなってくるのです」

「そういうのには、鍼《はり》が効《き》くんだ。馬駿白《ばしゅんぱく》。宿で、私が打ってあげようか」

羊和《ようわ》が言った。はじめは、自分の躰《からだ》に自分で鍼を打つことしか許さなかった。見ていると、鍼を打つ指さきに、天性のものが感じられた。それで、爰京は教える気になった。いまでは、少々の怪我《けが》などの治療《ちりょう》はできる。

「やめなさい、羊和。馬駿白の躰は、鍼など打たなくても回復する。相手を見て打て、といつも言っているではないか」

「そうでした」

「それより、馬駿白、どうだったのだ、涼州《りょう》の旅は？」

「見るものは、みんなめずらしかったと思います」

「なにが、めずらしかった？」

「木や草のない、砂の原が」

砂漠《さばく》という言葉を、馬駿白はまだ知らない。

「それから」

「村と村が、諍《いさか》いをしていることです」

「そういうところも、あったな」

涼州には、蜀《しょく》に対する思いを持つ豪族と、魏《ぎ》に寄りかかっている豪族がいる。潜《せん》在《ざい》している対立感情を、馬駿白は諍いと感じたようだ。

いずれ、一族の長《おさ》の芒《ぼう》秘《ひ》に、馬駿白は預けられる。その前に、よその土地を見せておきたいというのが、馬超《ばちょう》と袁綝《えんりん》の希望だった。

旅立ちの日、馬超は上《うわ》ずっていて、袁綝は落ち着いていた。思い出すと、それがなんとなくおかしい。

乱世を激しく生きた馬超を、山の生活がすっかり変えたようだった。情というものを、表面に出す男になっていた。

二日、楡中《ゆちゅう》の城郭《まち》を見て歩き、それから雍《よう》州に入った。まるで空気が変ってしまったことに、馬駿白は戸《と》惑《まど》ったようだった。

「ここは、いま戦《いくさ》をやっているのだよ」

「戦、ですか」

「ずっと南の、祁《き》山《ざん》というところで、蜀と魏の軍が対峙《たいじ》している。もう、何カ月にもなるそうだ」

馬駿白《ばしゆんぱく》は、父がかつて蜀《しよく》の名だたる将軍であることを、知っていた。馬超《ばちよう》ではなく、牛志《ぎゆうし》あたりが教えたのかもしれない。

「二十万とか三十万とか、大変な兵の数だが、なに、民の数と較《くら》べたら、わずかなものだ」

「わずかではありません、爰京《えんきよう》先生。一万がどれぐらいの人数か、私は知っています。村が、五つ集まったぐらいですよ。二十万は、一万が二十も集まった数です」

馬超の住む村は、二千から三千ほどの人口だった。芒秘《ぼうひ》の村で、やっと二万というところなのだ。

爰京は、馬駿白に長安《ちようあん》を見せてやろうと思っていた。それから蜀に入り、成都《せいと》にむかう。ずいぶんと長い旅になるが、秋には戻るつもりでいた。出発した時、まだ山中の雪は消えていなかった。

「なぜ、戦などをするのですか？」

「おまえも、喧嘩《けんか》ぐらいはするだろう。それと同じだね」

「つまらないな」

「そうかい」

「喧嘩をしたあと、いつもつまらないことをした、と私は思います」

「負けて、泣いたりもするのか？」

「負けません。泣きもしません。それは、してはならないことだからです。馬超孟《もう》起《き》の息子は、死ぬまで負けてはならないと、牛志殿に言われました」

「それなら、負ければ死ぬのかね？」

「深く考えたことはないのです、爰京先生」

「まあいいさ。考える時間は、これからいくらでもあるのだから」

雍《よう》州の北辺を辿《たど》るようにして、旅をした。沈于《ちんう》は緊張していたが、爰京は気楽に構えた。曹操《そうそう》のそばにいたころから、戦というものを人よりは多く見てきたのだ。戦で傷ついた兵の治療をして、鍼《はり》の技術を磨《みが》いたし、時には戦死者の躰《からだ》に鍼を打って、中の状態を見るために切り裂《さ》いたりしたこともあった。

野宿をすることは、あまりなかった。それに馬駿白は、驚くほど健脚《けんきゃく》だった。一日で三十里（約十二キロ）歩ければと思っていたが、四十里でも五十里でも平気で歩いてしまう。村のある山中と較べれば、雍州の山などなだらかなものなのだろう、と爰京は思った。

馬駿白にとっては、なによりも城郭《まち》の中がものめずらしいようだった。宿をとっても、夕刻まで歩き回っている。いつも、沈于《ちんう》が黙ってそばについていた。

「戦で、魏《ぎ》が負けたと言っている人がいました、爰京《えんきょう》先生」

「一度、祁山《きざん》で大激戦があったそうだ。魏軍が負けて、五万人もが殺されたという。だが、またお互いの陣地《じんち》に籠《こも》って睨《にら》み合っているのだから、勝負はついていないのだろう」

「五万人が、死んだのですか？」

「魏の軍だけだ。蜀《しょく》の軍も入れると、もっと死んだ人の数は多いのだろう」

「やっぱり、戦などしてはいけないと思います。父上が戦をやめられたのは、間違っていません」

「戦が正しい、と思っている人間はいない、と私は思う。そう思いながら、それでも人間は戦をする」

　爰京の心には、曹操《そうそう》の思い出が強く残っている。十数年も、曹操の躰《からだ》に鍼《はり》を打っていた。師の華佗《かた》と較べると、自分は凡庸《ぼんよう》だった。それを、曹操が導いてくれたのだ、といまにして思う。華佗の鍼を受けた躰に、自分の鍼は不満だったはずだ。それでも、平然と鍼を打たせた。あの、曹操の大きさはなんだったのだ。師を越えたとは思わないが、曹操が不満を感じない程度の鍼は、打てるようになった。

あの曹操は、戦の人だった。戦になると、充実してもいた。しかし、戦がどれほど曹操の躰を蝕《むしば》んだか、直接肌《はだ》に触れていた自分ほど知っていた人間もいないだろう。

「戦場などは、見なくてもいい。この土地も、そしてその後に行く蜀も、戦をしているところだ。そこの民《たみ》がどうなのか、ということだけはしっかり見ておけ、馬駿《ばしゅん》白《ぱく》。おまえの父上は、そういうものを見せたくて、おまえを旅に出されたのだと思う」

「はい」

「ほかの子供たちより、おまえはずっと幸せだ。旅はつらいだろうが、いろいろなものをその眼《め》で見ることができる」

「つらくはありません、爰京先生。長安《ちょうあん》も成都《せいと》も、早く見たくてうずうずしています」

馬駿白だけでなく、羊和《ようわ》もはじめての旅を愉《たの》しんでいるようだった。薬草などには眼をむけず、人や建物ばかりを見ている。

沈干は、心の動きをほとんど見せない。そして、旅のやり方もよく心得ている。

やがて、長安に入った。

人の多さに、馬駿白《ばしゅんぱく》は圧倒されたようだった。活気にも溢《あふ》れている。兵の姿も多かった。郊外には、七万の軍勢が駐屯《ちゅうとん》しているという。

小さな宿だった。二日見て回っても、まだ長安《ちょうあん》の半分も回っていなかった。ただの城郭《まち》ではない。蜀《しょく》の間者《かんじゃ》なども入りこみ、見えないところでさまざまな争闘《そうとう》も行われているのだろう。それだけ、人の世の持つ、混沌《こんとん》の深さのようなものもあった。

以前より、鍛冶屋《かじや》が増えていた。二、三軒見て回り、切れ味のよさそうな刃物を扱っている店に入った。治療に、刃物は必要なのである。鍼《はり》だけでは、どうにもならないものがある。たとえば腫《は》れものなど、鍼が逆効果になることもあった。それは熟《う》れるのを待ち、刃物で切開して膿《うみ》を出した方がいいのである。そのほかにも細々《こまごま》としたことで、爰京は刃物を必要とする。骨を削《けず》ったりすることもあるのだ。

そういう買物も、馬駿白には興味深いようだった。山中の村にも、銭《ぜに》というものはある。しかしそれは産物を遠く蜀などに売りに出て、そのまま村に蓄《たくわ》えられている。村の中、あるいは村と村では、物の交換で充分なのである。銭がなんのためにあるのか、馬駿白はつぶさに見たことになる。

沈于《ちんう》が、馬駿白の躰《からだ》を引き摺《ず》るようにして背後に回したのは、鍛冶屋を出てしばらく歩いたところでだった。人の多い通りだが、一隊の兵が通行人を掻《か》き分けるようにしてやってきた。二十名ほどがいる。

「ちょっと、むこうの建物の庭まで来て貰《もら》いたい」

指揮官らしい男が、そう言った。

「どういう御用件ですか？」

「長安の人間ではないな。商人でもない。なにをしているのか、訊《き》きたいのだ」

「私は医師です。旅の途中です。この三人は、私の弟子《でし》です」

「ふうん、医師か。しかし、弟子だというこの男、われわれを見て剣の柄《つか》に手をかけた。そして、相当の手練《てだ》れでもある。私の役目としては、訊かなければならないのだ。なにもなければ、それほど時はとらせぬ。悪いが、同道して欲しい」

「やめなさい、沈干。とにかく、行って話をしましょう。わかっていただくしかないのだから」

導《みちび》かれた建物は、臨時の営舎《えいしゃ》に使われているようだった。兵の姿しかない。

旅をして、薬草などを集めている医師だと説明したが、指揮官はやはり沈干に不《ふ》審《しん》を抱《いだ》いた。剣を佩《は》いているのも、沈干だけである。

「その男も、弟子だと言ったな。護衛だというならわかるが、医師としては剣の腕が立ちすぎる」

笑うしかなかった。爰京《えんきょう》は、声をあげて笑った。

「なにがおかしい」

「剣は、私が修行させています。鍼《はり》を打つことと剣は、どこかに通じるところがありますから。私ほどの腕があれば、隠していられるのですが、この男はまだ未熟で」

「ほう。私も剣にはいささか覚えがあるのだがな」

指揮官が、剣を抜いた。それほど本気ではないことは、眼《め》でわかった。

「剣を貸しなさい、沈于《ちんう》」

「爰京先生」

「いいのです。殺し合うわけではないのだから」

沈于がじっとしているので、爰京は沈于の腰に手を回して剣を抜いた。そのまま、男の前に立つ。呆《あき》れたような笑《え》みを顔に浮かべ、男は爰京の前に立った。むき合った瞬間に、男の表情が変った。剣を持ったまま、爰京は一歩踏み出した。その圧力に抗《こう》しきれず、男が退《さ》がる。

「おわかりいただけましたか？」

「うむ」

「この弟子は未熟なので、剣から修行させているのです。だから、佩いています。ある腕に達したら、剣は必要ないので、佩くことはありません」

「わかったような気もするが」

爰京は、沈于に剣を返した。沈于も、めずらしく驚きを顔に出している。

「怪《あや》しいことは、なにもしておりません。鍛冶屋では刃物を求めましたが、それも治療に遣《つか》うためのものです」

「しかしな」

男は、まだ疑《ぎ》念《ねん》を隠そうとはしなかった。

「なにをしている、剣などを抜いて」

若い校尉《こうい》（将校）が、庭に出てきて言った。

「これは、爰京様ではございませぬか？」

「確かに、爰京ですが」

校尉の顔に見覚えがあるような気がしたが、はっきりしない。

「私は鄧艾《とうがい》と申します。かつて、武《ぶ》帝、曹操《そうそう》様の従者《じゅうしゃ》をしておりました。よく爰京様をお呼びに行ったものです」

「おお、お顔だけは思い出しました」

男は、まだ剣を持ったまま、呆然《ぼうぜん》と立ち尽《つ》くしていた。

「どうやら、私の部下が御無礼を働いたようですな。お詫《わ》びいたします」

「とんでもない。お役目に熱心なだけです。私が医者だということも、わかっていただけたようですし」

鄧艾《とうがい》が食事を勧《すす》めたが、見たいものが長安《ちょうあん》にはまだあるからという理由で、爰京《えんきょう》は断った。

「そうですな。軍の食事などが、うまいわけがない。いまは、戦時でありますし」

「戦は、まだ続くのですか？」

「多分。諸葛亮《しょかつりょう》という蜀《しょく》の大将は、大変な軍略家です。兵力はないのですが、打ち破るのは難しい、とみんな言っています」

「できることなら、平和な長安を旅したかったものです」

「中原《ちゅうげん》に行かれるとよろしいでしょう。雍《よう》州では、これからもずっと、戦が続くだろうと思います。洛陽《らくよう》なら、爰京様を憶《おぼ》えている高官も、まだ多く残っていますし」

「薬草を集めますので、山間を旅したいのです」

鄧艾は、一度建物に戻り、木札をひとつ持ってきた。

「この鑑札《かんさつ》があれば、長安はもとより、魏《ぎ》領の中を旅されるかぎり、通行の御不自由はないと思います。私には、この程度のことしかして差しあげられませんが」

「充分すぎるほどです、鄧艾殿」

「爰京様」

礼を言って立ち去ろうとした爰京に、鄧艾が言った。

「爰京様の治療を受けたあと、曹操《そうそう》様はいつも穏《おだ》やかな表情に戻られました。あの表情が、いまでも私には忘れられません」

「もともと、そういうお顔だったのです、曹操様は。戦につぐ戦が、あのお方の顔を険《けわ》しいものにしていました」

鄧艾が、深々と一礼した。

宿に戻ると、三人が黙って爰京を見つめてきた。

「人を殺すために槍《やり》や剣を学んだのではない。鍼を打つ時の一瞬の呼吸を会得《えとく》するためだった。亡くなった、魏の夏侯惇《かこうとん》将軍に勧《すす》められたのだ」

曹操の治療をしたり、夏侯惇に剣を習ったりということより、爰京が剣を遣《つか》えるということに、三人とも関心を持っていた。

「私より、強いかもしれない、爰京先生は」

沈于《ちんう》が言った。

「そんなことはない。私の剣には、殺気《さつき》がないというだけのことなのだ。人を殺すために学んだのではなかったから」

「父も、剣を遣《つか》いますが」

「やめなさい。馬超《ばちよう》殿は、天下に名だたる豪傑《ごうけつ》であり、剣を執《と》っては並ぶ者がなかったという。穏《おだ》やかな表情の馬超殿しか私は知らないが、それでもすさまじい剣気というものを感じることがある。私が知るかぎり、あれに似た剣気を持っているのは、許褚《きよちよ》殿だけだった」

許褚という名を、三人とも知らないようだった。やがては、曹操《そうそう》ですら忘れられるのかもしれない。それが、歳月の流れというものだ。人は生き、人は死ぬ。医師は、いやでもその事実にむき合うしかないのだった。

「もうよそう、こんな話は。鑑札《かんさつ》が手に入ったので、魏《ぎ》領の旅はずいぶん楽になった。荊《けい》州の北を回って、蜀《しよく》に行こうではないか」

自分は駄目な人間だ、と爰京は思った。魏には、自分の鍼《はり》の打ち方を見せてやった者たちが、数多くいる。こちらからそれを認めることはしなかったが、つまりは弟子《でし》たちである。その中の何人かは、医師として長安《ちようあん》にいるはずだった。戦で傷を受けた兵の治療が、その者たちの大きな仕事なのだ。

自分が誰《だれ》であるかを証明してくれる人間は、いくらでもいる。どこかに、そんな思いこみはなかったか。

誰でもない、ただの旅人なのだ。そういう道を、自分は選んだではないか。それが、長安に入ると、たちまちこれだった。

「明日一日、長安を見て回ったら、南へむかい、荊州に入ろう。西城《せいじょう》という城郭《まち》がある。そこから山中を西に戻れば、漢中《かんちゅう》なのだ。つまり、蜀の国だな」

いささか自嘲《じちょう》的な気分で、爰京は言った。

三人とも、それ以上、剣について訊いてこようとはしなかった。

「長安が、あれほど賑《にぎ》やかで人が多かったのは、西で戦をやっていたからなのですか？」

馬駿白《ばしゅんぱく》が聞いてきたのは、長安を出てかなり南に歩いたところだった。街道からはずれると、もう人の姿は少なくなった。

「その通りだ、馬駿白。魏は広い国で、中原《ちゅうげん》から河北《かほく》四州まで領土にしている。その領内からさまざまなものが長安に集まり、戦地へ送られるのだ」

「富を、人が豊かに暮せるために使うのではなく、戦に使うのですね」

「そういうことになる」

「なぜです。戦では、人が多く死ぬのでしょう。わざわざ、そんなことをしなくてもいい、と思うのですが」

「難しいな。子供であるおまえが感じていることが、最も正しいのだと思う。しかし、正しいか正しくないかは、大人《おとな》が考える。そこには、いろいろなものが入りこんでくるのだ。うまくは言えないが。子供のころにそう感じたということを、憶《おぼ》えておいて欲しい、と私は思う」

長安《ちょうあん》から南へ行くと、すぐに山にさしかかる。爰京《えんきょう》を除いた三人は、峻険《しゅんけん》な道を行く時は、なぜか潑剌《はつらつ》として見えた。

2

雨の日が多くなった。

濡《ぬ》れながらでも、孔明《こうめい》は一日一度は陣中《じんちゅう》を巡察した。特に気を遣《つか》ったのが、兵糧《ひょうろう》の管理である。穀物《こくもつ》を貯蔵する倉は、高い床にして風をよく通すようにした。入口には、常時三名の衛兵《えいへい》を置いた。そういう倉が、二十六並んでいる。ただし、中身はどの倉も半分以下だった。

出し入れの管理は、すべて孔明自身でやった。中に入ることができるのは、限られた人数だけで、兵糧全体がどれほどの量になるのか、把握《はあく》しているのは孔明ひとりだった。

司馬懿《しばい》は、堅《かた》く陣を守って出てこない。毎日、五十騎が一隊の斥候《せっこう》を、頻繁《ひんぱん》に出すだけである。将軍たちの建策《けんさく》を入れて、何度か仕掛けてみたが、どういう攻撃にも耐え得るように、陣が構築されていることが確認できただけだ。

兵糧の勝負になっている。

魏《ぎ》軍は、渭水《いすい》を遡上《そじょう》してくる船を使っていた。船を沈める方法などを考え、何度か実行してみたが、新しい船が尽《つ》きることがなかった。長安に集められている兵糧も、厖大《ぼうだい》なものなのだろう。さらに長安近郊には、十数万の軍が駐屯《ちゅうとん》している。これはいつでも西へむかえる軍で、実際に蜀《しょく》軍が長安を衝《つ》こうとすると、二十万から三十万に増えるだろうと、応尚《おうしょう》の手の者は報告してきている。

雍《よう》州の西部に、孔明はしばしば軍を出した。一万程度で、指揮は若い将軍に任せた。西部の豪族《ごうぞく》への示威《じい》であり、参軍の呼びかけでもあった。本陣では、その一万を魏軍が討《う》とうとしてきた時のために、魏延《ぎえん》に応戦の準備をさせた。

やはり、司馬懿《しばい》は動かない。ひと月や二月では、雍《よう》州の豪族が靡《なび》かなくなっている、という自信を持っているのだろう。一族の長か、もしくはそれに代る者が、人《ひと》質《じち》として長安《ちょうあん》に集められてもいるのだ。そして軍は出さなくとも、司馬懿はしばしば使者を送っていた。捕《とら》えて、所持《しょじ》していた書簡《しょかん》を調べたが、一年間の租税《そぜい》の免除などを約束している。

すぐに豪族を動かせる、と孔明《こうめい》も考えてはいなかった。雍州は魏《ぎ》領になってすでに長く、統治も進んでいるのだ。叛乱《はんらん》が多い地域だったが、豪族は懐柔《かいじゅう》されるか潰《つぶ》されるかで、賊徒《ぞくと》なども一掃《いっそう》されている。

もともと叛乱は当てにしていないが、司馬懿が動かないとなれば、豪族への働きかけは自由にできる。だから、一万の軍を駈《か》け回らせているのだ。魏軍が動かず、蜀《しょく》軍がわがもの顔で疾駆《しっく》する。

そういう情勢が一年続けば、雍州の趨勢《すうせい》は一気に蜀《しょく》に傾いてくる。それを止《と》めようとするなら、司馬懿は動くしかないのだ。

そこで、もう一度、雌雄《しゆう》を決する機会が訪れる。

しかし、一年は長かった。すべてが、兵糧にかかっている。兵站《へいたん》担当の李厳《りげん》には、どんなことでも詳《くわ》しく報告させていた。

今年の麦《むぎ》の収穫は悪くなかったが、米については不安がある。雨が多いのだ。日照が必要だった。ほかの穀物も、かんばしくない。

蜀国内で懸命《けんめい》の徴発《ちょうはつ》が行われていて、その数量がどれほどかということまで、孔明には報告が届く。

なんとか、一年はもつ。ただし、ひとり当たりの兵糧をかなり減らさなければならない。兵の不満は、当然募《つの》るだろう。

それに、届く兵糧が滞《とどこお》りがちになっていた。李厳からの報告では、雨で移送がはなはだしく難渋《なんじゅう》しているという。

武興《ぶこう》を過ぎてからの関山道《かんざんどう》は、ただでさえ難路である。移送隊は、雨で崩《くず》れたところを補修し、泥濘《でいねい》と闘いながら兵糧を運ぶのだ。多少の滞りは、無理もなかった。移送が雨の季節となってしまうのも、収穫と徴発ということを考えれば、仕方がなかった。まさに、蜀は国力を搾《しぼ》り出すようにして、いま魏と闘っている。

「雍州の豪族の中には、多少の兵糧を蓄《たくわ》えている者もいますが」

一万を率《ひき》いて駈け回り、戻ってきた姜維《きょうい》がそう報告してきた。

「雍州からは、ひと握りの麦も徴発してはならん。自らの手で、自らの首を締《し》めるようなものだ。雍州で獲得《かくとく》できる兵糧は、魏軍が貯蔵したものだけだ」

その魏《ぎ》軍の兵糧は、祁山《きざん》を別として、あとは陳倉《ちんそう》の東にしか蓄えられていない。祁山で獲得した兵糧は、とうに食い尽《つ》くしている。漢中《かんちゅう》からの移送に、頼るしかなかった。

移送隊が到着するたびに、孔明《こうめい》は検分に行った。漢中を発《た》った時の、半分しか届かないこともあった。谷に落ちたり、泥濘に埋《う》もれたりで、途中で失われるのだ。移送してくる兵も、疲労困憊《ひろうこんぱい》している。

「これ以上、雨が激しく降らないことを、祈るしかありません、丞相《じょうしょう》」

姜維《きょうい》が、本営に来てそう言った。

祁山では降っていない雨が、関山道《かんざんどう》では降っている。そういうことは、よくあった。

「それにしても、司馬懿《しばい》という男は、したたかなものです。どう挑発しようが、なにをやろうが、一万の兵さえ出そうとしません」

雍州に進攻して、すでに五カ月半が過ぎている。全軍での一度のぶつかり合いを除いて、司馬懿は動こうとしなかった。

大軍を擁《よう》した司馬懿が、これほど動かないとは、孔明も予想していなかった。大軍であるがゆえに、魏軍の中には出撃の声も強くあるはずだ。それも、しっかりと押さえこんでいるのか。

「待つというのは、つらいものだ、姜維」

「丞相でも、やはりそうなのですか？」

「もう少し、戦闘ができると考えていた。魏領に進攻しているのだからな。戦闘になれば、さまざまなことができる。失敗しても成功しても、どこかが動く。そうなった時に、一気に大きな勝利を摑《つか》む機《き》が見えるものだ」

本音《ほんね》だった。いままでの武人《ぶじん》では、考えられないしたたかさなのだ。これだけの兵力差があり、しかも自領《じりょう》を侵《おか》されていれば、籠《こも》るのはこちらで、攻《せ》めたててくるのが魏軍のはずだ。司馬懿以外の軍人なら、誰《だれ》でもそうしたはずだ。長安《ちょうあん》には、後詰《ごづめ》にも援軍《えんぐん》にもなり得る大軍が、さらにいるのだ。

「軍人というより、あの男は政事《まつりごと》をやるべき資質《ししつ》をより強く持っているのだろう。勝負は戦《いくさ》ではなく、総合力だと考えている。そして魏という大国の総合力を、充分に活用している」

「厄介《やっかい》すぎる相手だ、と魏延《ぎえん》将軍が言っておられました。石で作った将兵とむかい合っているようなものだと。その石が、知恵だけは働かせるから厄介なのだと」

魏延は、たえず駈け回っていたい男で、野戦にむいている。その魏延も、いまは耐えるしかないと思っているのだろう。

雨が、三日四日と降りやまなくなったのは、それから数日経《た》ってからだった。


若い将軍が、五人立っていた。

司馬懿《しばい》は、ひとりひとりの顔を覗《のぞ》きこんだだけで、なにも言わなかった。

自軍の兵の中に、間者《かんじゃ》を紛《まぎ》れこませることが、悪いとは司馬懿は思わなかった。長い対峙《たいじ》の中で、乱れが出るとしたら、若者の先走《さきばし》りからなのだ。軍内のどこかが乱れれば、諸葛亮《しょかつりょう》は必ずそこにつけこんでくる。

「おまえたちは、今日から兵に落とす」

五人が、顔色を変えた。それが怒りのためなのか、驚きのためなのか、司馬懿は気にしなかった。この五人は、戦闘がない不満を、公然と口にしている。

「理由を、言っていただきたいのですが」

ひとりが、一歩前に出てきた。司馬懿は、肩に手を当てて、押し戻した。

「理由は、わかっているはずだ」

「軍人が、闘いたいと思うのは間違いなのでしょうか？」

「間違いであるわけがあるまい」

「しかし」

「闘う機は、総指揮官である私が決める」

「わかっております、そんなことは」

「わかっていない。私が闘えと命ずるまで、たとえ死のうと待っているのが軍人だ。黙って、ただ待つのがだ」

「それで負ければ、どういうことになるのですか？」

「負ければ、私が処断される。それだけのことではないか。私は、陛下《へいか》から軍権を与えられている。私の命令は、陛下の命令と同じなのだ」

「陣を出て、闘おうとしない理由を教えてください」

「闘わずに、勝てるからだ。闘わずに勝つことが、最善のことだと私は認識している。闘っても、蜀《しょく》軍には勝てぬ。しかし、闘わなければ、勝てる」

「一度の戦闘で、それを決めてしまわれるのですか」

「一度で、充分だ。おまえたちの腑甲斐《ふがい》なさは、よくわかったからな」

「申しあげます」

「もう、聞く気はない。おまえたちは、いまから馬の世話をせよ。寒い季節に入る。馬の糞《ふん》を乾かして、燃料にできるようにするのだ。このところ、雨が続いている。

湿《しめ》った糞では役に立たぬぞ」

「司馬懿《しばい》将軍。本気でおっしゃっているわけではないでしょうな」

喋《しゃべ》っているのは、ひとりだけだった。間者《かんじゃ》が報告してきた通り、この男が煽動《せんどう》の中心にいるようだ。

衛兵《えいへい》を呼んだ。

「この男を連れて行け。軍令違反である。即座に首を刎《は》ねよ。あとの四人は、三日間檻《おり》に入れて、兵の眼《め》に晒《さら》せ。それから、馬の世話に回す」

司馬懿は、五人に背をむけた。ひとりの将軍の首を刎ねるだけで済みそうだった。残りの四人は、檻から出したあと、十日間馬の世話をさせる。それから校尉《こうい》にあげ、きちんと任務を果せば、ひと月で将軍に戻す。将軍に戻されれば、当然自分に感謝するはずだ、と司馬懿は思った。

五人が連行される気配を背中で感じただけで、司馬懿はふりむかなかった。そうしなくても、首だけ後ろに回せる。曹操《そうそう》に狼顧《ろうこ》の相《そう》と呼ばれた首のやわらかさは、いまでも衰《おとろ》えてはいない。

首も、司馬懿は後ろにむけなかった。

「見せしめ、というところですか」

　辛毗《しんぴ》が、本営の居室にやってきて言った。刎ねた将軍の首は、本営の前の札所（高札を出す場所。兵は、ここへ来て高札を見、通達《つうたつ》を知る）に、晒されているはずだ。滅多《めった》に営舎《えいしゃ》を出ることのない司馬懿は、それを見ることもない。

「頭頂《とうちょう》を晒す。それぐらいの刑で、よかったとも思いますが」

　頭頂を晒す。女の着物を着せる。そういう最大の恥辱《ちじょく》を与える刑にしたら、恨《うら》みを買う恐れがあった。殺してしまった方がいいのだ。

「一度で、済ませたいのだ、辛毗。こういうことは、何度もやるべきではない」

「わかります。仕方がありませんな。あの将軍は、司馬懿大将軍を、臆病者《おくびょうもの》呼ばわりしていたのですから」

「雨が、降り続いている」

「関山道《かんざんどう》の糧道《りょうどう》が、雨によって断たれれば、祁山《きざん》は飢《う》える。そう考えておられますか」

「痛みには、人は耐える。苦しさにもな。しかし、飢えには耐えられぬ。人が持つ悲しさと思わぬか、辛毗？」

「雨で、糧道が断たれなければ？」

「その時は、私に運がない。来年になれば、雍《よう》州の趨勢《すうせい》は大きく変る。いま形勢を観望《かんぼう》している豪族たちも、流れるようにあちらへ靡くだろう」

「人質を取ってあるではありませんか」

「人の死は、乱世の常だ。豪族たちも、その覚悟をして人質を出している」

「しかし、雨が降り続いております。祁山《きざん》にこれだけ降るということは、関山道《かんざんどう》は水浸《みずびた》しの状態でしょう」

去年は、雨が自分に幸《さいわい》した。大軍を動かしながら、曹真《そうしん》は雨に阻《はば》まれたのだ。雨に打たれながらの低地での野営《やえい》と、漢中《かんちゅう》進攻でもなんらの成果もあげられないという心労が、曹真の肉体を蝕《むしば》み、死に到《いた》らせた。

曹真がもう少し長く生きていれば、息子の曹爽《そうそう》がもっと力を得て、司馬懿《しばい》の出番があったかどうかわからない。

そして今年は、雍州に侵攻《しんこう》している蜀《しょく》軍を、逆に雨が苦しめている。

将軍をひとり処断したことで、今年いっぱいは、主戦派も口を閉じているだろう。

ひとりの時、司馬懿は何度も、丘の頂《いただき》に翻《ひるがえ》っていた『漢《かん》』の旗を思い浮かべた。それはそのまま、自分の惨《みじ》めな敗戦に繋《つな》がるものだった。時には、恐怖に躰《からだ》がふるえて、眠れないこともある。そういう自分の姿を想像して、自嘲《じちょう》をこめた笑いが浮かんだりする。その笑いは、暗い憎悪《ぞうお》に似た情念と、涙も伴《ともな》っているのだった。

その笑《え》みを、営舎《えいしゃ》の居室以外で浮かべたことはない。

兵糧が途絶《とだ》えて、三日経《た》った。

四日目にようやく届いた兵糧は、予定の半分にも満たなかった。途中で、濁流に流されたのである。移送の兵の消耗《しょうもう》も、激しいようだ。

李厳《りげん》からは、兵糧移送の困難を訴える使者が、くり返し送られてきた。関山道の途中が濁流になっていて、そこを渡ることはほとんど不可能だという。移送隊が、兵糧ごとことごとく流されたこともあった。

撤退《てったい》。李厳が要請《ようせい》してきているのは、それである。

耐えよ。工夫《くふう》せよ。孔明《こうめい》は、何度もそう李厳に返書を認《したた》めた。

雨は例年より多い。去年もそうだったが、今年もそうだ。孔明の頭の中にある地形では、関山道の三カ所は、確かに濁流になっているだろう、と想像できた。あそこが濁流になれば、臨時の橋をかけることも難しい。橋も、流されるに決まっていた。

ずっと西へ迂回《うかい》する岨道《そばみち》はあるが、兵だけならともかく、兵糧の移送には負担が大きすぎるだろう。

雨が、さらに降り続けた。

李厳《りげん》から届く、兵糧の残留状況の報告は、増々ひどいものになっていた。およそ兵糧の四分の三が、移送の途中で流される。

魏延《ぎえん》と馬岱《ばたい》を呼んだ。

この二人が、蜀《しょく》軍で最も実戦経験が豊富である。

「あらゆる手段を考え尽《つ》くしたが、魏《ぎ》軍の陣を崩す方策《ほうさく》は見つからぬ。私には、見つけることができぬ。おまえたち二人に、なにか方策はないか。これは、最後の質問だと思ってくれ」

「それほどまでに、兵糧が」

「この雨だ。途中で失われるものが多すぎる。移送隊の兵も、二千は死んだ」

「方策は、なにもありません」

馬岱が言った。

「司馬懿《しばい》には、戦をする気がないのです。そうすると、攻囲戦《こういせん》しかありませんが、いまの五倍の兵力が必要で、しかも落とすのに一年かかると思います」

「内部の攪乱《かくらん》を何度も試みたが、効果はなかった。主戦派の将軍はいるが、ひとりが処断されて、その声は小さくなったという」

「闘おうという者を処断する。軍人にはできないことです」

魏延は、黙って唇《くちびる》を嚙《か》んでいた。

野戦を得意とするこの将軍が、ここ数カ月耐えに耐えていたことは、孔明《こうめい》にはよくわかっている。ただ、あまり声をかける気にならなかった。居室に呼ぶのは、姜《きょう》維《い》をはじめとする、若い将軍が多かったのだ。

「魏延」

「丞相《じょうしょう》、私は、ただ無念です」

孔明は、眼《め》を閉じた。

兵糧はまた途切《とぎ》れ、兵は二日なにも食していない。斥候《せっこう》の報告によると、濁流を渡りきった移送隊が、二日後に到着するという。三日分の兵糧はあるようだ。

「これをやるかやらぬか、賭《か》けなのだが」

孔明は眼を閉じた。

「応尚《おうしょう》の調べによると、木門《ぼくもん》に兵糧が移されているという。雨を避けて貯蔵するため、ということは考えられる」

「木門ならば、襲《おそ》うべきです。それで、魏軍が陣から出てくるなら、願ってもないことではありませんか」

「そこだ。応尚《おうしょう》は兵糧があると確信しているようだが、司馬懿《しばい》がそれほどたやすく兵糧を外に出すとも思えん」

「応尚の探索《たんさく》の能力は、抜きん出ていると思います」

魏延《ぎえん》が言った。

「それに、魏《ぎ》軍は兵糧が過剰《かじょう》になってきている、という話ではありませんか。陣中に蓄《たくわ》えきれなくなったのかもしれません」

「どうも、気持がひっかかるのだが、やるしかないとも思いはじめている。約半月分の兵糧にはなる。半月も経《た》てば、この雨もやむかもしれん」

「応尚は？」

「潜入《せんにゅう》の準備をさせる。それを魏延が一万で掩護《えんご》せよ。馬岱《ばたい》は一万で、魏軍の牽《けん》制《せい》」

「わかりました。やってみる価値はある、と私は思います」

「では、兵糧庫をひとつ開けよう。わずかだが、兵糧を残してあった。それを腹に入れると、なにもないがな」

三食分である。たとえ撤退するにしても、兵に多少の兵糧は持たせなければならない。

「半月分の兵糧を、奪ってきます」

魏延が、にやりと笑った。孔明《こうめい》は顔をそむけ、軽く頷《うなず》いた。

雨の中を、魏延と馬岱の軍が出ていった。木門までは、それほどの距離はない。なにかあれば、魏延と馬岱は連携《れんけい》して対処できるはずだし、陣から救援の軍も出せる。


二日後、魏延が戻ってきた。

孔明は、雨が落ちてくる空を仰いだ。魏延は、応尚の屍体《したい》を運んできたのである。兵糧庫はあったが、中にはひと粒の穀物もなかったという。間者《かんじゃ》をおびき寄せる罠《わな》だったのだ。魏延の軍がむかうと、守兵も姿を消したという。

どこか、心が貧しくなっているのだ、と孔明は思った。

「撤退する。陣払《じんばら》いの準備をせよ」

将軍と校尉を集め、孔明は言った。

殿軍《でんぐん》は、魏延とその下につけた姜維《きょうい》の一万である。

雨は降り続けている。兵たちは動きはじめたが、その声も雨音が消していた。

3

張部《ちょうこう》と夏侯覇《かこうは》を呼んだ。

蜀《しょく》軍が撤退《てったい》という情報が入ったのだ。久しぶりに、司馬懿《しばい》は本営から出て、雨の中に立った。負けなかった。一度正面からぶつかって完膚《かんぷ》なきまでに打ち破られたが、陣までは失わなかった。ここに二十五万の軍がいたから、雍《よう》州西部も蜀にはつかなかったのだ。

あの負けが、気持をざらつかせる。あれさえなければ、堂々と長安《ちょうあん》に引き返せたはずだ。軍人として、あの負けは忘れられない。恐怖にふるえた自分も、忘れられない。

「蜀軍が、撤退するという」

なにも言わず、二人は頷《うなず》いた。

「追撃《ついげき》せよ。四万の軍だ。張部が前軍で二万、夏侯覇が後軍で二万」

「司馬懿将軍」

夏侯覇が、一歩出てきて言った。

「このまま、撤退させてやるおつもりは、ありませんか？」

「どういう意味だ、夏侯覇」

「蜀軍が撤退すれば、それでよいではありませんか。司馬懿将軍が思い描いておられた通りの結末でしょう。蜀軍は、驚くべき闘いをし、そして耐《た》えました。まさに、もののふの軍です。くやしさに身を切られながら撤退する軍を、追撃しなくてもよいと思うのです」

ここまで闘わずに、陣に籠《こも》り続けてきたくせに、いまさらなんだ、という響きを司馬懿は感じた。思い過ごしかもしれない。そういう思い過ごしをする自分を、司馬懿は許せなかった。

司馬懿は、黙って夏侯覇を見つめた。夏侯覇は雨に濡《ぬ》れ、具足《ぐそく》から水滴《すいてき》をしたたらせている。

「雨が嫌いか、夏侯覇？」

「私は」

「行け、夏侯覇。司馬懿将軍の命令だぞ。出撃の準備をして、待っていろ」

張郃が言った。張郃と視線を合わせた夏侯覇が、うつむき、駈《か》け去っていった。

「相手は諸葛亮《しょかつりょう》。ただ撤退するとも思えん。充分に注意して、追撃しよう」

「だから、張部殿《ちょうこう》を選んだ。夏侯覇《かこうは》だけでは、いささか心もとない」

「首は、難しいな。諸葛亮《しょかつりょう》の首は」

雨の中で張部が笑い、踵《きびす》を返した。

司馬懿《しばい》は営舎《えいしゃ》の居室に入り、濡れた軍袍《ぐんぽう》と具足を替えた。秋の雨などには、打たれるものではない。

蜀《しょく》軍の撤退がはじまったのは、翌日からだった。祁山《きざん》の下の城と、六カ月駐屯《ちゅうとん》していた陣をうまく使い、こちらが攻《せ》めれば挟撃《きょうげき》という態勢《たいせい》を取っている。しかし、兵は刻一刻と少なくなっていくのだ。

諸葛亮がどういう思いでいるか、考えかけてやめた。群雄《ぐんゆう》が割拠《かっきょ》していたころの戦《いくさ》とは、もうまるでやり方が違う時代になっているのだ。軍と軍をぶつからせる戦もある。しかし、それが勝負のすべてではない。

諸葛亮が、甘かったのか。撤退は、国力の限界を示している。国力の読み方を、どこかで間違えたのか、こちらが持久戦に持ちこむことを、考えはしなかったのか。

蜀に放《はな》っていた間者《かんじゃ》から、陣中に届いた報告は、厖大《ぼうだい》なものになっていた。兵糧《ひょうろう》は、際《きわ》どいところで足りてしまうかもしれない、と司馬懿は考えていた。もともと蓄《たくわ》えられていたもの、春に収穫された麦《むぎ》、祁山にあった魏《ぎ》軍の兵糧。いろいろなものを総合すると、一年保《も》つかもしれない、という可能性はあった。

対峙《たいじ》が一年になったら、負けだろう。出てぶつかり合いをするにしても、士気《しき》も極端に落ちていたはずだ。長安《ちょうあん》に戻り、態勢を立て直すしかなかった。

「雨か」

司馬懿は、口に出して呟《つぶや》いた。雨がどれほど兵糧の移送を困難にするか、先年の漢中《かんちゅう》進攻で、いやというほど司馬懿は知った。子午道《しごどう》と斜谷道《やこくどう》の二つの糧道《りょうどう》を確保していても、魏軍は漢中でひと月しか耐えられなかった。

「張郃将軍と夏侯覇が、出撃いたしましたぞ」

辛毗《しんぴ》が、本営へやってきて言った。

この老人を、司馬懿はあまり嫌いではなかった。六カ月の滞陣《たいじん》の間、戦はいやだといつも言い放っていた。そのくせ、若い将軍たちと兵法論議をして、言い負かせたりするのだ。軍監《ぐんかん》として、どれだけ役目を果したかは別として、本営にいないと捜《さが》したくなるようなところがあった。

「あの二人は、なかなか合いますな。父子《おやこ》のように思える時がありますす」

夏侯覇は、漢中で死んだ夏侯淵《かこうえん》の息子だった。その時、夏侯淵とともに闘ったのが、張郃である。夏侯淵だけを死なせた。その思いが、張郃にはあるのかもしれない。

「夏侯《かこう》一族の中では、いまはまずあの男が第一ですかな」

「若い将軍の中ではだ、辛毗《しんぴ》。しかし、どこか甘い」

「若さでしょう」

まだ、雨は降り続けている。辛毗は、濡《ぬ》れるのはあまり気にならないらしく、本営を出て雨の中を歩いていった。

夏侯覇《かこうは》からの伝令が到着したのは、二日後だった。

張郃《ちょうこう》が、死んだ。一万を率《ひき》いて、蜀《しょく》の殿軍《でんぐん》の側面を衝《つ》こうとして、ほとんど全滅に近い損害を受けている。夏侯覇のもとにいた三万も、あっさりと蹴散《けち》らされたらしい。

戻ってきた夏侯覇は、うつむいて司馬懿《しばい》の前に立ち尽し、なにも言わなかった。

「しばらく、北の国境へ行け、夏侯覇」

夏侯覇が顔をあげる。

「蜀は、また雍《よう》州を侵《おか》してくるであろう。対蜀戦に、おまえは使えぬ」

「地形が、いや地形を利用して」

「言い訳はするな。おまえは北の国境で、烏丸《うがん》でも相手にしていればよい」

「対蜀戦にこそ、私は」

「おまえには、なにもさせられぬ。長安《ちょうあん》に戻ったら、そのまま沙汰《さた》を待て」

雨は続いている。

夏侯覇の具足からは、水が落ち続けていた。

関山道《かんざんどう》を検分しながら、孔明《こうめい》は漢中《かんちゅう》へ戻った。そのころになって、ようやく雨があがってきた。

傷《きず》ついた軍ではない。しかし、疲れきった軍だった。

本営で、ただちに兵糧の検分をはじめた。意外に、量が残っていた。孔明は、陣中に届いていた、李厳《りげん》の報告書を、詳《くわ》しく読み直した。

全軍が帰還したのは、孔明が漢中に入って四日目だった。

殿軍が、追撃してきた張郃を待ち伏せ、討《う》ち取っていた。それも、戦果というべきなのかもしれない。張郃を討ったということが、軍内ではもちきりになっていた。

成都《せいと》からは、大勝利を祝う使者が来るという。

「張嶷《ちょうぎ》、張翼《ちょうよく》とともに、軍の編成をし直せ。欠員の補充《ほじゅう》をやり、五千単位の編成を崩《くず》さないようにするのだ」

する。


　姜維《きょうい》を呼んで言った。

　新しく集めた新兵は、すぐに調練《ちょうれん》に入る。陳式《ちんしょく》が担当で、それは当面別の部隊とする。

「補充と言われても、新兵というわけには」

「部隊をひとつ取り崩せ。それで補充すれば、調練が行き届いた兵を回せる」

　損害は、兵糧の移送隊の方が多いほどだった。その立て直しは、楊儀《ようぎ》に任せた。

　魏《ぎ》軍と較《くら》べると、兵の損害はずっと少ない。しかし、国力を搾《しぼ》り出したのだ。魏の方には、まだたっぷりと余力がある。

　蔣琬《しょうえん》と費禕《ひい》を呼んだ。病《やまい》を得ていた李恢《りかい》が、孔明《こうめい》の出陣中に死んでいた。李恢にやらせていた仕事は、とりあえず孔明がやるしかなかった。蔣琬と費禕は、これからの民政の充実で手一杯である。

「今年の収穫の記録を、とおっしゃいましたが、丞相《じょうしょう》」

「そこに、置いておいてくれ。軍を地方に振り分ける。それに伴《ともな》うことを、費禕に頼みたい。漢中《かんちゅう》に残すのは、五万。成都《せいと》に三万。あとは、各地に駐留《ちゅうりゅう》させる」

「しばらく、戦はないということですか、丞相？」

　蔣琬は、身を切るような思いで、戦費を捻出《ねんしゅつ》していたはずだ。

「戦はできまい。三年は、民政を充実させ、蓄えを増やす。十八万の軍は、そのまま維持《いじ》したいが、各地に駐留する兵に、屯田《とんでん》は許す。調練は怠《おこた》れぬが、三年の間は軍も生産の手助けをする」

「民《たみ》は、疲れきっております」

「わかっている。今年の収穫は、ほとんど徴発《ちょうはつ》したのであろうしな。秋の収穫からは、一切の徴発をするな。兵糧が、かなり大量に余っている。それを加えて、なんとか来年の春までしのぐのだ」

「早速、細《こま》かい計画を立てます。どれほどの時を頂戴《ちょうだい》できますか？」

費禕のもの言いは、いつも慎《つつし》み深かった。

「まず、五日」

「それは」

「過酷《かこく》であることは、わかっている。軍の編成が五日で終るので、六日目には出発させたい。急ぎすぎるとは言うな。私の中では、まだ戦が続いているのだ」

「承知いたしました。私も戦に出ているつもりでやります」

「江陽《こうよう》にいる、馬忠《ばちゅう》に使者を出せ、蔣琬」

「馬忠は、孟獲《もうかく》とうまくやり、南中の物産は滞《とどこお》りもなく、江《こう》州や成都に流れてきておりますが」

「わかっている。馬忠《ばちゆう》のような男でなければ、孟獲《もうかく》とはうまくやれまい。物産は、いまのままでよい。兵が欲しい。言うには及ぶまいが、南中《なんちゆう》からは力で徴発《ちようはつ》してはならん。馬忠が南中へ行き、一年暮すのだ。必ず、一万程度は集まってくるだろう」

「なるほど。しかし、十八万の軍は変えぬとおっしゃいましたが」

「老《お》いかけた兵もいる。退役《たいえき》させて、耕地を与える。それが、およそ一万だ」

漢中《かんちゆう》の軍の統轄《とうかつ》は、魏延《ぎえん》と姜維《きようい》に任せる。

ほかにも、考えていることは多くあった。司馬懿《しばい》が闘おうとしない対峙では、考える時間はいくらでもあった。南中の物産を、涼州《りよう》に運ぶ。鳥鼠山《ちようそざん》の西を回れば、なんとかなるはずだ。それは馬岱《ばたい》にやらせる。南中の物産は、涼州まで行くとさらに価値が出る。

応尚《おうしよう》が死んだので、北から応真《おうしん》を呼び戻し、諜略《ちようりやく》の組織を作り直さなければならない。

「それから、これは大事なことだが、役人の数を半分に減らせ。どこを減らせるか、二人で検討《けんとう》して、私のところへ持ってきてくれ。まず、成都《せいと》が減らせる。漢中も、軍の管轄《かんかつ》に移せるものから、そうしていく」

「半分にですか」

「はじめから、無理だと思うな。ひとりが二人分働けば、それはできる」

戦で衰《おとろ》えた国力を数年で回復させるためには、それぐらいのことが必要だった。

役人の仕事の中には、商人に任せた方がうまくいくものも、少なくはない。

「丞相《じようしよう》には、少しお休みいただけませんか。遠征《えんせい》から戻られたばかりではございませんか」

「戦に負けたのだ、蔣琬《しようえん》。だから蜀《しよく》に戻ってやっている。勝っていれば、雍《よう》州で同じことをやらなければならなかった」

「負けたなどと。結局、司馬懿は蜀軍を恐れ、一度しか交戦しなかったのではありませんか」

「蜀に戻ってきた。それは、負けたからだ。大勝利などと言われていることは、知っている。しかし、負けた。おまえたち二人は、それを心に刻みつけておいてくれ」

「そうですか。雍州を奪《と》らぬかぎり、負けですか」

「仕事が一段落したら、私は成都へ行ってくる。負けたのだということを、陛下《へいか》にもわかっていただかなくてはならぬ」

二人がいるかぎり、民政に関しては一応安心していられる。軍は、あまり大きな損害は受けていないので、立て直すというほどのものではない。

呉《ご》との関係を、もう少し密接なものにしておきたかった。次に雍《よう》州に進攻《しんこう》した時は、かたちだけでも、呉軍を動かしたかった。それによって、魏《ぎ》の受ける圧力は、格段に大きなものになる。

若いが、陳震《ちんしん》という者がいた。

孫権《そんけん》が呉の帝《みかど》に即《つ》いた時、祝賀の使者として送った。礼は失わず、しかし孫権の肚《はら》の内はしっかりと探ってきた。それに、諸葛瑾《しょかつきん》といかにも合いそうな男だ。兄が、呉の外交の担当者であるだけに、孔明《こうめい》には直接話をしにくいという気持がある。

さまざまなことを決めたあと、本営に李厳《りげん》を呼んだ。魏延《ぎえん》、馬岱《ばたい》、王平《おうへい》、姜維《きょうい》。それに蔣琬《しょうえん》にも同席させた。

憔悴《しょうすい》しきった表情で、李厳は出頭してきた。

「呼ばれた理由は判《わか》っていると思う。ここで釈明する機会は与えよう」

「釈明しようとは、思っておりません」

ほかの者たちは、何事なのだという表情をしていた。

「正しいことをやった、と思っているのか？」

「はい」

「ひとりを助けるために、百名を殺すところだったのだぞ、李厳」

「ですから、撤退していただきたい、とも申しあげました」

「穏《おだ》やかではありませんな。何事ですか、丞相《じょうしょう》？」

蔣琬が言った。ほかの者たちは、みんな押し黙っている。漢中《かんちゅう》に帰還したら、思いのほか兵糧があることに、みんな気づいたのだ。

「兵糧が切れて、われらは雍州から撤退してきた。はじめに決めた通りの兵糧が、祁《き》山《ざん》の陣に届かなかったからだ」

「そんなことが」

「あったのだ。無理な移送で、兵を死なせたくなかったのだろう。途中で濁流に流されたという報告とともに、決めた量の半分以下の兵糧が届いた。失われたと報告されたものが、実は漢中に残っていた。はじめから、少量しか運ばなかったのだ」

「まさしく、その通りです」

「李厳殿」

蔣琬だけが、声をあげた。

「決められた量を運ぼうとすると、犠牲はもっと大きくなったと思います。丞相が帰還されても、漢中《かんちゅう》に兵糧がない、という状態だったはずです」

「話をすり替えるな。おまえはいま、結果だけを喋《しゃべ》っている」

「ひとりで運ぶものを、二人、あるいは三人で運べば、ずっと安全になります。私は、移送の途中で兵が死ぬのが、耐えられませんでした。兵糧が失われることにも、我慢ができませんでした」

「祁山《きざん》には、十数万の飢《う》えた兵がいたのだ。兵糧がないのならば仕方がないが、あるにもかかわらず、運ばなかった。それでは、祁山に行った者たちは、諦《あきら》めがつかぬ」

「兵が死なず、兵糧を失わず。その二つを考えて、移送できる量の最大限を、移送したつもりです」

李厳《りげん》はうなだれていたが、時々あげてくる視線に、怯《ひる》みなどはなかった。間違ったことはしていない、という確信はあるのだろう。そして、必要なだけの兵糧を届けられなかった、という思いもある。

人は、自らの信念にしたがって生きる。その点で、李厳は立派だった。しかし、ひとりの信念よりも、ひと握りの麦《むぎ》の方が大事になることがあるのも、戦だった。

「兵糧を、すべて運ぼうとすべきだった。途中で、どれだけ失われようとだ。一兵もいなくなるまで、兵の死に眼《め》をつぶるべきであった。それで、雍《よう》州で闘っていた者たちも、はじめて諦めがついた」

「丞相《じょうしょう》がおっしゃることも、正しいのだと思います。この歳《とし》になると、正義がただひとつではないことも、見えて参ります。丞相がおっしゃられた正義からすれば、私は万死に値《あたい》します。私の正義が、ほかの正義に処断されようと、それはめぐり合わせだと思うだけです」

李厳の人格は、誰《だれ》もが認めているところだった。兵糧も、着服《ちゃくふく》したわけではない。孔明《こうめい》が漢中に帰還すればすぐにわかってしまう、報告書を提出しただけだ。それも、正しい報告書を出せば兵の死をいとうな、という命令が届くことはわかっていたからしたことだろう。

非情にはなりきれない。それはわかっていて、孔明は李厳を選んだのだった。

「李厳、おまえの処分は、この場で決定し、陛下《へいか》に奏上することにする。誰か、意見があるならば申してみよ」

誰も、なにも言わなかった。

「李厳、おまえが持っている軍の位、役職のすべてを、召しあげる。これからは、庶民として暮し、梓潼《しとう》にいて郡を出ることを禁ずる。そこから、蜀《しょく》という国をもう一度見つめ直してみよ」

うなだれたまま、李厳《りげん》は頭を下げた。

「李厳殿、丞相《じょうしょう》は死罪とはされなかった」

慰《なぐさ》めるように、魏延《ぎえん》が言った。

「兵糧のことだ。死罪になってもおかしくない。それに、御子息《ごしそく》は江州《こう》で将軍のまだ。いつか、また漢中《かんちゅう》や成都《せいと》にも戻れると思う。前線で闘う兵にとっては、兵糧は命そのものなのだ。李厳殿が部下を助けようとされたように、私も兵を死なせたくない。しかし、敵とぶつかれば、兵には死ねと言う。戦だからだ。李厳殿の敵は、雨であり泥濘《でいねい》であり濁流であったのだと思う」

「私には、できなかったのです。魏延殿。そしていま、できなかった自分を恥じる気持があります」

李厳の処分は、気の重い仕事であった。

それが終ると、孔明《こうめい》は二百騎ほどの供《とも》を連れ、成都にむかった。

4

ようやく、爰京《えんきょう》は成都に入った。

すでに、秋も終りかかっている。

長安《ちょうあん》から荊州《けい》の西城《せいじょう》に出、そこから漢中に入った。雨に降りこめられるようになったのは、そのころからだ。

漢中には、ひっきりなしに兵糧《ひょうろう》が運びこまれていた。それは一度陽平関《ようへいかん》に集められ、それから祁山《きざん》の蜀《しょく》軍の陣に移送されるようだった。移送の兵は、死物狂《しにものぐる》いで兵糧を担《かつ》いでいる。それは見ることができた。南鄭《なんてい》でも定軍山《ていぐんざん》でも、兵糧庫《ひょうろうこ》のそばに近づかないかぎり、咎《とが》められることはなかった。

漢中もやはり活気に満ちていた。兵站《へいたん》の地というものは、そういうものだ。ただ、長安と較《くら》べると、南鄭の空気はずっと切迫《せっぱく》していた。その切迫が、馬駿白《ばしゅんぱく》の眼《め》には、異様《いよう》に映ったようだ。兵も民《たみ》も眼の色を変えている。そういう城郭《まち》は、これまでになかったのだ。

漢中から南に下がると、空気は不意に穏《おだ》やかなものになった。穏やかというより、生気に欠ける、と言った方がいいかもしれない。民は、雍《よう》州の戦《いくさ》のために、収穫物《しゅうかくぶつ》などをほとんど供出《きょうしゅつ》させられていたのだろう。国力のすべてを傾けて、雍州の戦を闘っている、ということがよくわかった。

魏《ぎ》領と蜀《しょく》領の、緊迫感の相違も、馬駿白《ばしゅんぱく》の心になにか衝撃《しょうげき》を与えたようだ。父が、かつて蜀軍の有力な将軍だった、ということもあるのだろう。

ただ、馬駿白は、心の底のゆらぎを、正確に言葉に表現することがまだできない。それはそれでいい、と爰京《えんきょう》は思った。これから先の人生で、言葉になるものはなっていく。

永安《えいあん》まで行った。かつて、劉備《りゅうび》がいて、そこで死んだ。爰京にとっては、劉備も忘れられない男のひとりだったが、馬駿白にはそれを語らなかった。

永安にも白帝城《はくていじょう》にも、守兵がわずかにいるだけだった。白帝城から長江《ちょうこう》を下れば、すぐに呉《ご》領である。呉との関係がよくなったので、守兵が少ないのだろうと、爰京は思った。

永安で、劉備は自らの病《やまい》と闘い、勝った。快癒《かいゆ》はしなかったが、病には負けなかったのである。雄々《おお》しく、死ぬ。医師として数えきれないほどの死に立ち会ったが、雄々しい死を見ることは稀《まれ》だった。

白帝城では、沈干《ちんう》がなにか馬駿白に説明していたが、爰京は聞かなかった。あのころ、馬超《ばちょう》はもう死んだことになっていて、羌族《きょう》のいる村で暮していたはずだ。

永安から、農作物を運ぶ船に便乗させて貰《もら》えて、巴東郡《はとう》のほとんどは水上の旅だった。それも、山育《やまそだ》ちの馬駿白にはめずらしかったようだ。

江州《こう》から成都《せいと》まで、それで、旅は終りだった。成都からは、北へむかい、すぐに山中に入る。

「やあ、ここが成都ですね、爰京先生」

馬駿白は、成都の城門で無邪気な声をあげた。

「母上は、この城郭《まち》にもおられたそうです。父上と母上が出会ったのは、涼州《りょう》だったのですが、袁綝《えんりん》殿は、成都は好きなところだと、母上は言っておられました」

「そうか、袁綝殿は、成都にもおられたのか。馬超殿の妻になられたのは、山中だったというお話はうかがったが」

「成都、白水関《はくすいかん》、そして南鄭《なんてい》。母上は、いろいろなところにおられたのです。いまの村が、一番好きだとおっしゃっていますが」

「いいところだ、あの村は。私も、しみじみとそう思うよ」

「爰京先生は、ずいぶんと旅をされてきたのですね。いつかは、またどこかに行かれてしまうだろう、と牛志殿《ぎゅうし》が言っておられました」

「そうかもしれないが、しばらくはまだ村で厄介《やっかい》になるつもりだ。羊和《ようわ》に、きちんとした鍼《はり》も教えようと思う」

山の中の村へ帰る。爰京《えんきょう》は、そういう気分になっている自分に、ちょっと驚きを感じていた。いままで、どこかに帰るという思いを持ったことはない。

成都《せいと》には、人が多い。しかし、兵の姿はあまりなかった。蜀《しょく》の各地から戦に兵が動員されているのだろうが、兵が少ないために不穏な空気が流れている、と感じたことは一度もなかった。領内はよく治《おさま》っているのだろう。

「成都には、いい鍛冶屋《かじや》があってね。とてもよく切れる刃物を作る。鍛え方もあるが、鉄そのものも違うらしいのだ。前の旅で、私は小さな刃物を註文《ちゅうもん》しておいた」

「鉄にも、いろいろあるのですか、先生？」

「あるとも。もっとも、切れ味を確かめてみるまで、鉄は鉄だと私は思っていたよ。違う鉄もある。そんなことを考えつくのは、私のような平凡な頭では無理だ。諸葛《しょかつ》亮《りょう》という人が、それに気づいて、以来蜀軍の兵の剣は、他国の兵のものよりずっと切れるそうだ」

「諸葛亮という方は、雍《よう》州で戦をしている蜀軍の大将ではありませんか」

「実に、いろいろなことに才《さい》をお持ちだ。政事《まつりごと》についても、さまざまな改革をしてこられたし、農業のやり方を工夫したり、産業を起こしたりもされている」

「爰京先生は、会ったことがあるのですね？」

「そんなふうに、聞えたか。実は、ちょっとだけ会ったことがある。ごく普通の方だよ。ただ、眼がはっとするほど澄んでおられた。あんな眼を、私はいままで見たことがないな。馬超《ばちょう》殿はよく御存知《ごぞんじ》のはずだが、話を聞いたことはないのか？」

「父は、蜀のことを語ったことはありません。将軍だったということも。涼州《りょう》では総大将だったこともあるそうですが、そんなことはみんな牛志殿が語ってくれるだけです。母も、あまり語りません」

「そうか。それでいいのだと思う。おまえは馬超殿の息子ではなく、馬駿白《ばしゅんぱく》というひとりの男にならなければならないのだからね」

「旅をさせて貰《もら》って、よかったと思います」

「私も、おまえと一緒に旅ができてよかった。ずっと旅をして暮してきたが、この旅は一生忘れないと思う」

息子。そんな感情が、芽《め》ばえているような気がする。妻帯《さいたい》したことはないので、ほんとうのところはわからない。しかし、馬駿白と一緒にいると、いままでに知らなかった種類の、喜びの感情に包まれたりするのだ。

成都《せいと》は、落ち着いた都、という雰囲気に包まれている。この国が、国力を傾けて戦をしているとは、成都を見ただけではにわかに信じられない。軍の本営も、丞《じょう》相府《しょうふ》さえ漢中《かんちゅう》に移っていて、ここには近衛《このえ》兵《へい》と、わずかな守兵がいるだけだ。

宿をとると、翌日は鍛冶屋へ出かけていった。

爰京《えんきょう》が註文《ちゅうもん》していたものは、できていた。鍛冶屋の主人は、大事そうにそれを布で包んで持ってきた。すでに、研《と》ぎあげてある。手に取り、刃を親指の爪《つめ》に当ててみた。滑《すべ》らず、ひっかかるような感じがある。切れ味が冴《さ》えていると、そういうものなのだ。

「私に、鍼《はり》を打っていってくれないかね、爰京先生。このところ、剣の註文が多くて、働きすぎなんだ。それに、肩のあたりが疼《うず》くようでね。いつか、右手があげられなくなりそうな気がする」

この鍛冶屋は、前にも同じ症状に襲《おそ》われていた。その時、鍼を打ってやったのだ。

小さな刃物の註文など面倒だっただろうが、それがあったので快く引き受けてくれたのだった。

「お安い御用ですよ」

爰京は羊和《ようわ》に手伝わせて準備をし、主人の肩から首筋にかけて、そして腕に鍼を打っていった。右だけでなく、左も同じように打っておく。

「不思議だなあ。やっぱり軽くなり、疼く感じも消えたよ」

「無理をしたら、またそうなりますよ」

「だから、時々来てくれないか。もっと小さくてよく切れる刃物を、作っておくよ」

主人は、代金を取らなかった。

成都の城内には、河が流れている。そのほとりに、肉を出す店があった。豚肉を煮たもの。それが、ひどく辛《から》いのである。塩ではなく、刺激の強いもので、食べると全身に汗《あせ》が噴《ふ》き出してくる。

馬駿白《ばしゅんぱく》だけでなく、羊和も沈于《ちんう》も、口に入れるとしばらくびっくりした表情をしていた。

「これが、躰《からだ》にいいのだよ。気がついただろうが、益《えき》州に入ってからは、曇《くも》った日が多い。陽《ひ》に当たって汗をかく、ということがないのだ。だから、こうやって汗をかく。医師の私から見ても、いいことだと思う」

「でも、爰京先生、これは」

「耐《た》えて、しばらく食べていてごらん。そのうち、うまいと感じるようになる。成都に来た証《あかし》だ。おまえが、種を山中に持って帰ればいい。山中でも、役に立つものだ」

馬駿白《ばしゅんぱく》は、真赤な顔をしていた。もう、三人とも汗を噴《ふ》き出させている。

成都《せいと》では、馬駿白にひとりで歩き回らせようと思っていたが、沈于《ちんう》が決して離れようとしなかった。それが任務だ、と思いこんでいる。だから、二人で歩かせた。朝出かけ、陽《ひ》が落ちるまでに宿に戻ればいいということにして、爰京《えんきょう》も羊和《ようわ》と外出した。

軍営の近くに、小さな小屋がある。そこに、薬草を使う医師がひとりいるのだ。爰京の知らない薬草も、その医師にずいぶんと教えられた。

先客がひとりいて、薬を調合して貰《もら》っていた。初老の、穏《おだ》やかそうな男で、爰京を見て深々と一礼した。

薬草を擂《す》り潰《つぶ》して、粉《こな》状の薬にする、胡承《こしょう》という医師の手際《てぎわ》は、鮮《あざ》やかなものだった。

「お久しぶりです、爰京先生。この前に教えていただいた麻沸散《まふつさん》は、どういうものかほぼわかりましたよ。罌粟《けし》だと言われたが、やはりそうでした。作り方を書いてありますさらに工夫《くふう》も加えられると思います」

麻沸散は、師の華佗《かた》が使っていた。それを使うと、たとえばどこかを切開しても、痛みはないのである。麻沸散の作り方を、華佗は決して他人に教えようとしなかった。爰京は、薬草と鍼《はり》で痛みを軽くする方法を自分で見つけたが、麻沸散ほどの効果はなかった。

胡承は、麻沸散と書いた十枚ほどの紙を、その場で綴《と》じて差し出してきた。

「いやしかし、あなたに教えていただいた鍼は、なかなか難しい。打ち方ではなく、どこに打つかが問題なのだとは、わかっているのですが」

「あれ以上は、教えようがないのですよ、胡承先生。私は、掌《てのひら》を当てて血の滞《とどこお》りを発見しますが、指さきでも構《かま》わないのだと思います。習練《しゅうれん》というより、ある日ふっとそれがわかるという感じでした」

「腕や肩や腰の痛みというのは、私も鍼でだいぶ治《なお》せるようになりました。しかし、躰《からだ》のずっと奥にあるものが、わからない。あと一歩だ、という感じはするのですが」

湯を呑《の》みながら、さまざまに治療《ちりょう》法の話をした。前の旅で、ふた晩も夜っぴて語り合っているので、新しい話はあまりない。それでも、話していることそのものが愉《たの》しかった。

辞去《じきょ》して通りを歩いている時に、胡承《こしょう》の小屋であった男に、声をかけられた。名乗られて思い出したが、諸葛亮孔明《しょかつりょうこうめい》の従者《じゅうしゃ》だった。

孔明が成都《せいと》にいる、という気配はなかった。漢中《かんちゅう》を旅していたころ、孔明は雍《よう》州で戦をしていた。大勝利だったという噂《うわさ》も、江《こう》州から成都にむかっている途中で、耳にしたのだ。

宮殿に導かれた。

こういう場所に出入りするのは、曹操《そうそう》のころから爰京《えんきょう》は馴《な》れているが、羊和《ようわ》は緊張で蒼《あお》い顔をしていた。

宮殿の中にある役所の、一室だった。

孔明が、立ちあがって笑い、澄んだ眼をむけてきた。老《お》いている。はっきりそう思い、爰京は胸を衝《つ》かれた。この間会ったのは、八年以上も前だ。

「爰京先生とは、縁《えん》があるのですね。成都におられるとは」

「孔明様が成都だとは、私は夢にも思っておりませんでした」

「旅を、続けておられるのですか？」

「はい。わが身の未熟さを、痛感するばかりの旅です」

「私もですよ、爰京先生。陛下《へいか》が亡くなられてから、道に迷ってばかりです」

眼だけは、相変らず澄み渡っている。戦から戻ったばかりの男とは、とても思えなかった。

「従者の方が、胡承先生の薬をお求めでしたが？」

「別に、どこかが悪いというのではないのですが、眠れないことがしばしばあります。薬を服すると、いくらか楽なものですから」

「重いものを、負いすぎておられる、というふうに私には見えます」

「そうすると、眠れないのですか？」

「それは、さまざまです。医師の見方も、いろいろありますが、私は、その方の生命の輝きを見るようにしています」

「やれやれ、私からは生命の輝きが失《う》せていますか」

「輝きすぎなのです。生きすぎておられます」

「ほう、そんなことが」

「あります。曹操様を見ていた時、私はしばしばそう感じました」

孔明は、かすかに頷《うなず》いた。

しばらく、医術についての話をした。孔明は、驚くほどの関心を示し、じっと爰京の話に聞き入った。

不意に、悲しみに似た感情に、爰京《えんきょう》は包まれた。

「お願いがございます。私に、鍼《はり》を打たせていただけませんか、孔明様」

「それは、ありがたい。お願いするのは、失礼かと思っていましたので」

「できれば、私が成都《せいと》にいる間は、毎日打たせていただけませんか。時は、かかりません。ほんのしばらく、眼を閉じていていただければよろしいのです」

「お礼に、なにをすればいいのか、迷ってしまいます」

「打たせていただきたいのです。こちらから、お願いしているのです。孔明《こうめい》様は、領いてくださるだけでよろしいのです」

笑《え》みを浮かべ、孔明が領いた。

その日、爰京は孔明の首すじに二本だけ鍼《はり》を打った。

翌日、宮殿の中にある居室に顔を出すと、孔明は待っていたように寝台に横たわった。熱湯も用意してある。それで毒を消した鍼を、首筋と背中と足首のところに打った。六本の鍼が、孔明の躰《からだ》に突き立っている恰好《かっこう》だった。

「このまま、しばし御辛抱《ごしんぼう》を」

「昨夜、不思議によく眠れました。今日は、躰がだるいような感じですが」

「この鍼を抜いたころには、そのだるさも消えています。私は、あと五日成都におります。それから先、打つことはできません」

「私も、ひと月で漢中《かんちゅう》に戻ります。陛下とも、二人だけでひと晩お話をしましたし。明日あたり、軍が三万戻ってきます。ほかにも、やるべきことが多くあるのですが、漢中にはもっとあります」

孔明の躰は、衰えていた。疲れている、というようなものではない。長い時をかけて、心の疲労が積み重なると、こうなる。それを回復させるには、心の疲労を取り除くのが一番だった。

「片腕として働いてくださる方は、いらっしゃらないのですか、孔明様には？」

「みんな、私の片腕ですよ、爰京先生。そして、蜀が闘わなければならないのは、魏《ぎ》なのです。力の差がありすぎます。兵は二倍調練《ちょうれん》をしなければならないし、文官は三人分の仕事をします。民《たみ》も、租税で何度も苦しんでいます。そうやって、はじめて魏と対峙《たいじ》できるのです」

まだ戦は終らないのだろう、と爰京は思った。

戦がなにか考える前に、戦で死んだ兵の躰を切り開き、内臓《ないぞう》がどうなっているのか、つぶさに検分した。これは死ぬとわかっている兵のこめかみに鍼を打ち、死なせた。自分の鍼の技術や治療の知識のほとんどは、傷《きず》を負ったり死んだりした兵の躰をもとに得たものだ。

そういう過去が、爰京《えんきょう》にはある。

だから、戦が悪いと言う資格など、どこにもなかった。

孔明《こうめい》のような男が、戦で衰えきっていく。曹操《そうそう》や劉備《りゅうび》のような男が、死んでいく。それがたまらない、と爰京は思うだけだった。

鍼《はり》を抜いても、孔明は眼を閉じてしばらくじっとしていた。

「なんとも、不思議です。だるさが消えている。実は、疲れると細《こま》かいものがよく見えなかったのですが、それもよく見える。さらに不思議なのは、視界が明るくなったことです」

「孔明様は、病ではございません。ただ、生きすぎておられます。人の何倍も一日を生きて、それを積み重ねておられます。曹操様がそうでございました。しかし曹操様は、戦以外では、のんびりしておられることも多かったのです」

「いまは、あのころの戦とは違う、としか申しあげようがない。一日一日の積み重ねを経《へ》て、ようやく戦場に立てるのです」

「また、明日参ります。どれほどお忙しいのか、よく知っているつもりです。鍼のために時を割《さ》いていただいて、ありがとうございました」

「困りました、爰京先生。私は、やはりお礼をさしあげなければならない、と思います」

「頂戴《ちょうだい》します。いまよりさらにお元気になられること。眠れる時は、お眠りになること。そうしていただけばよいのです」

「それは私のためで、爰京先生のためではない」

「お元気になられることが、私のためです。医師として、いささか自負を持つこともできるでしょう。孔明様は、お元気になられることで、私にその自負をお与えくださいます」

退出すると、いつもの従者が待っていた。万弘《ばんこう》という名である。宿まで迎えに来て、送り届けるのを、仕事と考えているようだ。

五日目に、万弘は迎えに来ると、馬駿白《ばしゅんぱく》と沈于《ちんう》も誘《さそ》った。馬駿白に、宮殿を見せてやるのもいい、と爰京は思った。

馬駿白と沈于は、毎日成都《せいと》を歩き回り、時には郊外の村へも行っていた。爰京は、孔明のもとから戻ると、胡承《こしょう》の小屋へ行き、自分の背や脚に鍼を打たせていた。胡承も真剣で、額《ひたい》に汗を噴き出しながら、十数本の鍼を打った。掌や指さきで触れ、どこに血の滞《とどこお》りがあるか、探り当てることもやらせた。薬草では胡承《こしょう》は大変な知識を持っているが、鍼ではまだ羊和《ようわ》よりいくらかましに打てる程度だ。それでも、血の滞りを見つけることはできるようになった。

宮殿へ行くと言うと、馬駿白《ばしゅんぱく》も沈干《ちんう》も、躰《からだ》や表情を硬《かた》くした。三万の兵が漢中《かんちゅう》から戻ってきていて、成都《せいと》にはこれまでと違う活気があった。孔明《こうめい》の躰に、鍼《はり》を打った。また打つことがあるのだろうか、と爰京《えんきょう》は思った。五日間の鍼で、孔明の躰はどこか違う生気を漂わせはじめている。

「胡承先生が、鍼を打てます。これは、孔明様のお躰の状態を書いたもので、胡承先生をもしお呼びになることがあれば、お渡しください。鍼はこれからきわめていこうという方ですが、薬草にかけては右に出る者はおりません」

「明日、発《た》たれるのですね、爰京先生。粗餐《そさん》を用意させております。お連れの方も、御一緒に」

「よろしいのですか、孔明様。お忙しいのに、無理をしていただくのは、本意ではありません」

「私も、食事はします。爰京先生との食事は、むしろ望むところですよ。それから、胡承先生には、お願いしてみることにします」

爰京は、頭を下げた。

卓に並んだ料理の前で、馬駿白はじっとしていた。孔明が笑いかけ、箸《はし》を取ることを勧《すす》める。沈干も、ただうつむいているだけだ。爰京は箸をとり、料理を口に入れた。

「明日からの旅が、御無事であるように」

孔明はそう言った。他愛《たわい》ない話で、それでも孔明は愉《たの》しんでいるように見える。

「馬駿白殿と申されたな」

呼びにきた従者を制し、孔明が言った。澄んだ眼が、じっと馬駿白に注《そそ》がれている。

「御両親は？」

「父も母も、元気にしております」

「いい眼だ。その輝く眼を、失わないようにされよ」

孔明が、懐《ふところ》からなにかを出した。

「これは、鏡だ。西域《せいいき》から運ばれてきたもので、まあめずらしいのが取柄《とりえ》であろう。銅の鏡などと違って、割れる。焼物のようなものだと思われよ。これから、思い悩むこともあろう。その時、この鏡に自分の顔を映してみるといい。卑怯《ひきょう》なことはしていないか。友を裏切ってはいないか。眼が濁《にご》ってはいないか。自分に、そう問いかけられよ」

「私に、くださるのですか？」

「差しあげよう、馬駿白《ばしゅんぱく》殿。しかし男は、自分を映す鏡を、心の中に持つべきだ。それを持てたと思った時は、心を寄せた女性にでも贈るがいい」

なぜ、孔明《こうめい》が馬駿白にそういうことをするのか、爰京《えんきょう》にはわからなかった。もしかすると、馬超《ばちょう》の息子だということに、気づいているのかもしれない。

「また、お会いしたいものです、爰京先生」

それだけ言い、笑顔を残して、孔明は出ていった。

翌早朝、成都を出た。

馬駿白は、成都にか、あるいはそこで会った孔明にか、いくらか心を残しているようだった。

貰《もら》った鏡を、大事そうに首から下げている。

「急ごうか。山には、もう雪が来ているかもしれない」

成都から二日歩くと、すぐに山になる。樹木の葉は、もう落ちかかっていた。

5

雍《よう》州で魏《ぎ》と蜀《しょく》が闘っている間、建業《けんぎょう》では海軍の準備を進めた。

かつて、孫権《そんけん》は海軍を作ろうとしたことがある。しかし、船がうまくできなかった。

諦《あきら》めたわけではなく、海上の艦船《かんせん》を工夫《くふう》するために、造船所を作っていた。二十名ほどが、たえず船の試作をくり返していたのである。

海の上は、波がある。上流から下流へというようなものではない。複雑な流れもある。それを乗り切って、たとえば青《せい》州へ、あるいは遼東《りょうとう》へ、航路を拓《ひら》けば、交易《こうえき》で利益があがるはずだった。南に夷《い》州（台湾《たいわん》）があり、そこを領土に加えることもできる。

そして年が明けて、まず夷州に船を出したのである。五艘《そう》出し、戻ってきたのは一艘だけだった。四艘は、夷州に到着する前に、波に砕かれたという。

「海というのは、生き物のようなものだ。それも、人間に飼い馴《な》らされていない、巨大な生き物だな」

海についての、孫権《そんけん》の話相手は、張昭《ちょうしょう》だけだった。七十五歳を過ぎたこの老人は、もう隠退《いんたい》したというかたちで、宮殿に出仕してくることはなかった。月に一度か二度、孫権の方が訪《たず》ねて、話しこむのである。

「昨年は、魏《ぎ》と蜀《しょく》が雍《よう》州で睨《にら》み合っておりました。今年は、いまのところ、その気配はないようですな。夏が過ぎ、秋になれば、またどちらかが手を出すかもしれません。このところの、魏蜀の戦《いくさ》は連年でございますから」

自分が話したいことがある時、張昭は孫権の話題を無視する。老《お》いて、耳が遠くなったという真似《まね》をするのだ。

「魏蜀の戦に、巻きこまれるつもりはない。蜀からは、しばしば出兵を要請《ようせい》してくるが、諸葛瑾《しょかつきん》には、私がその気がないことは伝えてある。陸遜《りくそん》にも、戦をやるなら合肥《がっぴ》から寿春《じゅしゅん》を奪《と》るためだ、と言ってある」

「合肥以外は、あくまでいまの呉《ご》を守ろうというのですな」

「荊《けい》州北部、予《よ》州、徐《じょ》州。奪れれば、そのぐらいは奪りたい。しかし、無理はせぬ」

「そしてあくまで、呉が豊かになることを望まれる。そううまくいけばよいのですが」

「待っていれば、天下は転がりこんでくる。そんな気もするのだ、張昭」

張昭は、表情を動かさなかった。皺《しわ》だらけで、眼《め》を開いているのかどうかも、判然としない。

「呉が、北へ兵を出す。蜀と連合してだ。魏に勝てるかもしれん。しかし、魏を滅ぼしたら、すぐに蜀と闘うということになるのだぞ」

それも、いまより巨大になった蜀である。

伝統的に、軍は強い。兵を死なせるほどの調練《ちょうれん》を、くり返しているのだ。その蜀が、三十万もの軍を擁《よう》するようになったら、どうすればいいのだ。

天下二分という考えが、蜀にはない。国土を統一し、漢《かん》王室も再興する。そこまで、蜀は闘おうとするはずだった。

やはり、魏と蜀を闘わせた方がいい。そのぶつかり合いの間隙《かんげき》を縫って、まず合肥、寿春を奪る。予州にまで手がのびれば、荊州北部も併呑《へいどん》するのは難しくない。

魏が、蜀を滅ぼしたとする。その時は、長江《ちょうこう》を遡上《そじょう》して、益《えき》州の半分は奪る。蜀が魏に勝つようなことがあれば、兗《えん》州、青《せい》州まで奪れるだろう。人口が少なくて、兵数が不足する、という事態もなくなるはずだ。そして、河北《かほく》に追いつめた魏と、講和《こうわ》をすればいい。どちらが負けようと、即座にその国が消えてしまうわけではなかった。当然、制圧戦がある。そこに食いこめば、領土を拡《ひろ》げられるのだ。

「陛下《へいか》は、魏《ぎ》と蜀《しょく》の、どちらが勝つと見ておられますか？」

「勝負はつかぬ。曹操《そうそう》が魏の帝《みかど》であれば、別だ。曹丕《そうひ》でも、勝負はついたかもしれぬな。しかし、曹叡《そうえい》は駄目だ。やがて、かつての漢《かん》王室のようになる」

「しかし、なかなかのものだという噂《うわさ》ですぞ、戦にかけては」

「曹操《そうそう》の血を受けているのであろうな。非凡なところはあるようだ。その非凡さを見せている時には、相手にしなければよいのだ」

曹丕《そうひ》は、戦は下手《へた》だった。あくまで実戦という意味では、曹操とは較《くら》べものにならなかった。何度も、自ら指揮して呉《ご》領に攻めこもうとしたが、打ち払うのは難しくなかった。しかし、洛陽《らくよう》にいて、幕僚《ばくりょう》の将軍たちを使うことに徹《てっ》すれば、これは侮《あなど》れない。軍の組織の作り方などを見ていると、そう思えたものだ。

しかし、曹叡は実戦の感覚がいいだけだ。それは、必ずしも常に必要なものではない。

いま、曹叡は許昌《きょしょう》に大宮殿を造営しようとしていた。連年、三十万もの大軍を出し、北にも不安を抱《かか》えている。国力は疲弊《ひへい》しつつあるはずだ。それなのに、必要もない大宮殿を造営する。

それだけでも、国土の統一などは考えてもいないのだ、ということがわかる。遠からず、鄴《ぎょう》にも造営すると言いはじめるだろう。乱世を闘い抜いてきたわけではないので、欲望を抑《おさ》えることを知らない。おまけに、若くして帝になってしまった。曹叡にとっては、呉や蜀は国土を分け合っている敵ではなく、ただの外国なのだ。しかも、両方とも魏と較べると小さい。

戦というものに曹叡の眼がむけば、これは手強《てごわ》い。しかし、それが持続しないことは、見ていれば明らかだった。

蜀には、諸葛亮《しょかつりょう》がいる。戦のやり方を見ても水際立《みずぎわだ》っていて、魏軍にまともに闘える将軍がいるようには見えない。しかも、諸葛亮は、蜀の全権を持っていて、国土の統一と漢王室の再興を、一生の使命にしていると言っていいのだ。

諸葛亮と闘うには、ひたすら守るだけという方法しかないだろう。昨年の戦では、三倍の兵力を擁《よう》しながら、司馬懿《しばい》がそれをやった。しかし、闘わずに守るだけというやり方を、いつまでも続けられはしないのだ。若い将軍など、必ず反撥《はんぱつ》してくる。事実、司馬懿は、戦闘を主張する若い将軍をひとり、陣中《じんちゅう》で処断していた。

蜀はあまりに小さく、国力が弱く、しかし軍の戦闘力は高い。だから、魏と五分五分でやり合える。

やはり、勝負がつかぬまま、両国は疲弊《ひへい》していくはずだった。

「諸葛亮《しょかつりょう》はいま、どうしておりますか？」

「徹底的に、民政に打ちこんでいる」

「なるほど」

「私が見るかぎり、諸葛亮は卓抜《たくばつ》な戦略と戦術を持っている。しかし、いつもなにかが足りなくなり、いまひとつのところで勝利を逃がす。足りないのは、兵糧《ひょうろう》であり、兵数であり、優れた部下であり、そして運だ」

「ずいぶんと、足りないものがあるではありませんか、陛下」

「足りないものの中のひとつが足りていたら、諸葛亮は勝っている」

最も足りないものは、荊州《けい》なのだ。

同盟を破棄《はき》し、騙《だま》し討《う》ちのようにして荊州を奪《と》った。それを、孫権《そんけん》は後悔《こうかい》したことがなかった。あの時荊州を奪っていなければ、蜀《しょく》はあっという間に雍《よう》、涼《りょう》二州を制圧し、曹操《そうそう》を圧倒しただろう。

そうなった時、老《お》いた曹操に反撃ができただろうか。魏《ぎ》がそのまま河北《かほく》まで押しこまれたら、もう同盟の破棄は難しかった。劉備《りゅうび》に臣従《しんじゅう》しなければならない、ということになったはずだ。

「魏では、曹叡《そうえい》が道楽のかぎりを尽《つく》しているだけですか？」

隠退《いんたい》して、天下の情勢からも遠ざかった、というふうに装《よそお》っているが、張昭《ちょうしょう》は相変らず克明《こくめい》に情報を集め分析しているようだった。そのあたりが、狸《たぬき》である。

「司馬懿《しばい》が、雍州刺史《しし》（長官）の郭淮《かくわい》の背後《はいご》にいて、やはり民政を整え、豪族《ごうぞく》への対策をやっている。戦では勝負にならなかったが、こちらはいい勝負かもしれぬな」

「次の雍州進攻は、諸葛亮にとっては困難なものになりますな」

「どうかな。たやすく雍州を奪るような気もする。昨年の戦で、魏軍の将兵は牙《きば》を抜かれた。そうすることで、司馬懿は雍州を守り抜いたのだがな。諸葛亮ともあろう者が、再び同じ攻め方をするとは思えぬ。ならば、牙を抜かれた軍で、司馬懿はどう諸葛亮と闘うと言うのだ」

「さて、陛下は、呉《ご》軍の将軍の牙を抜いてはおられますまいな。特に、陸遜《りくそん》の牙を」

「陸遜は、たやすく牙を抜かせるような男ではない」

「ならば、よろしいのです、陛下」

張昭が、咳《せき》をした。もう、あまり生きないだろう、と孫権は思った。このところ、会うたびにそう感じる。

「張昭《ちょうしょう》、私はおまえに、天下への野心《やしん》があるかと訊《き》かれて、否《いな》と答えた。もう、どれほど前のことになるかな。あの私の返答が、おまえには不満だったのだろうな」

「まさか、陛下に対して不満などと」

「あのころは、帝ではなく、呉王ですらなかった」

「では、腑甲斐《ふがい》ない、と感じただけでしょう。天下を目指すのが、男子たる者だ、と私は思っておりましたから」

「ほう」

「陛下は、口では天下などいらぬ。豊かな国さえ作りあげることができれば、それでよいと言っておられました。私はある時、ふと感じました。兵力とか、戦略とか、謀略《ちょうりゃく》とか、そういうものではない闘いで、陛下が天下を取ろうとしておられると。つまりは、最後の勝負を決するのは、豊かさであると考えられていると」

「どうかな。豊かさは、貧しい武力に負けるぞ、張昭」

「負けない程度の、兵力は維持《いじ》する。そうすれば、豊かさが勝負の決め手になる。そう考えてはおられませんでしたか？」

「いまも、考えている。豊かさこそが、最後の決め手であると。豊かであり、それを礎《いしずえ》にした力は、ただ力だけを求めるより、ずっと強いとな」

「海軍も、豊かになるためのものですか？」

張昭は、孫権《そんけん》の話をすべて聞いているのだった。海軍の話も、しっかり耳に入れながら、いままで無視していたのだ。

「長江《ちょうこう》は、ほとんどわがものにした。次は、海の道を作りたい。それこそ、魏《ぎ》や蜀《しょく》が考えていないことだからだ」

海軍は、周瑜《しゅうゆ》が見事に水軍を統轄《とうかつ》しているので、対抗するような気分で、まずは考えたことだった。いまになって、さまざまな理屈《りくつ》をひねり出しているだけだ。

しかし、長江に富があったように、もっと大きな富が海にはある、と孫権は考えていた。魏や蜀が見ていないものが、間違いなく海にはある。海の道を自分のものにすることで、呉は、魏や蜀をしのぐ力を持つことができるはずだ。いま、孫権はそう考えていた。

「天下を目指すのが、男子たるものか」

「このところ、昔をふり返ることが多くて、多少考え方も変ってきました」

「どんなふうにだ」

「天下を目指した者は、次々に滅びました。袁紹《えんしょう》、袁術《えんじゅつ》、曹操《そうそう》、劉備《りゅうび》。わが国でも、先々代の孫堅《そんけん》様、先代の孫策《そんさく》様、そして周瑜殿。天下への思いは、魔性の夢でございますな。それにとらわれなかった陛下は、実はもっとも天下にふさわしい国を作りあげられたのかもしれません」

「いまごろ、そんなことを言っても遅いぞ、張昭《ちょうしょう》」

「なんの。陛下はたえず新しいことをお考えです。海軍についても、そうです。天下へ、一歩一歩近づいておられます。戦をすることだけが天下へ近づく道ではないと、いまはしみじみ思います」

「海軍の夢は、まだ果せぬな。船が、うまく作れぬ。そして海には、わからぬことが多すぎる。あと何年かかるであろうか。荒れた海にも耐《た》えられる船でなければならぬし」

「しかし陛下、もし海軍ができれば、建業《けんぎょう》は長江《ちょうこう》の基点《きてん》であり、同時に海への基点です。これは強い、と私は思います」

「やれやれ。張昭に海軍をほめられるとは思わなかった。とにかく、海軍はまだ先だ」

魏蜀《ぎしょく》の戦が、次にはいつはじまるか、と孫権《そんけん》は眼《め》をこらしている。合肥《がっぴ》を奪《と》ったと思ったら、合肥新城を築《きず》かれた。要するに、大兵站基地《だいへいたんきち》である寿春《じゅしゅん》を奪らなければ、魏を予《よ》州にまで押しこめない。

魏蜀の戦で、東部方面軍の兵力がそちらに割《さ》かれることがあれば、即座に攻《せ》めようと、孫権は思っている。諸葛亮《しょかつりょう》は、愚直なほど執拗《しつよう》に、雍《よう》州を攻めるだろう。今年から来年にかけて、諸葛亮がどれほど民政で実《じつ》をあげられるか。それによって、戦の時期は決まってくる。

「張昭、志《こころざし》というのは、国にとっては背骨のようなものだな。蜀があれほど闘えるのも、劉備《りゅうび》から受け継《つ》いだ志があるからだろう」

「確かに、驚くべきことです。蜀には、諜略《ちょうりゃく》も通じにくくなっています」

魏には、すでに志はない。曹操《そうそう》から受け継いだのは、広大で豊かな領土だけと言っていい。

自分には志はある、と孫権は思っていた。ただそれは、乱世を生きてきた臣たちには、理解されにくい。だから一応は、天下、と言葉では言ってみるのだ。

「ところで、陛下。遼東《りょうとう》の公孫《こうそん》家から、盛んに接触があるようですが」

張昭は、なんでも摑《つか》んでいる。孫権は、別にそれを驚きはしなかった。かつては、それが諜略にも繫《つな》がっていたのだ。

「外交の交渉に、諸葛瑾《しょかつきん》を当てている。大きな間違いはあるまい」

公孫家は、遼東に強大な勢力を持つ。公孫淵《こうそんえん》が当主になってから、魏の北部方面軍とはなにかと波風が立っているようだ。魏《ぎ》に帰順《きじゅん》して官位も受けているが、当然独立の志向も強い。

「公孫《こうそん》家には、諜略が入っておりますな。恐《おそ》らくは、諸葛亮《しょかつりょう》の」

「私も、そう思っている。とにかく、魏が北にも気を配らなければならないのは、呉《ご》としてはありがたい」

合肥《がっぴ》を攻める機《き》を摑《つか》めるかもしれない、という言葉を孫権は途中で呑《の》みこんだ。合肥にこだわるのは、長江《ちょうこう》の安全を脅《おびや》かされるからだ。長江は、呉の命のようなものだった。だから、こだわる。それを、理解しようとしない臣も多い。華々しい戦だけが、戦と思っているのだ。

「私も、思わぬ長生きをしたものです」

低い声が聞えた。張昭《ちょうしょう》の表情はほとんど動いていないが、笑っているようだった。

日々流れ行く

1

姜維《きょうい》は、二百騎《き》を率《ひき》いて、蜀《しょく》を駈《か》け回った。

孔明《こうめい》の特命である。大きな城郭《まち》を回り、民政が滞《とどこお》っていないかどうか、検分する。なにしろ、どこも役人を大幅に減らしたのだ。民政がうまくいっていないところは、即座に軍権ですべてを処理する。率いている二百は、ほとんど老兵で、しかも軍内の事務にたけた者たちだった。役人の仕事が適切でないと考えた時は、老兵の誰《たれ》かをその任に替える。そして替えられた役人は、庶民に落とす。

ある意味で、軍政と言ってよかった。

徹底的に、無駄《むだ》をなくす。兵でさえ、この一年は、農耕《のうこう》をして生産に携《たずさわ》っている。それでも、飛躍的に生産が増えたわけではない。五万や六万が農耕をしたところで、民《たみ》の力には遠く及ばないのだ。ただ、農耕と同時に、民の力だけではやりにくい、水路の工事や、開墾《かいこん》などもやる。そちらの方は、生産力の向上にかなり寄与した。

漢中《かんちゆう》に帰還して一年以上になるが、民政の実は確実にあがっていた。孔明《こうめい》が民政に力を注げば、こんなものなのだ。しかし、孔明の真似《まね》など、誰にもできない。眠っていないのではないかと思えるほど、多くの仕事をこなしているのだ。自分など、こうやって駈け回るだけだ、と姜維《きようい》は思った。戦《いくさ》なら別だが、民政に関しては、ひと通りの知識しかない。

与えられている五千の兵は、成都《せいと》郊外に駐屯《ちゆうとん》していた。調練《ちようれん》は、張嶷《ちようぎ》と張翼《ちようよく》に頼んでいる。成都を出て駈け回りはじめてから、すでに三月は経《た》っていた。最初は四百いた兵が、いろいろなところに残してきて、すでに二百に減っている。

江州《こう》を回り、江陽《こうよう》にむかった。南は江陽まで、と孔明に言われている。

城郭《まち》に入った。

兵が溢《あふ》れている。そんな印象があった。

本営へ直行した。衛兵などいない。旗はあるが粗末な建物で、中で誰かが怒鳴《どな》り続けているのが聞えた。

「馬忠《ばちゆう》殿はどこだ？」

怒鳴り声が聞える部屋を覗《のぞ》きこみ、姜維は言った。校尉《こうい》（将校）らしい者たちが五人、一列に立たされている。

「馬忠は私だが」

怒鳴っている男が、姜維に眼《め》をむけた。

「成都から来た巡検使《じゅんけんし》で、姜維という。馬忠殿と話がしたい」

「巡検使だと。ここにはそんなものはいらん。帰れ」

「そんなわけにもいかない。とにかく話をしたいのだが」

馬忠が舌打ちをし、立っていた五人を追い払うように手を振った。

「姜維殿か。新参《しんざん》だな。それに、雍《よう》州から尻尾《しっぽ》を巻いて戻ってきた」

「新参では、悪いか？」

「いいや。戦に勝てばいいさ」

はじめから、挑戦《ちょうせん》的な口調の男だった。江《こう》州の李豊《りほう》など、父の李厳《りげん》のことがあるためなのか、下馬《げば》した姜維に拝礼したほどだった。どこの城郭にも、こんなふうな男はいなかった。

大きな城郭の守将は将軍で、それは数えるほどしかいない。

「江陽は、成都の本営に兵糧《ひょうろう》を要求しすぎている。どこも、屯田《とんでん》をやっているのだ。

南中《なんちゅう》で兵を集めていたという話は聞いているが、屯田も同時にやった方がいいだろう」

「余計なことだ」

「私の任務は、余計なことをやることだ。役所の帳簿《ちょうぼ》を調べる。軍の兵糧の消費についても、調べさせて貰《もら》う」

「気に食わんな、おまえのように、丞相《じょうしょう》の威光をかさに、横柄《おうへい》な口を利《き》くやつは」

「私は、丞相の命令を受けた。だから、蜀《しょく》の領内を駈け回っている。ほんとうは、兵の調練でもやっていたいところだ」

「調練だと。おう、それが足りなかったので、雍《よう》州から逃げ帰ったんではないのか」

「調練は積んだつもりだった。それに、ここであの戦について、議論するつもりはない。調べることを調べ、替《か》えるべき者がいたら、替える。私の任務は、それだけだ」

「役人を半分に減らされた。私にまで、役人がやればいい仕事が回ってくる。まあ、それはいい。調べたければ、勝手に調べろ。そして、私のことを丞相に報告するがいい。私は、南中から集めた兵の調練で忙しいのだ」

「そうさせて貰う。書類は、役所とここか？」

「全部、役所だ。必要な時に、私は役所に行って仕事をする。調練が忙しいのにだ。その上、屯田をやれだと」

「役所に行って調べ、訊《たず》ねたいことがあったら、呼ぶ」

「おまえの方から来い。私はまだ、調練をやる。南中から集めた兵だぞ。あとふた月で、成都《せいと》へ送らなければならん。腰の抜けた兵だったら、私が嗤《わら》われるのだ」

「わかった。私から行く」

姜維《きょうい》は、苦笑して言った。馬忠《ばちゅう》は、多分裏も表もない人間なのだろう。そして、雍州からの撤退《てったい》を、単純にくやしがっている。

丸二日をかけて、役所を調べた。営舎《えいしゃ》は南中から集めた兵で一杯だったので、本営のそばに幕舎《ばくしゃ》を張った。

改善しなければならないことは、なにも見つからなかった。ただ、仕事の量が厖《ぼう》大《だい》で、江陽《こうよう》に関してだけ言えば、役人を半分に減らしたのは無茶《むちゃ》だと思えた。馬忠をはじめ軍の幹部が、馴《な》れない事務に忙殺《ぼうさつ》されるだろう。

馬忠から呼び出されたのは、二日目の夜だった。

「槍《やり》を持ってこい、姜維」

「なかなかの槍を遣《つか》うという話だからな。ひと突きぐらい、私が食らわせてやる。心配するな。私は調練用の槍だ」

「なぜ？」

「ならば、私もそれでいい」

「ふん、無謀《むぼう》なのかな。私は、張嶷《ちょうぎ》や張翼《ちょうよく》などとは違うぞ」

姜維《きょうい》が笑ったので、馬忠《ばちゅう》はかっとしたようだった。

連れていかれたのは、営舎の裏にある広場で、調練用に使われているらしかった。小さな小屋があり、壁には調練用の棒がたてかけられていた。

馬忠は、その一本を投げて寄越《よこ》した。

「甘くないぞ、姜維。手加減《てかげん》して貰えるとは思うなよ」

馬忠が、棒を構える。かなり遣えるようだ。戦場では、いい働きをするだろう。

馬忠が、突きかけてきた。それをかわし、姜維も棒を構えた。出ようとした馬忠の動きが、途中で止まった。低い唸《うな》り声が、馬忠の口から洩《も》れる。踏みこんできた。かわすように姜維は一歩退《さ》がり、それから二歩前に出た。馬忠の棒をかいくぐる。胸の真中。突きあげた。馬忠の躰《からだ》は一瞬宙に浮き、それから大の字になって地面に落ちた。跳《は》ね起きた馬忠は、徒手《としゅ》である。

「待ってやる。棒を拾え」

「いや」

馬忠は、全身から力を抜いていた。

「すごい槍だ。趙雲《ちょううん》将軍の槍のようだった」

「直伝《じきでん》を受けた」

「噂《うわさ》通りの腕だ。噂ってやつは、時々ふくれあがったりするのだがな。到底、私のかなう相手ではない」

激《げき》しやすいが、率直《そっちょく》な性格でもあるらしい。だから、南中《なんちゅう》から兵も集められるのかもしれない。よく知れば、誰もが好きになりそうな男だった。

「本営の私の部屋に、わずかだが酒がある。南中の、果実で作った酒だから、飲むと腹の中が燃えるが。一緒に飲みたい、姜維殿」

姜維は頷《うなず》いた。

「五人の兵を残していく。それで、馬忠殿は役所の仕事から解放されるはずだ」

馬忠の居室でむき合うと、姜維は言った。

「私を楽にさせたいなら、二十人にしてくれ。いま、私を含めて二十人が、役所の仕事に時を割《さ》かれているのだ」

「役所に専従なのだ」

「ならば、十人」

「五人で、充分だ。ひとりひとりが、馬忠《ばちゅう》殿の二倍の仕事ができる。戦場では、もうあまり役に立たなくなった者たちだが」

「わかった。丞相《じょうしょう》も、とことん人を使いきるお積《つも》りのようだな」

「それは、言い過ぎだろう」

「いいのだ。私は言いたいことを言う。恥じることは、なにもしておらんからな」

「確かに、なにもなかった。逆によくやっていると思う」

「言われて、喜ぶとでも思っているのか。まあ、飲め」

強烈な酒だった。腹の中が燃えるというのは、誇張《こちょう》ではない。馬忠が笑っていた。

「江陽駐屯《こうようちゅうとん》が、気に入らないのか、馬忠殿？」

「いや、南中《なんちゅう》を見ているのは、私が適任だろう。くやしいのだ、雍《よう》州を撤退したのだが」

「私もだ。兵のひとりひとりが、くやしさに身を切られながら、撤退した。戦場では、負けはしなかった。あれだけの兵力差がありながら、ぶつかり合いでは圧倒した。しかし、持久戦に耐《た》えられなかった」

「陣を攻《せ》め落とす。それすら」

「よせ」

姜維《きょうい》は、杯《さかずき》に残った酒を呷《あお》った。

「くやしさが、また蘇《よみが》える。陣に籠《こも》る司馬懿《しばい》も、ひとかどの軍人だったのだ」

「そうだな。雍州に行かなかった私とは、またくやしさが違うのだろうな」

「誰よりもくやしいのが、丞相だろうと思う。淡々と、撤退を決定されたが」

馬忠は、孔明《こうめい》の様子を聞きたがった。

このままでは、いつか孔明は倒れる。姜維はそう思っていた。自らに課している職務が、あまりに過酷《かこく》すぎる。日に日に、蜀《しょく》は国力を取り戻してはいるが、孔明の命と引き換えのようにさえ、姜維には思えた。

「馬謖《ばしょく》のやつが、あんなところで躓《つまず》かなければな」

うつむいて、馬忠が言った。

「私に、投降《とうこう》を勧《すす》めたのは馬謖殿だった。あんな軍令違反をするとは、とても信じられなかった。あの北伐《ほくばつ》で勝っていれば、天下の形勢はまるで変っていただろうにな」

「やつには、ひとつだけ欠点があった。負けたことがなかったのだ。せいぜい、趙雲《ちょううん》将軍に打ちのめされたぐらいでな。私や張嶷《ちょうぎ》は、調練のたびにやつにひねられたものだ。いま思うと、負けるのを異常にこわがっていたのだな。それが、最後にやつの判断を狂わせた」

「それほどの人だったのか、馬謖《ばしょく》殿は」

「兄上がいた。眉《まゆ》が、なぜか白かった。その馬良《ばりょう》殿と、並び称されたのが、あの馬謖だ。こんなやつがと思ったが、私は足もとにも及ばなかった」

馬謖がやったことを聞いた時、自分だったらどうしただろう、と姜維《きょうい》は考えた。やはり、山には登らなかった。街道で魏《ぎ》軍を止める方法だけを、考え続けただろう。恐怖は、戦闘《せんとう》がはじまる前だけのものである。はじまってしまえば、眼の前の軍しか見えない。攻《せ》めていても、守っていても同じだろう。

「いつか、雍《よう》州を突破できる。あそこを突破さえすれば、東にも西にも道はある。江陽《こうよう》で見ていると、それがよくわかる」

「魏軍も、それはわかっている。この一年、魏の雍州に対する工作は異常なほどだ。郭淮《かくわい》が中心になっているが、すべて司馬懿《しばい》の意に従っているのだろう。もっとも、雍州の豪族《ごうぞく》の動きを、丞相《じょうしょう》は当てにされているようには見えない」

「今度、雍州に進攻したら？」

「また、同じ展開だ。私はそう思う。決して、司馬懿は闘おうとしないな」

「そして対峙《たいじ》して、また兵糧が尽きるのか？」

「それを、どうやって突破するか、丞相のお心の中だけにあることだ」

「闘おうとしないやつほど、厄介《やっかい》なものはないな。おまけに、三倍四倍の兵力がある」

二杯目の酒を、馬忠《ばちゅう》が注《つ》いだ。

「いつ、成都《せいと》へ戻る？」

「あとひと月かな。まだ、七、八カ所回らなければならん」

「戦にむかって、突っ走ってる。この国は、そうだ。すべてが、戦にむかっている。南中《なんちゅう》では、それがなんのためか、よくわからんのさ。漢《かん》王室再興の意味もな。成都に帝《みかど》がいる。それでなにが不足なのだ、とよく言われる」

馬忠の苦労は、わかるような気がした。戦などない方がいい、と言われてしまえば反論のしようがない。魏に仕掛《しか》けられているというより、蜀が攻めているのだ。

「雍、涼《りょう》二州を奪《と》れば、南中が楽になる、ということはないと思う」

「私も、それほど甘くは考えていないさ。しかし蜀が雍、涼を奪れば、魏は苦しくなる。待つだけの戦などということも、できなくなる。その分、乱世の動きも速くなるだろう」

馬忠《ばちゆう》も、二杯目の酒を注いでいた。

南中《なんちゆう》の、腹の中を燃やす酒が、姜維《きようい》にはそれほど気にならなくなっていた。

2

曹叡《そうえい》が許昌《きよしよう》にいる時を狙《ねら》って、司馬懿《しばい》は出かけていった。拝謁《はいえつ》の面倒さはそれでも変らないが、供奉《ぐぶ》しているのは廷臣《ていしん》で、軍は近衛兵《このえへい》だけである。

洛陽《らくよう》から許昌へ曹叡が移動するだけで、相当の費用が必要だった。

昨年は、曹叡は国内を回った。その費用もまた莫大《ばくだい》なもので、しかも行く先々で民に穀物《こくもつ》などを与えたのだ。帝《みかど》らしい帝を、やってみたくなったようだった。

すぐれたところと、全体の状況などにまるで眼《め》をむけようとしないわがままさが、同居していた。はじめのころは、若いからだと言っていた陳羣《ちんぐん》も、いまはただ頭を抱《かか》えているだけだ。

戦《いくさ》があれば、曹叡の関心はそちらにむいてくる。それも内乱などでは駄目で、呉《ご》か蜀《しょく》との戦となった時、いきなり非凡《ひぼん》なものを見せはじめるのだ。

五十歳を、いくつもすぎた。軍の頂点に立っているが、それが特に大きな意味があるとは、いまは思えなかった。師《し》と昭《しょう》の二人の息子は、それぞれ目立たないが力を持てる位置に置いた。曹真《そうしん》の息子の曹爽《そうそう》が宮中で力を持っているのに較《くら》べたら、慎《つつ》ましいものだ。

この国は、いずれ疲弊《ひへい》する、と司馬懿は感じはじめていた。曹叡の持っている二面的な性向は、ますます極端になるとしか思えないのだ。蜀とだけでなく、呉との戦もやがて起きると考えれば、もう財政ももたなくなる。宮殿の造営や気紛《きまぐ》れな行幸《ぎょうこう》のたびに、二十万の遠征《えんせい》軍を一年出すのに匹敵《ひってき》する出費となるのだ。

曹丕《そうひ》が死ぬのが、早すぎた。あと十年曹丕が生きていれば、国の体制は動かし難《がた》いものになっただろうし、曹叡に帝の心得を叩《たた》きこむこともできたはずだ。

国の疲弊の先になにがあるかと、司馬懿はひとりの時によく考えた。

力を持つ臣下が出てくる。そのひとりは、自分だろう。曹叡の持つ軍事的な傾向に合うのは、自分以外に見当たらない。天性のものがあるので、自分を売りこもうとする者など、すぐに見抜いてしまうのだ。

もうひとりは、曹叡の浪費《ろうひ》癖《へき》ともいうべきものを、きちんと支える人間だろう。

陳羣《ちんぐん》は、厳しすぎる。浪費の傾向とは正反対のものしか持っていない。とすると、曹爽《そうそう》か。父の曹真《そうしん》には誠実なところがあったが、曹爽は若いころから上に弱く下に強かった。帝のわがままなら、下の者を搾《しぼ》りあげてでも実現しようとするに違いない。

そしていつか、自分と曹爽は対立する。警戒《けいかい》すべきは暗殺だけで、政事《まつりごと》であろうが力の結着であろうが、曹爽に勝てる自信はあった。

この国で、自分ひとりが屹立《きつりつ》する。その時に、帝はどうするのか。

はっきりとわかるのは、曹叡《そうえい》は魏《ぎ》の帝で満足しているということだ。呉《ご》や蜀《しょく》が攻《せ》めてくれば闘うが、こちらから攻めて天下を統一しようという気は起こさない。

しかし、この国は統一されるべきだろう。そう考える者は、数多くいるはずだ。それを糾合《きゅうごう》すれば、帝位は簒奪《さんだつ》できる。不忠という言葉は魏ではあり得ても、統一された国ではあり得ない。それに、帝位は簒奪するものだと現実に示したのは、とりもなおさずこの魏という国だった。

尹貞《いんてい》が予見《よけん》したことが、気味が悪いほど実現にむかっている、という気がした。

しかし司馬懿《しばい》は、それを息子たちにも語りはしなかった。心の中に、秘めておけばいい。そしていまは、軍内の基盤《きばん》を不動のものにしていけばいいのだ。

曹爽は、夏侯《かこう》一族との関係が深かった。父の曹真のころからの縁《えん》だ。しかし夏侯一族を背負《せお》って立つだろうと言われていた夏侯覇《かこうは》は、北辺の将軍に飛ばした。おめおめと張部《ちょうこう》を討《う》たれて戻ってきたということが、軍内での評価を落としたし、曹叡の怒りも買ったのだ。

あとの夏侯一族の将軍には、大した男はいない。曹爽の力で出世するだろうが、軍全体を掌握《しょうあく》できる者がいるとは思えないのだ。

許昌《きょしょう》では、必ず群臣《ぐんしん》の前で曹叡に拝謁《はいえつ》した。

あとで、居室にひとりだけ呼ばれることがある。戦について話したい時で、曹叡は会議であまり戦の話はしようとしない。細かい分析《ぶんせき》まで、なかなかできないからだ。

二人きりで話していると、曹叡の分析力の鋭《するど》さには、舌を巻くことが多い。決断力もあり、一軍の指揮官であったら、相当の力を発揮するだろうと思えた。

許昌に呼ばれた。

いつものように、群臣の前で拝謁した。陳羣はいたが、曹爽はいなかった。曹叡は、拝謁の間、不機嫌《ふきげん》だった。戦の話をしたがっている、と司馬懿にははっきりわかった。

遼東《りょうとう》の公孫淵《こうそんえん》が、おかしなことをしたのだ。それは、情報として司馬懿《しばい》は摑《つか》んでいたが、知らないふりをしようと思った。蜀《しょく》への対策で手一杯だ、と思わせておいた方がいい。

居室に呼ばれると、陳羣《ちんぐん》も一緒にいた。

呉《ご》の孫権《そんけん》が、遼東の公孫淵に正式な使者を送り、なぜか公孫淵はその使者の首を刎《は》ねて洛陽《らくよう》に送ってきた。それが、洛陽から許昌《きょしょう》へ届けられたのである。

かたちとしては、公孫淵が魏《ぎ》に対して忠誠《ちゅうせい》を示したということだった。ただ、首を刎ねられたのは、呉の正使である。その前に、秘《ひそ》かな話し合いがないかぎり、正使が送られることはまずない。

「公孫淵の気が変った、というところでありましょうか。もともと、おかしなところがある男です」

「陳羣も、そう言うのだが、私はその前のことを知りたいのだ」

「陛下《へいか》は、どうお考えなのでしょうか？」

「呉や蜀の、諜略《ちょうりゃく》が入っている。そう思えてならぬ。烏丸《うがん》が不穏な動きをくり返すのも、鮮卑《せんぴ》がおかしな動きをしているのもだ」

「遼東に関しては、蜀でございましょう。そして、公孫淵の動揺《どうよう》に、呉がうまくつけこもうとしていた、ということだと思います。諜略ならば、正使を送ったりはいたしません。鮮卑の方は、わかりません。私は宛《えん》に駐屯《ちゅうとん》し、雍《よう》州に気を配っておりますから」

「どうも、領内の鮮卑族と、領外の鮮卑族が、手を結んだという気配《けはい》がある」

「ならば、やはり蜀でございましょう。諸葛亮《しょかつりょう》がなにかをした、と考えるべきだと思います。雍州にまた侵攻《しんこう》してくる、前触《まえぶ》れではないでしょうか」

「蜀は、しばらく動けそうもない、と思ったがな」

「昨年から今年にかけての、民政の充実には眼を瞠《みは》るものがあります。それは、私が予測したものを、はるかに超《こ》えております」

「それほどにか」

「戦のことは別として、私は蜀の民政を見て参りましたが、実に効率《こうりつ》がよいのです。ひとつふたつなら、私も思いつきます。諸葛亮は、数えきれないほど新しいことをやっております」

　陳羣が言った。

「陛下、諸葛亮の謀略だとして、それがどういうものか、知るのは難しいと思います。ただ、鮮卑から眼を離さないようにするしかありません。動きがあった時は、すぐに対応する。それで、諜略は潰《つい》えます」

「しかし、諸葛亮《しょかつりょう》とはなんなのだ。民政を整《ととの》え、精強《せいきょう》な軍を育て、諜略も仕掛《しか》けてくる。おまえが、諸葛亮に勝つ自信がないと言ったことが、ようやくほんとうに納《なっ》得《とく》できたという気がするぞ、司馬懿《しばい》」

「負けなければよい。陛下にそう言っていただいたので、私は対蜀《しょく》戦に耐《た》えていられるのだと思います」

「公孫淵《こうそんえん》は、呉《ご》使の首を送ることで、改めて帰順の意を示したのであろう。軍を送って討《う》てば理不尽《りふじん》になる。官位でも与えておく、ということになるか。鮮卑《せんぴ》からは、眼を離すまい。おまえは、ほかのことは気にせずに、対蜀戦に集中せよ」

「はい。雍《よう》州を、決して諸葛亮の手には渡しません」

雍州を蜀が奪《と》るということの意味を、曹叡《そうえい》はよく理解していた。だから、侵攻《しんこう》された時は、司馬懿の話をよく聞いて、冷静に判断を下すだろう。ただ、雍州を防衛するために、蜀を攻めるということについては、無関心に近い。曹真《そうしん》の漢中《かんちゅう》進攻の時も、最後は面倒になっているのがよくわかった。やはり、呉と蜀を攻めて、国土を統一しようという思いは微塵《みじん》もない。

陳羣と二人で、退出した。

「困ったことが起きている、司馬懿殿」

「戦は、仕方がないのだぞ、陳羣殿。諸葛亮は、なんとしてでも雍州に攻めこんでくる」

「そんなことを、私がわからぬと思われているのか、司馬懿殿。軍費ならば、どのようにしても私が捻出《ねんしゅつ》しよう」

「これは、失礼いたした」

「また、宮殿なのですよ」

「許昌《きょしょう》の宮殿は、完成したではありませんか」

「今度は、洛陽《らくよう》に」

「しかし」

「建て直そうと言い出された。昨年の巡幸《じゅんこう》と言い、許昌の宮殿と言い、浪費《ろうひ》にもほどがある。それがまた、洛陽で宮殿の造営とは」

陳羣は、かすかに首を振った。

確かに、曹叡の心の中は、狂っている。二人の人間がいる、としか思えなくなる。しかし、口に出すことはできなかった。

「それで、造営の費用は？」

「租税《そぜい》をあげるしかない。民は、すでに困窮《こんきゅう》していて、昨年の巡幸で穀物を配られたほどなのだ。その民から、また税を搾《しぼ》り取る」

「民の不満が募《つの》ると、やがて叛乱《はんらん》にも発展しかねないのだぞ、陳羣《ちんぐん》殿」

「綱渡《つなわた》りのようなものだ。私はこのところ、綱の上を歩いているような気分だ。いつ落ちても、不思議ではありませんよ」

「わかった」

「冷たい言い方ではありませんか、司馬懿《しばい》殿」

「違うのだ。陳羣殿の窮状《きゅうじょう》は、たちまち対蜀《しょく》戦の軍費《ぐんぴ》に響《ひび》いてくる。今度も、持久戦をやるしかないのですから。私が、なんとかしよう」

「陛下《へいか》は、最近では説得を聞いてもくださいません」

「これは、陳羣殿の肚《はら》にだけ収《おさ》めておいて貰《もら》いたい。満寵《まんちょう》を使う。つまり、合肥《がっぴ》で戦が起きる。隙《すき》を見せてやれば、孫権《そんけん》は必ず攻めこんでくるからな。心配されなくとも、東部方面軍の通常の応戦で撃退《げきたい》できる。わざと見せる隙なのだから。そして来年になれば、また諸葛亮《しょかつりょう》が雍《よう》州に出てくる」

「戦がある時は、陛下はそちらに気を奪われておいでです。満寵殿が、あまり軍費をかけぬ戦をしてくだされば、対蜀戦の心配をしなくて済みます。しかし、その後は？」

「そこまで、考えられまい。来年、蜀を撤退《てったい》させるまで、宮殿の造営はない。その先のことは、また考えるしかないと思う」

「そうですね。しかし、曹爽《そうそう》殿が、勧《すす》めたのですよ、洛陽《らくよう》の新宮殿は」

司馬懿が考えた通りの出に、曹爽はすでになりはじめていた。

「つまらぬことを。曹爽殿を押さえるのも、陳羣殿の仕事だと私は思う。私は、陛下のおそばにいつもいるわけではないのだから。強く言ってもいい、と思う。陳羣殿が、遠慮《えんりょ》される筋合《すじあ》いではない」

「やってみます。司馬懿殿にそう言っていただけただけで、心強い」

陳羣と別れると、司馬懿は近衛《このえ》軍の巡検をした。曹叡《そうえい》の直属と言っても、近衛軍に隙がないようにしておくのも、軍の頂点にいる司馬懿の仕事だった。

許昌《きょしょう》から宛《えん》には戻らず、長安《ちょうあん》へ行った。できるかぎりの豪族《ごうぞく》の懐柔《かいじゅう》はやっているし、兵糧《ひょうろう》もだいぶ集まっている。

時々長安に行くのは、郭淮《かくわい》の仕事ぶりを見るためである。放《ほう》っておくと、緊張を失うという欠点が、郭淮にはあった。怯《おび》えさせておけば、仕事はきちんとやる。

諸葛亮がどこから来るのか。それも、しっかり見きわめておきたかった。また、祁山に来るのか。あるいは街亭から、街道を使って長安を目指すか。陳倉道を使うことも、充分考えられる。

兵糧は、要所に貯蔵した。祁山は、守備軍が使うだけのものにした。蜀《しょく》軍の弱点が、相変らず兵糧であることはわかっていた。しかし、かなりの蓄《たくわ》えができたはずだ。それが尽《つ》きた時にどうするか、という方策も諸葛亮《しょかつりょう》は持っているはずだ。守りを堅《かた》くするといっても、今度は甘くないだろう。一年は耐える。そのつもりで、諸葛亮は来るはずだ。どこかで、一度はぶつからなければならないかもしれない。

それでまた完膚《かんぷ》なきまでに負ければ、自分に運がないということだ。

そう思っても、ぶつかり合いを想定すると、まず襲《おそ》ってくるのは恐怖だった。

3

少しずつ、漢中《かんちゅう》に兵を集結させた。

兵站《へいたん》の担当は、楊儀《ようぎ》である。魏延《ぎえん》と仲が悪いが、能力はある。非情さもある。

ふり返れば、人の起用で自分はいつも失敗している、と孔明《こうめい》は思った。馬謖《ばしょく》がそうだった。李厳《りげん》もそうだった。

なぜなのかは、考え続けている。要するに、人を見る眼《め》がない。そう考えると、暗澹《あんたん》とした思いに包まれた。

一国の軍の指揮をする資格が、自分にあるのか。

成都《せいと》では、劉禅《りゅうぜん》と何度も話をした。

父よりも、父だと思え。劉備《りゅうび》の遺言《ゆいごん》があるので、劉禅は孔明の言うことに反撥《はんぱつ》はしない。しかし、次第《しだい》に無気力になっていくのも、孔明は感じていた。乱世の中で育ってきたが、戦《いくさ》をあまり好んでいないのだ。民《たみ》のこともそれほど気にせず、成都の宮殿で決められた仕事をきちんとこなしているだけになった。

仕方がなかった。孔明は、劉備の夢を受け継《つ》いでいるのだ。その思想に基づいた国を、作りあげようとしているのだ。それを捨てれば、いままで戦をしてきた意味さえもなくなる。

国家というものを、いつか劉禅も理解してくれる、と思うしかなかった。

姜維《きょうい》の軍が、漢中に到着した。

これで、漢中に集結している兵力は、七万に達した。冬までには、十万を超《こ》え、年が明ければ、十四万に達する。

兵は、若くなっていた。はじめは一万の退役《たいえき》を考えていたが、新兵の数に応じて退役させ、結局は二万近くになったのだ。調練《ちょうれん》も、しっかりできている。

退役した老兵には、軍の力で開墾《かいこん》した耕地を与えた。生産力は、この二年でかなりあがっている。

今度こそ、雍《よう》州は奪《と》れる、と孔明《こうめい》は思っていた。司馬懿《しばい》は、やはり三十万を超える大軍だろう。そしてまた、守りを堅《かた》くして、こちらの兵糧《ひょうろう》が尽きるのを待つだろう。

それにどう対処するかも、考え抜いてきた。

応真《おうしん》が姿を現わしたのは、年が変ろうとしている時だった。

「帰ってくるのが、遅れました、丞相《じょうしょう》」

応真は、兵に混じっていて、そばに立つまで孔明にはわからなかった。帰還《きかん》せよ、という命令だけは伝えてあった。いまかかっている諜略《ちょうりゃく》を済ませる、という返答があった。

「長い間、北で苦労をかけた」

本営の居室でむかい合い、孔明は言った。

「それに、応尚《おうしょう》を死なせた」

「手の者から、報告は受けております。応尚は、最後の最後で、軽率《けいそつ》だったと思います」

「ひと握《にぎ》りの麦《むぎ》でも、欲しかった。その私の心中を見抜いて、無理をしたのだろう」

「それにしても、司馬懿《しばい》というのは、したたかな戦をする男です」

「出て闘うより、じっとしていて、耐《た》え続ける方がずっと難しい」

小肥《こぶと》りで眼《め》が細いのは変らないが、応真の髪には白いものが混じりはじめていた。

「いくつになった、応真？」

「三十七です」

「そうか。私も歳《とし》を取るはずだ」

「丞相は、お痩《や》せになりました。それもひどく」

「病《やまい》ではないのだ。寝食《しんしょく》を忘れたとでも言おうか。この二年余は、そういう状態であった。私だけではない。みんながそうだったのだ」

「兵の質は落ちていません。さすがだ、と思いました」

「若い将軍たちが、それぞれに成長した」

応真が北でなにをやっていたか、見えてくるものはあった。それで充分だった。

遼東《りょうとう》で公孫淵《こうそんえん》がおかしな動きをし、呉《ご》を巻きこんでいる。烏丸《うがん》は、不穏な動きを見せ続けているし、鮮卑《せんぴ》の動きも洛陽《らくよう》を動揺《どうよう》させているはずだ。

なにをどうしたのか、伝える必要があると思ったら、応真《おうしん》は語るだろう。

「丞相、今度の戦は、どれほどの時がかかりますか？」

「まず、一年。しかし、半年で結着がつくかもしれぬ」

「魏《ぎ》は、必ずしも磐石《ばんじゃく》ではありません。戦について曹叡《そうえい》はものわかりがよく、自らも果敢《かかん》に闘うという意志を持っているようなのですが、それ以外で浪費《ろうひ》が過ぎます。陳羣《ちんぐん》などの文官は、頭を抱《かか》えておりますな」

「許昌《きょしょう》に宮殿を造営したな。何カ月もかけて、巡幸《じゅんこう》もした。大きな浪費であったろう」

「そしてまた、洛陽に宮殿を造営する、と言い出しております」

「ほう。軍費《ぐんぴ》などというものが、曹叡の頭にはないのかな」

「ありません。戦に関しては、曹操《そうそう》に似た感性を持っていると思います」

「それは、手強《てごわ》いな」

「しかし曹操も、軍費などということは念頭《ねんとう》になく、連戦を重ねました。荀彧《じゅんいく》をはじめとする文官がすぐれていたので、なんとかもったのだと父に聞かされたことがあります」

「確かに、そうだ」

「いま、曹叡を支える文官は、陳羣だけです。あとは、足を引っ張っているだけで」

「つまり、内から崩《くず》れるか」

「遠からず。もし、呉が本気で戦を挑《いど》めば、すぐにでも」

「司馬懿の、謀反《むほん》かな」

「さすがに、よく見ておられます、丞相は」

「司馬懿という男を、見つめていただけだ」

「戦ぶりでおわかりでしょうが、食《く》えない男です。軍は掌握《しょうあく》していますが、それらしく見えません。実力のない将軍を、何人か重要な地位につけています。実力がないので、つまり司馬懿の人形のようなものです。そして、息子二人に、軍費の管理と、宮殿での人の管理をやらせています」

「その気にさえなれば、軍も宮中も思いのまま動かせるか」

「しかし、その時が魏につけ入る隙《すき》でもあります」

「乱世も、変ってきたものだな、応真」

「まことに。司馬懿《しばい》は、魏《ぎ》の帝位を簒奪《さんだつ》したところで、なんとも思いはしないでしょう。簒奪が当たり前だという考えで生まれたのが、魏という国なのですから」

「よく、そこまで見通したな、応真《おうしん》」

「諜略《ちょうりゃく》は、人の心に食いこむことと同じです。司馬懿の身になって、さまざまなことを考えた時期があるのです」

「おまえは、洛陽《らくよう》にいた時が長いのだな。私は、もっとずっと北にいるものだと思っていた」

「北への工作の半分は、洛陽でやらなければなりませんから」

しかし細《こま》かいことを、応真は語ろうとはしなかった。

呉《ご》については、孔明《こうめい》が自分で調べた。謀反の芽が、ないわけではなかった。主戦派が、抑圧《よくあつ》されているのである。

孫権《そんけん》の戦略は、富国策《ふこくさく》であり、防衛だった。富むことによって、魏と蜀《しょく》を圧倒する。合肥《がっぴ》だけは別で、長江《ちょうこう》を守るために、合肥を欲しがっている。長江こそ、富国策の根幹《こんかん》になるものだからだ。

しかし、呉には周瑜《しゅうゆ》がいた。周瑜の戦略は、天下二分だった。それをそのまま受け継《つ》いだのが、陸遜《りくそん》であり、淩統《りょうとう》だった。呉軍の主力と言っていい将軍たちである。

富国と防衛という孫権の戦略に、大きな不満を持っているはずだった。そこを衝《つ》く方法は、ないわけではない。

「乱世は、変りました。父が、先帝のもとで働いていたころと較《くら》べると、まるで変ってしまったと言ってもよいと思います」

単純に、武力での天下統一を考える時代ではない、と応真は言っているようだった。

「今度の戦を耐え抜けば、情勢は大きく変ります、丞相《じようしよう》。いや、変えることができます」

「そうだな。まさしく、そうだ」

「なにか、大きな時の流れを、そばで見ているような気持になります」

「もういい、応真。これ以上は、雍州を奪《と》るまで語るまい」

「奪れますか、丞相？」

「西半分は、確実に」

応真が、かすかに頷《うなず》いた。

ひとりになると、孔明は居室の寝台に横たわった。呼吸が、ひどく苦しくなる。毎日ではなく、三日に一度ぐらいだが、立っていられないほどの苦しさに襲《おそ》われる。

疲れている。その自覚《じかく》はあった。疲れに、なにほどのものがある、と自分に言い聞かせる。全身に汗《あせ》が噴《ふ》き出し、躰《からだ》が冷たくなってくる。ゆっくりと、深く呼吸をする。

それで、楽になるのだ。気力をふるい起こして、立ちあがる。居室には、書類が山積《やまづ》みになっていた。新兵の経歴、調練の成績などが書かれたものがある。それにも、眼を通す。才能は、どこで眠っているかわからないのだ。普通は将軍の仕事だが、最後に自分が眼を通すことで、人材を見逃《みのが》すことを避けたかった。

灯台の油が、ちりちりと音をたてる。眼が遠くなった。書類を読んでいると、頭の芯《しん》が痺《しび》れたようになる。

それにも耐えた。死にに行く兵と較《くら》べれば、書類を読んでいることなど、楽なものではないか。

卓《たく》に顔を伏せて、眠っていることがある。そうやって、朝を迎えてしまうのだ。陣中《じんちゅう》の巡察は、必ずやった。

毎日、新しい発見がひとつか二つあった。兵が休む姿勢が、さまざまである。武器の置き方も、ひとりひとりが工夫《くふう》している。兵糧をとる時に、立っている者がいる。理由を訊《き》くと、野戦ではこうするからだ、と答えてくる。

指揮官によって、兵は微妙《びみょう》に違う。魏延《ぎえん》の兵はしたたかそうであるし、姜維《きょうい》の兵は気力を漲《みなぎ》らせている。陳式《ちんしょく》の兵は、攻城兵器《こうじょうへいき》から離れようとしない。

年が明けると、遠征《えんせい》軍のほとんどは漢中《かんちゅう》に集結していた。

魏延と陳式の軍を桟道《さんどう》の補修《ほしゅう》に出した。子午道《しごどう》、斜谷道《やこくどう》、箕谷道《きこくどう》の桟道を、すべて補修する。陳式の兵は、みんな木工がうまかった。たえず、攻城兵器を作っているからだ。

長安《ちょうあん》には、すでに魏《ぎ》軍が二十万以上集結していて、郊外に駐屯《ちゅうとん》している。応真《おうしん》の手の者の報告によると、いつでも出撃できる態勢《たいせい》だという。司馬懿《しばい》はまだ、宛《えん》を動いていない。

夜、ひとりでよく本営の外に出た。護衛の兵は本営全体を取り巻くようにしているので、姿は見えない。

兵が動き回っている気配《けはい》が、たえずある。声も聞える。しかし不意に、なにもかもが闇《やみ》に呑《の》みこまれることがあった。静寂の中に、孔明《こうめい》は放《ほう》り出される。腰を降《お》ろすために運ばせた石が、かすかに熱を持ったような気がする。知らず、梁父吟《りょうほぎん》を口ずさんでいた。葬送《そうそう》の唄《うた》だが、弔《とむら》うべき者はいない。

自分とは、なんなのか。この闇の中で、どれほどの存在なのか。命とは、ただ闇のようなものなのだ。死も、同じだ。この闇に生まれ、この闇に死ぬ。光が、明るさが、生だということはない。闇の中で見る夢。人の世のすべてが、闇の中の夢だ。

しかし、闇は心地よかった。かぎりなく、無に近いと思える。死すらも、感じることがない。

生きた証《あかし》など、欲しがってはならぬ。夢の中に、証などありはしない。ただ生きよ。ひたすら夢を見よ。所詮《しょせん》は闇。消えて行き、闇に戻る。

時々、劉備《りゅうび》の声が聞えた。闇に、やっと気づいたのか、孔明《こうめい》。夢が、夢だとわかってきたのか。志《こころざし》は、夢の中のものだ。愛憎も、悲しみも、喜びも、すべては夢だ。だから、泣くな。梁父吟《りょうほぎん》で弔うべきは、夢。それでいいのだ、孔明。

不思議な時間だった。心が澄《す》んでいる。そして、なにかと呼応《こおう》している。孔明は、生きてもいないし、死んでさえもいない。

やがて、現実の声が聞えてくる。気配《けはい》が伝わってくる。

そして、夢がはじまる。

4

五万の軍を長安《ちょうあん》にむかわせ、司馬懿《しばい》は宛《えん》から洛陽《らくよう》へ行った。

三十万の軍を、また雍《よう》州にむける。これはかなり苦しいことだ、と陳羣《ちんぐん》には何度も言われていた。しかし今度は、三十五万を超《こ》える。遼東《りょうとう》でなにが起きようと、烏《う》丸《がん》や鮮卑《せんぴ》がなにをやろうと、放《ほう》っておけばいい。呉《ご》が動いたら、満寵《まんちょう》に耐《た》えて貰《もら》うしかない。

今度は、長安《ちょうあん》まで攻《せ》めこまれるかもしれない、という気がした。それは、恐怖ではなかった。諸葛亮《しょかつりょう》の決意が、ただ伝わってくる。不思議に、はっきりと伝わってくる。

長安まで、押されはしない。三十五万の軍が全滅するまで、諸葛亮は動かさない。大きな勝負だった。魏《ぎ》の浮沈《ふちん》を賭《か》けているのではない。自分自身の浮沈を賭けているのだ。

ここを凌《しの》げば、この手に運が摑《つか》める。司馬懿仲達《ちゅうたつ》が、自分で運を摑む。それは、天下への道にほかならなかった。

しかし、諸葛亮《しよかつりよう》。勝てるのか。

天下を諸葛亮と争う一戦なのだ、というはっきりした認識が司馬懿《しばい》にはあった。洛陽《らくよう》にも、いくらか戦時の空気が漂《ただよ》いはじめていた。陳羣《ちんぐん》の兵糧徴発《ひようろうちようはつ》が、厳格《げんかく》をきわめたのだろう。無論《むろん》、新宮殿の造営の話も消えている。

「いやな予感がしてならぬ、司馬懿」

群臣《ぐんしん》の前での拝謁《はいえつ》などはせず、そのまま曹叡《そうえい》の居室へ行った。

「これは、陛下《へいか》らしからぬことをおっしゃいます。この司馬懿、必ずや諸葛亮を止《と》めます。大軍を恃《たの》んではおりません。私にできることは、諸葛亮を止めることだけです。勝とうとは思わず、ただ止めます」

「ぶつかるな。決して、陣から出るな。堅《かた》く守って、諸葛亮に諦《あきら》めさせよ」

「御心配なく。出陣の御《ご》挨拶《あいさつ》を、申し述べます。それだけで、出立《しゆつたつ》いたします」

曹叡も、諸葛亮の気迫《きはく》のようなものを感じ、圧倒されているのだろう。

退出すると、軍の本営に辛毗《しんぴ》を呼んだ。

本営にはいま、洛陽守備軍がいるだけである。およそ、四万。それに、近衛《このえ》軍の一万。

曹爽《そうそう》などは、宮殿にいる。本営は司馬懿の領分と心得ているのか、出入りすることもないという。

「辛毗。欲しいものがあるのだ」

「ほう、司馬懿将軍がでございますか」

「今度は、若い将軍の首をひとつ二つ刎《は》ねたところで、止《と》めきれぬかもしれぬ」

「最後に、張郃《ちょうこう》殿が討《う》たれましたからな。あれは、魏《ぎ》軍の将兵の誇《ほこ》りを傷《きず》つけております。軍令に違反しても、出撃すると申す者がいましょうな」

「そうなれば、雪崩《なだれ》をうつ。全軍を、諸葛亮孔明《こうめい》の前に晒《さら》すことになる」

「それで、司馬懿将軍が欲っされているものとは？」

「勅命《ちょくめい》だ」

「なるほど。出撃は、軍令違反ではなく、勅命に背《そむ》くということですか」

「機《き》を、しっかりと見て欲しい。そこは、おまえに任せるしかない」

「私を、信用していただけるのですか」

「皮肉《ひにく》な男だが、魏のことを考えている。使持節《しじせつ》（帝《みかど》の権力の代行資格）を与えられた者として、機を見て陣に入ってくれ」

「やりましょう。私は、司馬懿将軍をあまり好きではない。なにを考えておられるのか、わからないところがありますのでな。しかし、曹爽《そうそう》などよりはずっとましです」

「私も、おまえの頑固《がんこ》さは、鼻についてならぬ」

「そういう者同士が、力を合わせなければならぬ時があります。つまりは、それが国家ということですかな」

「頼む」

「承知《しょうち》いたしました」

本営を出ると、司馬懿《しばい》はそのまま、馬首を長安《ちょうあん》にむけた。

全身に、澱《おり》のような疲労《ひろう》が溜《たま》っているような気がする。宛《えん》に囲《かこ》っている揚娥《ようが》を、六日の間抱き続けてきたのだ。情欲に苦しむことは、揚娥を抱くようになってから、なくなった。

とにかく、罵《ののし》らせる。あらゆる罵声《ばせい》を発しながら、揚娥は司馬懿にまたがる。罵声は、司馬懿にとっては快感なのだ。

臆病者《おくびょうもの》。腰抜《こしぬ》け。卑怯者《ひきょうもの》。そんな言葉を、司馬懿は六日間浴《あ》び続けた。いつもと違って、その言葉で罵るように命じたのだった。六日目の朝、揚娥は死んでいた。屍《し》体《たい》の中に、司馬懿は精を放《はな》って出てきたのだ。

長安に到着すると、すぐに将軍たちを集めた。

兵糧《ひょうろう》を担当する者。陣の構築をやる者。まずそれを決め、次に編成を伝えた。

まだ、どこへむかうかわからない。軍も、すべてが集まってはいない。

諸葛亮《しょかつりょう》が、どの道で秦嶺《しんれい》を越えようとするのか。それがわかった時点で、全軍は長安を進発《しんぱつ》する。

営舎《えいしゃ》で、間者《かんじゃ》の報告を受けた。蜀《しょく》には四百人ほどの間者を送ってあるが、諸葛亮の暗殺は果《はた》せず、国内に大きな混乱を起こすこともできなかった。

蜀が、国をあげて戦《いくさ》にむかっている、ということだ。

「桟道《さんどう》は、すべて補修したか。三本とも、糧道《りょうどう》にしようというのであろうな」

「軍は五千ずつに分けられ、それを組み合わせて編成するようです。これは、前と変っておりません。ただ、老兵が退役《たいえき》し、若い者が加わっております。およそ、二万」

「陳式《ちんしょく》の軍は？」

「攻城兵器《こうじょうへいき》は、相当の量になりますが、分解されているものが多く、正確な数は摑《つか》めません」

桟道は分解して運び、陣の中で組み立てる。そのやり方も変っていない。特に変ったところは、なにもなかった。

ただ、なにか伝わってくる。それは長安《ちょうあん》に来ると、いっそう大きくなった。兵糧が、斜谷道《やこくどう》の入口に運ばれている、という報告が間者から届いた。

狙《ねら》われるとしたら、郿《び》なのか、武興《ぶこう》なのか。いや、城郭《まち》を占領するということは、多分やるまい。原野《げんや》に陣を敷き、長安にむかう構えを見せる。

「斜谷道か」

自分もまた、兵糧の見通しは、立っているのか。場所は違うが、祁山《きざん》の対峙《たいじ》と同じだった。あの諸葛亮《しょかつりょう》が、前回と同じ轍《てつ》を踏むわけはなかった。奇策《きさく》があるのか。それとも、大軍を力押しで押しきれる自信を持ったのか。

「先鋒《せんぽう》を、進発させる」

司馬懿《しばい》は命じた。

先鋒の五万が出撃するのを、司馬懿は長安の城塔《じょうとう》から眺《なが》めていた。

魏《ぎ》軍の先鋒が動きはじめたという知らせを、孔明《こうめい》は南鄭《なんてい》の本営で受けた。

こちらの兵糧の動きなど、当然摑まれている。孔明が斜谷を行くと決めたことも、予測しているはずだ。

不意を衝《つ》くのも、陽動をするのも、すべてやめにした。堂々と、全軍で斜谷を進む。それでいい、と決めていた。

司馬懿は、また陣を固めるはずだ。蜀《しょく》軍が撤退《てったい》しないかぎりは、一年でも二年でも、じっとしている覚悟を決めてくるだろう。

魏軍三十五万。広大な陣になる。兵糧も厖大《ぼうだい》なものになる。渭水《いすい》を糧道とする。その方法を魏軍が確立している以上、糧道を断つのは困難だった。だから、長安から離れた祁山に拠《よ》る意味も、小さくなる。それに、祁山に兵糧の蓄《たくわ》えはなかった。

先鋒は、張嶷《ちょうぎ》、何平《かへい》。そしてすぐに、孔明の本隊が続く。

すべての編成も、将軍たちに伝えてあった。

南鄭から定軍山《ていぐんざん》にかけて、蜀軍十四万は、孔明の号令を待っていた。

長安に、十五万。洛陽《らくよう》には五万。しかしこれは、魏の精鋭ではない。留守《るす》部隊として、頭数を揃《そろ》えただけの軍だ。曹叡《そうえい》の近衛兵が中心である。

遼東《りょうとう》と、烏丸《うがん》と、鮮卑《せんぴ》。魏は、ここに兵を割《さ》かずにいられなくなっている。鮮卑の動きを見ると、匈奴《きょうど》が動く可能性もある。つまり、魏は前回よりも地方に兵力を割かざるを得なくなっている。

そして、合肥《がっぴ》。昨年の冬に、孫権《そんけん》は合肥を攻《せ》めた。満寵《まんちょう》の仕掛けた罠《わな》だった可能性が強い。攻めこんで一日も経《た》たず、散々に打ち破られたのだ。

こんな時期に、満寵《まんちょう》がなぜ罠を仕掛けたのか、孔明《こうめい》には読めなかった。対蜀《しょく》戦の前に、呉《ご》に痛撃《つうげき》を与えておこうとしたのか。それにしては、厳しい追撃《ついげき》はしていない。

孫権《そんけん》は、雪辱《せつじょく》を期しているだろう。ほかの戦線ではなく、合肥《がっぴ》なのだ。

「進発せよ、張嶷《ちょうぎ》、何平《かへい》」

軍議も経《へ》ず、二人を呼んで、孔明は命じた。

孔明の本隊は、姜維《きょうい》の軍を中心に組んである。もともとは、趙雲《ちょううん》軍の三万である。蜀軍きっての精鋭《せいえい》で、装備もよく、馬も多かった。魏延《ぎえん》軍の二万も、実戦を重ねた精鋭だった。

「丞相《じょうしょう》、御武運を」

本隊の進発を、漢中《かんちゅう》に来ていた費禕《ひい》が見送った。

すべて闇《やみ》。呟《つぶや》いて、孔明は馬に乗った。

遠き五丈原

1

五丈原《ごじょうげん》である。

広大な台地に、孔明は陣を敷いた。

魏《ぎ》軍三十五万が、近づいてきている。

孔明は、三万の兵を渭水《いすい》のほとりに散開させた。司馬懿《しばい》が野戦に出てくるとは、まったく考えていなかった。三万は、屯田《とんでん》のためである。いま種を播《ま》けば、夏の終りから秋にかけての収穫《しゅうかく》が見込める。

魏軍の先鋒《せんぽう》は、蜀軍の台地に対する山の斜面に展開した。陣地《じんち》を確保するのが、最初の任務だったのだろう。第二陣は、渭水の北岸に展開した。

すべてのことに対応する。大軍だからできることだ。これで、魏軍は渭水の北岸、南岸ともに陣地を確保したことになる。

「司馬懿《しばい》は、どちらに陣を取るでしょうか。やはり、北岸でしょうか？」

北岸は、長安《ちょうあん》に通じる道がある。将軍たちのほとんどが、司馬懿は北岸に陣を取る、と見ているようだった。孔明《こうめい》は、南岸だと見ていた。南岸は、背水《はいすい》になる。それぐらいの度胸は、司馬懿にはあるはずだ。

孔明は、陣の端に立った。前方は、渭水《いすい》に注《そそ》ぐ斜水《やすい》が流れる谷である。左には渭水が遠望でき、そのむこうに関中《かんちゅう》の平原が拡《ひろ》がっている。

司馬懿が陣を敷くのは、むかい側の山しかない。こちらの台地との間には原野があり、それは野戦に充分な広さだった。

魏《ぎ》軍が、十万を超《こ》えた。いまのところ、両岸を西進してきている。

「丞相《じょうしょう》、いま南岸にいる魏軍だけでも、撃《う》ち砕いておきましょうか。それで、全軍の士気《しき》は落ちると思うのですが」

「必要ない、姜維《きょうい》。司馬懿を、さらに頑《かたく》なにするだけであろう」

「祁山《きざん》と違って、ここには馬に草を食《は》ませられる、原野があります。それだけでも騎馬の兵は落ち着きます」

背後は、秦嶺《しんれい》の山なみである。その山なみが蜀《しょく》を守り、同時に妨《さまた》げてきた。

屯田《とんでん》は、進んでいた。地形はよくわかっていたから、区割りもたやすかったのだ。渭水のほとりには、点々と農村がある。その村人の中にも、屯田の兵は入る。絶対の軍律《ぐんりつ》が必要だった。

営舎《えいしゃ》の建設も進んだ。台地への道は三本あり、そのどれを登っても、迷路になる。本営までは、なかなか行き着けない。姜維にやらせた陣立《じんだ》てである。八門金鎖《はちもんきんさ》に似ていた。

陳式《ちんしょく》の攻城兵器《こうじょうへいき》は、台地の下で組み立てられていた。台地の上に九万、台地の下に五万の布陣《ふじん》である。下の五万の中には、三万の屯田の兵も入っている。

魏の本隊が近づいてきていた。

応真《おうしん》の手の者が伝える編成を、孔明は遠い渭水を眺めながら聞いた。

司馬懿は、中軍の十五万を率《ひき》いていた。

陣をどこに構築するか。最初に決めなければならないのは、それだった。将軍たちが入れ替りにやってきて、さまざまな進言《しんげん》をしていく。司馬懿はすでに決めていたが、誰《だれ》にも洩《も》らさなかった。進言を聞いていれば、誰がなにを考えているかよくわかる。

諸葛亮《しょかつりょう》の布陣は、斜水《やすい》沿いの台地だった。

台地の上に九万。本営もそこにある。潜入《せんにゅう》は困難で、ようやく間者《かんじゃ》が三人、兵の身なりをして入っただけだ。営舎《えいしゃ》の配置は、八門金鎖だった。たとえ攻めこんでも、迷路に捉《とら》えられ、両側から攻撃を受ける。

営舎の壁は、濡《ぬ》れた粘土《ねんど》を箱に入れて四角にし、陽《ひ》に干して固めたものだった。まだ建設中である。火攻めの警戒と思えた。

台地の下の陣は五万で、これはどういう部隊かわからなかった。陳式《ちんしょく》の攻城部隊《こうじょう》もいるが、三万は渭水《いすい》沿いに展開して、かなり大規模《だいきぼ》に、屯田をはじめている。

いやな予感がした。

孔明《こうめい》は自信たっぷりで、急ぐ気配はまったく見せていない。陣の構築の仕方は、長期の滞陣《たいじん》を考えたものだ。屯田をはじめたし、広大な原野を柵《さく》で囲《かこ》って馬を入れ、二千頭ずつ草を食《は》ませ、駈《か》けさせているという。その柵は、馬止《うまど》めに使うもので、どこにでも移動できる。

持久戦は覚悟の上なのか。こちらは、まだ陣さえも敷いてはいないのだ。五丈原《ごじょうげん》。そこで、どれほどの対峙《たいじ》をすることになるのか。それとも、奇策《きさく》があるのか。心の底がふるえた。司馬懿《しばい》は、それを怯懦《きょうだ》とは思わなかった。

五丈原まで二日という位置に達した時、司馬懿は布陣《ふじん》の決定を全軍に伝えた。伝令が五十騎あまり駈け出していく。

「渡渉《としょう》して、南岸ですか」

郭淮《かくわい》が、不安そうに言った。南岸に陣を敷けば、背水《はいすい》になる。

それで孔明の意表を衝《つ》いた、などとは思わなかった。この戦《いくさ》そのものが、背水だと司馬懿は思っていた。長安《ちょうあん》を急襲《きゅうしゅう》する姿勢は見せていないが、ここで破《やぶ》られたら、蜀《しょく》軍は必ず長安を奪《と》りに行く。そして長安を奪られたら、魏《ぎ》は根本から態勢《たいせい》を立て直すしかない。そしてその時、自分は生きていないのだ。

二日目に、司馬懿は陣に到着した。すでに、第一段の防塁《ぼうるい》は築《きず》かれていた。全軍がこの陣に集結するまでは、あと一日かかる。

すでに、分担は決めてあった。まず第一に、防備である。それまでは営舎《えいしゃ》は建てず、幕舎《ばくしゃ》で過ごす。四万の騎馬隊は、山の下に二隊に分かれて待機《たいき》。

三日目に、ようやく最初の防備が完成した。山全体が、ひとつの陣である。陣というより、砦《とりで》という感じになっていた。これから、さらに防備を固《かた》めるのだ。

蜀軍は、まったく動かなかった。斥候《せっこう》さえ、出している気配はない。

魏《ぎ》軍の布陣は、見事なものだった。

三十五万の大軍を、司馬懿《しばい》はまったく無駄《むだ》なく動かした。これからまた、さらに防備を固めるのだろう。兵力が逆ならば、攻城戦のように、あの陣を攻められる。三分の一の兵力では、放《ほう》っておくしかなかった。

兵糧《ひょうろう》は、順調に運ばれてきた。その他の物資も、最初に想定していたものは揃《そろ》った。楊儀《ようぎ》はそのまま陣に留《とど》まり、部下の半数を斜谷道《やこくどう》の物資移送に当てた。

兵糧が蜀《しょく》軍の弱点であることは、変りない。しかし、漢中《かんちゅう》に蓄《たくわ》えてあったものはすべて五丈原《ごじょうげん》の陣に運び、あとは新しく収穫したものを徴発《ちょうはつ》し、細々と運ぶしかないのだった。

孔明《こうめい》は本営に居室を二つ作り、ひとつは執務室《しつむしつ》とした。軍営ではなく、丞相府《じょうしょうふ》といった趣《おもむ》きで、すぐに書類のたぐいが山をなした。

兵糧の消費状況から、兵の状態、武器や馬、その他すべてのことを、そこで把握《はあく》できるようにした。厖大《ぼうだい》な仕事の量である。

従者《じゅうしゃ》の万弘《ばんこう》が、湯を運んでくる。それには、成都《せいと》の医師である胡承《こしょう》が調合した、蜂蜜《はちみつ》を主にした薬草が入れられている。

胡承にも、鍼《はり》を打って貰《もら》った。爰京《えんきょう》ほどの腕ではないが、不眠にはそこそこ効《き》いた。しかも、何度か打って貰っている間に、胡承の腕は明確にあがってきたのである。爰京が残した、孔明の躰《からだ》の状態《じょうたい》を書きつけたものが、相当役に立ったようだ。

しかし、漢中《かんちゅう》へ来てくれという誘《さそ》いを、胡承は断った。病《やまい》で苦しむ老人を一人、治療《ちりょう》しているというのが理由だった。万弘は強引にでもと言ったが、孔明《こうめい》はそれを止《と》めた。誰《だれ》の命も同じだといういかにも医師らしい考えが、ただささわやかだった。

それで胡承は、漢中に薬草を送ってくれるようになったのだ。

万弘は、孔明の激務《げきむ》を心配していた。

時々、呼吸が苦しくなってうずくまったりすることがあるのを、万弘だけは知っている。それはしばらくすると回復するものなので、孔明は気にしていなかった。

「丞相に、申しあげたいことがあります」

姜維《きょうい》が、居室に来て言った。

「執務の量を、減らしていただきたいのです。蜀軍に、人がいないわけではありません。いまの半分に、減らしていただきたいのです」

「万弘か」

「万弘殿も心配しておられますが、それだけではありません。いつまでも消えない本営の灯《ひ》を見て、みんな心配しております」

姜維《きょうい》は、半ば強引に、仕事の半分近くを持ち去った。孔明《こうめい》は、ただ苦笑していた。仕事をやりすぎている。それはわかっている。すべてを把握したいというのは、いわば性格に根ざしたもので、孔明が考える指揮官の条件ではないのだ。

時間の余裕はできたが、眠れないことが多かった。夜明け前のしばらくの間、まどろむだけだ。

司馬懿《しばい》は、まだ盛《さか》んに陣の防備を強化している。斥候は近くまでやってくるが、本格的な出撃は一度もしてこない。

孔明は、毎日陣内を巡察し、時には屯田をしている地域にまで、足をのばした。兵は、農民たちに嫌われてはいないようだ。

屯田で収穫できるものは、高《たか》が知れていた。ただ、兵たちは長い滞陣《たいじん》になるのだと、覚悟は決める。敵《てき》も、そう思う。

蜀は日照が少ない国だが、秦嶺《しんれい》を越えると、陽の光は多かった。南からの雲を、山が遮《さえぎ》っているのだろう、と孔明は思った。

2

対陣《たいじん》して、ひと月が過ぎようとしている。

司馬懿《しばい》は、考え続けていた。なぜ、諸葛亮《しょかつりょう》は動こうとしないのか。陣の防備が堅《けん》固《ご》なので、攻《せ》めても無駄《むだ》だと思っているのか。

渭水《いすい》の北岸の街道は、なんの防備もしていない。長安《ちょうあん》まで、そのまま駈《か》けられるのだ。無論《むろん》、諸葛亮がそう出てきた時は、追撃《ついげき》の軽騎《けいき》兵《へい》が用意してある。長安にも、十五万の守兵がいる。

だからといって、ここでいつまでも対陣を続けることに、なにか意味があるのか。魏《ぎ》軍の、血の気の多い将軍たちが苛立《いらだ》つのを待っているのか。

不安だった。その不安を打ち消すために、さらに考え続けた。

蜀の軍使《ぐんし》が書簡《しょかん》を届けてきたのは、そういう時だった。

軍使が来たことは全軍が知っているので、書簡を司馬懿ひとりで読むわけにはいかない。軍議を聞いた。

雍《よう》州の地に兵を出して、ひと月が経《た》つ。われら蜀軍は、この地を奪《と》るつもりだったが、闘《たたか》うべき相手が現われない。いわば、統治者《とうちしゃ》なき地である。したがって、五《ご》丈原《じょうげん》の陣より西は、蜀領であることを宣言する。そして、蜀の手によって統治をする。

書簡の内容は、そういうものだった。

将軍の何人かは、卓《たく》を叩《たた》いて立ちあがった。

「誘《さそ》いに乗るな」

司馬懿《しばい》はたしなめた。

「今後、こういう挑発は、次々に来るであろう。決して乗ってはならん。それこそ、諸葛亮《しょかつりょう》の思う壺《つぼ》なのだ」

「しかし、司馬懿将軍。兵を出しても闘うべき相手がいないので、統治者なき地であるというのは、道理ではありませんか。闘わずにいるということは、蜀《しょく》軍の存在を認めたということです」

「他国を侵《おか》している者に、道理などあるか。詭弁《きべん》に乗せられるな。軽率《けいそつ》すぎるぞ」

「しかし、蜀軍は耕作《こうさく》までやっております」

「兵糧《ひょうろう》が足りないのだ。とにかく、相手にして兵が損耗《そんもう》することは避《さ》ける。これは、陛下《へいか》の御意志《ごいし》でもある」

「他国の兵に領土を侵されて、黙っているのが魏《ぎ》軍なのですか、なんのために、軍があるというのです？」

勝てるなら、出て行きたい、司馬懿は、そう言いたかった。ここで負ければ、どういうことになるのか。一気に、長安《ちょうあん》まで突き進まれるだけではないか。

ここで蜀軍を止める。いまは、それが闘いなのだ。

次々に強硬な意見が続出した。予想していたことではあるが、諸葛亮の書簡が、火に油を注いでいる。

「戦《いくさ》だぞ」

いきなり、郭淮《かくわい》が怒鳴《どな》り声をあげた。

「大軍であろうと、敗《やぶ》れることはある。それは、みんな身にしみておろうが。司馬懿将軍が陛下に命じられた任務は、長安の防衛なのだ。だから、負ける危険を避け、ここで蜀軍を止めている。それが、魏軍の勝ちなのだ。なぜなら、蜀軍も長安を攻略することが目的だからだ」

「勝てばいいのでしょう、闘って。私は、勝ってみせますよ」

「大言を吐《は》くな。諸葛亮がどれほど手強《てごわ》いのか、長く雍州刺史《ようしゅうしし》（長官）をつとめたこの郭淮が、誰《だれ》よりも知っている。若造《わかぞう》、おまえは勝つと言って出撃し、負ければ死ぬだけで事は済む。しかし、魏という国は、そういうわけにはいかん。長安を奪《と》られたら、国の存亡《そんぼう》にかかわってくるのだ」

諸葛亮は、ほんとうに長安を奪ろうとしているのか。議論を聞きながら、司馬懿はぼんやりと考えていた。

五丈原《ごじょうげん》より西の雍《よう》州は、蜀《しょく》領。これは、あるいは本気ではないのか。雍州西部を、一応統治《とうち》してしまえば、涼《りょう》州を靡《なび》かせることは難《むずか》しくない。それからのち、ゆっくりと長安《ちょうあん》を奪《と》ればいい。

諸葛亮《しょかつりょう》は、こちらの持久戦への対応として、そういう戦術を組み立ててはいないか。

「散会する。以後、軍議でこの書簡について語ることも禁ずる」

言って、司馬懿《しばい》は立ちあがった。

「郭淮《かくわい》が言ったことを、それぞれが考えてみよ。軍令違反は、処断する。私が言うことは、それだけだ」

居室へ戻った。

雍州西部の統治が、蜀軍に可能なのか。考え続けた。豪族《ごうぞく》に対しては、しっかりと手を打ってある。しかし、豪族なのだ。魏《ぎ》軍ではない。対陣が長引き、戦闘がまったく起きなければ、豪族たちはどう考えるか。

翌日、さらに衝撃《しょうげき》的な報告が入った。

蜀軍が、出撃したのである。それも、こちらの陣にむかってではなく、西へだ。

雍州の軍も、すべてこの陣に集結させている。各地の城の守兵は、わずかなものだった。

出撃した蜀軍は、五万。

どうするべきなのか。その五万を追うか。そうすれば、五丈原の陣の九万が、挟《きょう》撃《げき》をかけてくる。いや、もっと想像もしないようなことをやるかもしれない。

たとえば、九万は長安に直行する。

あり得ないことではなかった。

「堅《かた》く、陣を守れ」

改めて、司馬懿は通達《つうたつ》を出した。

五万の動きは、間者《かんじゃ》が追っている。その報告が、次々に入りはじめた。五万は、五つに分かれて進んでいた。悠々《ゆうゆう》としたものだという。雍州西部には、たとえ一万の軍であろうと、止められる魏軍はいないのである。

本気で、西半分を制圧する気なのか。

臨渭《りんい》、冀《き》、街亭《がいてい》、祁山《きざん》、襄武《じょうぶ》。その五万が、それぞれ一万ずつそこの城に入り、防備を固めたとする。どの城も、落とすのに時間がかかる。たとえそれだけだとしても、かなり困難な状況になる。まして、五丈原に九万の本隊がいるのである。

西半分を制圧されても、五丈原《ごじょうげん》から東へは絶対に進ませない。いや、それでは駄目だ。雍《よう》州から蜀《しょく》軍を撤退《てったい》させるのが、自分の任務ではないか。

しかし、ここで出撃すれば、五丈原の九万の脅威《きょうい》に晒《さら》される。

諸葛亮《しょかつりょう》。呻《うめ》くように、司馬懿《しばい》はその名を口にした。躰《からだ》の底から、恐怖と怒りが同時に湧《わ》きあがってきた。床を転がった。三十五万の全軍で、蜀軍の陣を揉《も》み潰《つぶ》せないのか。


孔明《こうめい》は、本営にいた。

屯田《とんでん》をやっていた兵も、いまは陣にいる。九万である。五万は、出撃させた。いまは、臨渭《りんい》あたりか。姜維《きょうい》のほか、九人の若い将軍が率《ひき》いている軍である。

陣内の九万にも、出撃の準備はさせていた。三万と四万に分け、四万は魏延《ぎえん》の指揮下である。二万は陣の守備で、三万が孔明の麾下《きか》ということになる。

臨渭まで分かれて進んだ五万は、そこから北上しながらひとつになり、街亭《がいてい》から長安《ちょうあん》にむけて街道を駈《か》ける。

それを司馬懿が無視できたら、この戦の勝敗は微妙《びみょう》だ。出てくるようなら、蜀軍は勝てる。その場で司馬懿を討《う》ち取れなくても、先にある勝利がはっきり見えてくる。

斥候《せっこう》の出入りが、頻繁《ひんぱん》になった。応真《おうしん》の手の者も、本営にやってくる。街亭に出て、街道を駈ける、という伝令が姜維から入った。魏《ぎ》軍の陣が、にわかに動きを見せはじめた。五万の蜀軍の動きは追っていたのだろう。

「出てくるぞ、これは」

そばにいた、陳式《ちんしょく》に言った。陳式は留守《るす》部隊だが、状況によっては仕事がある。

「丞相《じょうしょう》、大規模《だいきぼ》に出撃するのではありませんか。山全体が動いているような気がします」

「よし、下にいる魏延に、渭水沿《いすいぞ》いに進むように言え」

五万は、どのあたりまで街道を駈けてきているのか。伝令の到着との時間差は二日。それから一日経《た》てば、三日。

「ほぼ、私の計算通りかな」

魏軍が出撃した、と斥候が知らせてきた。

孔明も、三万を高台の下に集めた。

「丞相。無理はなされますな。心配はいたしておりませんが、なにせ大軍です」

「三十万だ、陳式。動きを、よく見ておけ」

「わかっております」

孔明《こうめい》は、三万でやはり渭水沿《いすいぞ》いに進んだ。

魏延《ぎえん》は、すでに渡渉《としょう》している。それを追うように、魏《ぎ》軍の十万ほどが渭水に突っこんだところだった。魏延の軍が、駈ける。

「王平《おうへい》、一度牽制《けんせい》せよ。それからこちらも渡渉する」

王平の動きは、速かった。三十万の一部が迎撃《げいげき》の態勢《たいせい》を作る前に、後ろから押すように圧力をかけ、駈け戻ってきた。その間、孔明《こうめい》のそばには、旗本《はたもと》の五百騎《き》がいただけである。

渡渉せよ、と孔明は手で合図を送り、自らも河に入った。深いところは一カ所で、それも兵の胸ほどだ。馬ならば、たやすく渡渉できる。

「よし、『漢《かん》』の旗を掲《かか》げよ」

本陣である。旗本が、孔明の周囲を囲む。渡渉してきた王平の三万が、素速《すばや》く魚鱗《ぎょりん》に陣を組む。魏軍が、こちらにむかって動きはじめた。渡渉している十五万ほどで、司馬懿《しばい》がどこにいるかはわからない。

魏軍が乱れた。魏延の四万が、背後から突っこんでいるはずだ。孔明はそのまま本陣を退《さ》げ、小高い丘の頂上に拠《よ》った。

魏軍が攻《せ》め寄せてくる。態勢を立て直した五万ほどだ。王平の三万が、逆落《さかお》としをかけ、追い散らすとすぐに戻ってきた。

魏軍が、陣を組み直す。司馬懿の位置が、ようやくわかった。中央である。すでに二十万は渡渉しているだろう。

遠くで、鉦《かね》が打たれている。明らかに、魏軍に動揺《どうよう》が走った。攻城兵器《こうじようへいき》を総動員した陳式《ちんしよく》が、魏の陣を攻めたのである。五万で守るには、広大すぎる。防塁《ぼうるい》の二つ三つは、陳式ならたやすく破るだろう。

まだ渡渉していない十万が、陣にむかって引き返しはじめた。

渭水の北岸で、二十万の大軍を、三万と四万で挟撃《きようげき》しているかたちになった。魏軍は、ほぼ半数ずつを、前方と後方にむけた。司馬懿は、本陣にむいた軍の中にいる。

魏延の軍が突っこみ、しかし押し返されて後退をはじめた。逃げ足は、速い。十万が、押し包むようにして追いはじめた。

司馬懿の軍。さすがに、本陣にむかってどっしりと構えている。

孔明が片手をあげ、王平の軍が逆落としの態勢を取った。魏軍は、前衛《ぜんえい》を密集させた。孔明は、あげた手を振り降ろした。

王平《おうへい》の軍は、構えだけで動かない。横の丘から、いきなり騎馬隊が飛び出してきた。姜維《きょうい》の軍である。魏《ぎ》軍が崩《くず》れかけた。王平の軍が、逆落としをかける。それで、崩れかけていた陣形は、なくなった。ただ、二千騎ほどは、しっかりまとまって渭《い》水《すい》にむかって駈けている。姜維の騎馬隊が追っているが、歩兵が邪魔《じゃま》をしていた。

二千騎は、一団となって渭水を渡った。

「鉦《かね》を打て」

魏軍は、指揮官を失って、散《ち》り散《ぢ》りに渭水を渡っている。

魏延《ぎえん》と姜維が、孔明《こうめい》の本隊の前と後ろについた。整然と渡渉した。

陣に戻った。

これで、司馬懿《しばい》は出てこないだろう。ゆっくりと、雍《よう》州南部を制圧できることになる。

3

翻弄《ほんろう》された。

三十万の軍を出撃させて、いいように振り回されたのである。司馬懿は、居室に籠《こも》り、しばらく誰《だれ》にも会わなかった。防備を堅《かた》くしろという指示を出しただけである。

翻弄はされたが、損害はあまり出していなかった。

軍議を開いたのは、二日後である。

意外なことに、主戦論が多くなっていた。

野戦を避け、全軍で蜀《しょく》の陣を攻囲《こうい》しようというのである。まだ負け足りないのか、と司馬懿は言いそうになった。

「陣を守る。軍は動かさぬ」

それだけを、司馬懿は言った。

対陣《たいじん》の日々がはじまった。蜀軍も、動きを見せない。

臆病者《おくびょうもの》、と陰口《かげぐち》を叩《たた》かれているのは、知っていた。臆病者でいいのだ、と司馬懿は思った。臆病だからこそ、負けずに済んでいる。死んでもいない。

それでも、鬱々《うつうつ》とした口々だった。

背中に、冷たい汗《あせ》が流れるような情報を、長安《ちょうあん》からの伝令が運んできた。

呉《ご》が、大軍で合肥《がっぴ》を攻《せ》めはじめたのだ。指揮は、孫権《そんけん》自身だという。

つまり魏は、東西に危機的な戦線を抱《かか》えていることになる。呉軍十数万というからには、満寵《まんちょう》もいつまでも持ちこたえることはできないだろう。

陣内は、憂色《ゆうしょく》に包まれた。頻繁《ひんぱん》に軍議を開いたが、若い将軍から出てくるのは、決戦論ばかりだった。軽率《けいそつ》に、決戦などはやるべきではないのだ。若い者が跳《は》ねあがりたがるのを、郭淮《かくわい》をはじめとする大人《おとな》が、押さえつけるということが続いた。

このままでは、魏《ぎ》は滅びる。そう言い切る者まで出てきている。

司馬懿《しばい》は、東の戦線を気にしていた。そちらの趨勢《すうせい》によっては、長安《ちょうあん》の軍をすぐにでも回さなければならなくなるだろう。諸葛亮《しょかつりょう》は、その機を逃さないはずだ。

曹叡《そうえい》が、近衛《このえ》軍を率《ひき》いて、自ら出陣したという報告が入った。呉《ご》軍が動いたという情報に接したら、即座に出陣を決めたのだという。

まるで曹操《そうそう》だ、と司馬懿は思った。細《こま》かいことはわからないが、これで東の戦線は負けることはない、という気がした。

実際に、それから十数日後に、孫権がほとんど闘わずに撤退《てったい》した、という報告が入った。

それが陣中に知れ渡ると、逆な意味で主戦論が強くなった。まともにぶつかり合えば、魏軍が蜀《しょく》軍に負けるわけがない、と言う者が増えてきたのだ。

「あれほど翻弄《ほんろう》されたのに、もう忘れたのか、馬鹿どもが」

東の戦線の心配は消えた。

しかし、こちらはどうなのか。三十万の大軍が、十万ほどの軍に振り回され、潰《かい》走《そう》したということが、雍《よう》州には知れ渡っているだろう。

諸葛亮は、いつでも雍州西部の制圧には乗り出せる。そしてそれは、ほとんど失敗することもないだろう。

食事が、のどを通らなくなった。食べても、すぐに吐《は》き出してしまう。

このまま、負けていくのか。雍州を失い、長安を失い、そして滅びるのか。

死ぬのをこわいとは、思わなくなった。しかし、負けるのはこわい。この心情は、なんなのか。長安を失えば、完全に負けである。雍州西部なら、奪《だっ》回《かい》できる可能性はある。だから、ここを守り続けるのだ。

蜀軍から、軍使が来た。

女の着物と、女が身につける装飾品が入っていた。さすがに、将軍たちは顔色を変えた。女のようなやつ、という侮《ぶ》辱《じょく》を、自分たちの総大将が受けたのである。

司馬懿は、居室にひとりで入り、転《ころ》げ回りながら、笑った。涙は流れ続けている。ここまで侮辱されれば、いっそ快いほどである。もっと侮辱せよ。もっと苛《さい》め《な》。

四日、司馬懿は部屋に籠《こも》って出なかった。指示を仰ぎに来た者にも、防備を固めろとくり返しただけである。

郭淮《かくわい》が来た時は、さすがに会った。

「若い者が、自分たちだけでも出撃しようと話し合っているようです」

「軍議を開こう」

そうするしかなかった。

そして大勢《たいせい》が出撃となれば、押さえきることはできそうもなかった。諸葛亮《しょかつりょう》は、ただこれを待っていたのか。つまり、こちらが自滅《じめつ》するのをだ。

出撃するにしても、もう一度軍規《ぐんき》を締《し》め直すべきだった。このままでは、指揮系統も乱れるだろう。戦術も、練《ね》りあげなければならない。

「出撃する。敵の陣を揉《も》み潰《つぶ》す」

しかし司馬懿《しばい》は、軍議でそう言った。ほかに、言葉は出なかったのだ。

「明後日、早朝。兵には、武器の点検をさせろ。堂々と大軍で押し包んで、全力で揉みあげる。少々の犠牲はいとわぬぞ」

歓声があがった。出撃に反対する者は、誰《だれ》もいない。

辛毗《しんぴ》が、一千ほどの護衛とともに陣にやってきたのは、翌日だった。さすがに、測《はか》ったように機《き》を摑《つか》んでいた。

曹叡《そうえい》からの勅命《ちょくめい》を持参していた。

将軍と校尉《こうい》（将校）が集まったところで、勅命が読みあげられた。

決して、戦《いくさ》はするな。陣を固めて守り、耐《た》え抜け。守りきった時を、勝利とする。

何人かが、空を仰いだ。しかし、声をあげる者はいない。勅命《ちょくめい》は、絶対である。

「来てくれぬのかと思ったぞ、辛毗」

二人きりになると、司馬懿は言った。

「少しぐらいは、苦しまれた方がよかろうと思いましてな。しかし、戦況《せんきょう》はよくありませんな。このままだと、雍《よう》州の西半分は、確実に蜀《しょく》に奪《と》られる」

「それについて、陛下《へいか》はなにか？」

「決して、投げるなと。それから、いつの日か、自分で諸葛亮と闘ってみたいと」

「雍州を失ってもよい、と申されたのか？」

「そうではありません。いまの状態で、耐え続けろということです。陛下御自身が、救援しようと思っておられるのかもしれませんな」

「御自身でか」

耐えるのなら、いつまででも耐えられる。臆病者と言われようと、女の着物を贈られようと、耐え続けていける。今度出撃を言い出す者がいたら、即座に処断である。勅命に背《そむ》くことになるのだ。

「しかし、戦況は悪い。もう夏で、蜀《しょく》でも収穫《しゅうかく》があがっておりましょう。兵糧《ひょうろう》が尽《つ》きるということは、期待できませんな」

それに、雍《よう》州の西半分を制圧すれば、当然そこの収穫も徴発できる。蜀軍の弱点は、弱点でなくなりつつあった。

「それにしても、洛陽《らくよう》では陳羣《ちんぐん》が、国庫が苦しいと言い募《つの》っております。一応兵糧は調達するのですが、言葉が多すぎますな。戦の時は、黙って働けばよい。荀彧《じゅんいく》殿など、曹操《そうそう》様がいくら連戦を重ねられても、黙って兵糧を用意したものです」

洛陽のことなど、どうでもよかった。

とにかく、ここで耐え続ける。そういう目的があれば、自分を見失うことはない。

「私は、ここで耐え続ける。陛下には、そうお伝えしてくれ」

「大将軍が音《ね》をあげている、とは言わなくてよいのですな」

「あと一年でも、私は耐えてみせる」

司馬懿《しばい》は、眼《め》を閉じた。

4

孔明《こうめい》は、寝台から起きあがった。

全身の汗《あせ》が、まだひいていない。呻《うめ》き声をあげたくなるような痛みだったが、耐《た》えていた。どれほどの時間、寝台に倒れこんでいたのだろうか。痛みは、肩から胸にかけてあったような気がする。

呼吸が苦しくなったので、いつものことだと思い、うずくまろうとした。その時に、不意に痛みはじめたのだ。押し潰《つぶ》してくるような、締《し》めあげられるような、どうにもならない痛みで、寝台に倒れこんだのだった。

もう、痛みはない。

孔明は、まず万弘《ばんこう》がどこにいるか確かめた。

本営の、集会所のようだ。万弘には、知られなくて済んだ。

しばらくすると、汗もひいた。

「巡察でございますか、丞相《じょうしょう》？」

本営を出ようとすると、万弘が追ってきた。

「お顔の色が、よろしくありません。少し休まれたらいかがでしょう」

「なんの。眠れぬだけだ。躰《からだ》を動かしていた方が、眠れそうな気がする」

外に出ると、護衛の兵が遠巻きにしてついてくる。そばに寄られるのを、孔明《こうめい》が好まないからだ。

ここに陣を築《きず》いて、すでに五カ月が過ぎようとしていた。兵たちは、この陣での生活にすっかり馴《な》れたようだ。陣内《じんない》で五十名の護衛というのは、いかにも多すぎた。

台地の鼻に立った。

遠くに、魏《ぎ》の陣が見えている。

司馬懿《しばい》は、あれから決して出てこようとしなかった。出るなという、勅命《ちょくめい》も届いたという。孔明の、狙《ねら》い通りだった。

雍《よう》州の、西半分を奪《と》る。それから、長安《ちょうあん》に攻《せ》めこむ。今度は、それが確実にできそうだった。大きな失敗をした者が、誰《だれ》もいない。

急いではいなかった。

雍州の豪族《ごうぞく》に、丁寧《ていねい》な書簡《しょかん》を送り続けている。制圧しても、帰順《きじゅん》してこなければ、その意味は半減してしまう。

書簡には、民政の方針を書いていた。租税《そぜい》の徴集の仕方、産業の起こし方、農業の改革。それが、蜀《しょく》でどういう効果をあげたかも、書き綴《つづ》った。判明するかぎりの豪族に送っているから、相手は二百に達していた。

戦《いくさ》では、蜀軍が優勢である。しかし、そんなことは書かなかった。賊徒《ぞくと》を討《う》ち、漢《かん》王室を再興すること。それが、この国の将来にとって最も望ましいということ。子や孫に、乱世の苦しみを与えないために、いま闘い、しっかりした国家を作るということ。

何人の豪族が理解してくれるのか、見当もつかなかった。

しかし、秋までは書簡を書き続けるつもりだった。すでに、十数名の豪族からは、返書が届いている。

秋に、制圧のための軍を出す。その時、兵糧《ひょうろう》の供出《きょうしゅつ》を豪族に呼びかける。それで、豪族たちの趨勢《すうせい》は、およそ摑《つか》めるはずだ。

郭淮《かくわい》の統治《とうち》が、なかなか効果をあげている。背後には司馬懿がいたのだろうが、郭淮も民政に関してはいい手腕を持っている。

「丞相《じょうしょう》、こちらでしたか」

姜維《きょうい》が、瓜《うり》を持って現われた。

「泉で冷《ひ》やしておりました。丞相は、食事をあまり召しあがられない、と聞きましたので。これならば、少しぐらいなら」

「そうか。切って貰《もら》おうか」

孔明《こうめい》は、岩に腰を降《お》ろした。

姜維《きょうい》が差し出した瓜《うり》を、ひと切れ口に入れた。甘い味が、香りとともに口に拡《ひろ》がった。

「冷えていて、うまいな」

もうひと切れ、取った。姜維は、切った瓜を手に持って立っている。

「おまえも、座るがいい」

一礼し、姜維は少し低いところに腰を降ろした。

「長い滞陣《たいじん》になってきた」

「兵の士気は、落ちておりません。調練《ちようれん》以外にも、やることは多くあります。この瓜も、屯田《とんでん》の兵が作ったものです」

「そうか」

「魏《ぎ》軍が動かないかぎり、われらも動かないのでしょうか？」

「いや、西に制圧の軍を出そう。同時に、馬岱《ばたい》を涼州《りよう》にやる。今年は、それにかかりきりであろう。魏軍が出てくれば、秋までにすべて片づくのだが」

「もう秋です、丞相《じょうしょう》。陽射《ひざ》しは強くても、秋の風が吹いております」

「そうだな。司馬懿《しばい》は、西を制圧しても、出てはこないだろう。長安《ちょうあん》の守りに入ると思う」

「私も、そう考えておりました」

「したたかな男だ。女の着物を送りつけたというのに」

孔明が笑うと、姜維もちょっと口もとを綻《ほころ》ばせた。

「この戦は、勝ちだと思うのですが、丞相は満足しておられませんか？」

「満足はするまい。そう決めたのだ。悔《く》いは、いくらでもある。死んで行った者も多い」

「しかし、乱世は、これで動きます」

「そうだな。しかし、ここまで長かった。私ひとりに、なってしまっているのだ」

それがどういう意味か、姜維は訊《き》こうとしなかった。

こうして野山を眺《なが》めていると、ここが戦陣《せんじん》であることを、忘れそうな気がしてくる。前方の山に敵陣がなければ、のどかと言ってもいい景色なのだ。

「若いころ、隆中《りゅうちゅう》というところにいた」

「存じております」

「そこでは、毎日こんな景色を眺めていた。だが、穏《おだ》やかな心ではなかった。不思議に、いまの方がずっと穏やかなのだ」

「丞相《じょうしょう》がお若いころは、それこそ群雄《ぐんゆう》が割拠《かっきょ》していた時代ではないのですか？」

「いや、天下は決まりかけていた。ほとんど、曹操孟徳《そうそうもうとく》に。なにかひとつ、ほんのひとつだけ変っていれば、曹操は覇者《はしゃ》であった」

妨《さまた》げたのが誰《だれ》なのか。その中のひとりに、自分も入るのか。いや、人ではなく、説明もできないものが、曹操を妨げたのだ。

同じように、劉備《りゅうび》もなにかに妨げられた。

「昔のことを、私はよく趙雲《ちょううん》将軍に聞かされました」

「そうか」

「みんな大きかった。聞けば聞くほど、そう思えてきます」

「おまえも、大きくなればいい」

「なれるかどうかは、わかりません。なろうと思ってはいますが」

「私にも、大きく見えた。曹操が大きかった。わが殿も、大きかった」

「丞相も、大きな方だと私は思います」

「喜ぶべきかな、おまえにそう見て貰《もら》っていることを。しかし、私は小さい。殿がおられて、ようやく立っていることができた。そんなものだ」

「ひとつだけ、私が申しあげられることがあります。丞相にお目にかかれて、幸運でありました。死に場所はここ、と思い定めることができたのですから」

軍人にとっては、死に場所というのは、生きることができる場所と言ってもいい。なしくずしの、生きながらの死ではない、輝ける死を摑《つか》める場所。

自分は、結局は軍人にはなりきれなかったのだ、と孔明《こうめい》は思った。甘さが出て、失敗をくり返した。ここが死に場所というものを、持ってはいなかったのだ。

「そろそろ、陽《ひ》が落ちるのかな、姜維《きょうい》」

「はい、ずいぶんと日没が早くなりました」

「営舎《えいしゃ》に戻ろうか」

姜維が、先に立ちあがった。孔明は、すぐに立つことができなかった。

「丞相、どうなされました」

「いや、なんでもない。夕陽《ゆうひ》が、眩《まぶ》しかっただけだ。渭水《いすい》の川面《かわも》が、夕陽に照らされて、眩しく光った」

孔明は立ちあがり、本営に向かって歩いていった。

「丞相。この瓜は、兵のひとりが丞相に食べていただきたいという思いをこめて、育てたものです。毎日、ひとつずつお届けしてもよろしいでしょうか」

「ありがたいな、それは。兵の名はあえて訊《き》くまい。私が喜んでいたと、おまえから伝えてくれ」

孔明《こうめい》が通りかかると、兵たちが直立する。そばに姜維《きょうい》がいるので、護衛は遠慮《えんりょ》していつもより離れていた。

「どこも、緊張を失ってはいないな。対陣《たいじん》が長くなると、兵の心が荒《すさ》む。それをしっかりと見ているのも、将軍の仕事だ」

「心しておきます」

本営の入口まで、姜維は送ってきた。

「夕食はいらぬぞ、万弘《ばんこう》。姜維が持ってきてくれた、瓜を食った」

「瓜だけでは、足りないと思いますが」

「いいのだ。食える時には、食う」

孔明は、兵糧の現在の量から、あと何日の対陣《たいじん》が可能か、計算していた。しかし、蜀《しょく》から新しい収穫が運びこまれている。これからも、運ばれてくるだろう。蜀の収穫は、十年に一度もない豊作だったという。

今年じゅうの対陣は、可能だった。

いつ、長安《ちょうあん》に進攻するのか。そしていつ、中原《ちゅうげん》を制するのか。

「万弘」

呼ぶと、万弘は無言で部屋に入ってくる。もう、十数年来の従者だった。

「胡承《こしょう》先生の、薬湯《やくとう》をくれぬか」

「はい、用意はできております」

湯を注《そそ》げばいいものだった。湯があれば、すぐにできる。

椀《わん》に入れた薬湯を、万弘が運んできた。

「休んでいいぞ、万弘」

「丞相《じょうしょう》も、早くお休みください」

拝礼して、万弘が出ていく。

蜀軍は、精鋭《せいえい》だった。魏《ぎ》軍と闘ってみて、それがよくわかる。関羽《かんう》、張飛《ちょうひ》以来の伝統が、しっかりと生きているのだ。

長安は、そこにある。洛陽《らくよう》も、遠くない。いまの軍だけでも、進攻は可能だ。しかし、雍《よう》州西部が加わる。涼州《りょうしゅう》も靡《なび》いてくる。大軍になるのだ。

中原まで制すると、次はどこなのか。河北《かほく》か。それとも、呉《ご》か。

「天下統一は、遠い夢でありましたな、殿」

孔明《こうめい》は、劉備《りゅうび》に話しかけていた。劉備が、なにか答えている。不思議に、声だけが遠い。姿は、すぐそばにあるのだ。

「しかし、殿。われわれが目指した天下とは、なんだったのですか？」

劉備が、答える。やはり、聞き取れなかった。

不意に、胸苦しくなった。痛みもある。またか。しかし、さっきより気味が悪い。孔明は立ちあがった。痛みが、激甚《げきじん》なものになってきた。壁に凭《もた》れるようにしながら進み、寝台のある部屋へ行った。

なんなのだ、これは。痛いのか。苦しいのか。呻《うめ》きが出た。寝台に倒れこんだ。痛みは続いている。胸の上のものを、孔明は払《はら》いのけようとした。

死ぬのか。それなら、それでいい。死が、こういうものだと思うだけだ。しかし、死んでいない。痛みが、さらに強くなっているのだ。

気が遠くなった。いや、眠ったのか。

夜明けに、眼《め》を開いた。躰《からだ》を起こすだけで、ひどく息が苦しくなった。痛みは、もう消えている。しばらくじっとして、それから寝台を降りた。また息が苦しくなったが、構《かま》わず執《しつ》務室《しつ》まで歩いた。

やっておかなければならないことが、なにかあったはずだ。

丞相《じょうしょう》の後継は、蔣琬《しょうえん》、次に費禕《ひい》。丞相になった者が、大将軍を決めるべし。

別の紙に、名を書いていく。雍《よう》州からの、撤退《てったい》の順序である。

自分はもうすぐ死ぬから、こういうことをしているのだ、と孔明は思った。死を前にしての、動揺はない。恐怖もない。楽になるとさえ、思わなかった。

ほかに、書き残すべきことは、なにもなかった。

そういうものだろう。立ちあがった。死ぬ、という思いは、消えない。

自分の生涯《しょうがい》を、ふり返ろうとは思わなかった。人は生き、人は死ぬ。それだけのことだ。ゆっくりと、歩いた。部屋の中だ。

闇《やみ》が、近づいてくる。その闇に、孔明はかすかな、懐《なつか》しさのようなものを感じた。

闇が、さらに歩み寄ってくる。

自分が、笑ったのがわかった。

5

爰京《えんきょう》が、蜀《しょく》から帰ってくる。

年に一度、爰京は蜀に旅をする。手に入れたいものが、あるらしい。

袁綝《えんりん》が、きのうから手のかかった料理を作っていた。爰京《えんきょう》のためだけではない。駿白《しゅんぱく》が、芒秘《ぼうひ》の村から戻ってきているのだ。二年ぶりだった。

馬超《ばちょう》は、薪《まき》を抱《かか》えて家に入った。

こういうことは、大抵《たいてい》使用人がやるが、なんとなく気紛《きまぐ》れで薪を割ったのだ。

「父上、爰京先生をお迎えに行きます。鳩《はと》が運んできた知らせによると、もうそのあたりまで戻っておられるはずですから」

「待て、駿白。私も行こう」

家の中をうろついて、袁綝に邪魔《じゃま》になると言われたばかりだった。料理に熱中している女には、近づかない方がいい。

村を出て、二十里ばかり歩いた。駿白は、二年の間に背丈ものび、たくましくなっていた。芒秘の村でどういう生活をしていたか、昨夜、袁綝と二人で聞いた。農耕をし、書を読み、芒秘の従者《じゅうしゃ》もやった。悪いことではなかったのは、駿白の生きとした表情を見ればわかった。

芒秘の村から、五日をかけ、野宿《のじゅく》をしながらひとりで戻ってきたのだ。芒秘から馬超への届け物を運ぶという名目だったが、ひと月の滞在《たいざい》を許されていた。

「歩くのが、速くなったではないか、駿白」

「そうかもしれません。農耕《のうこう》は、大人《おとな》たちと一緒で、はじめはとてもつらかったものです。いまは、大人たちと同じようにできます」

喋《しゃべ》り方も、どこか大人びていた。

駿白を一族の長にという芒秘の話は、一応断ってある。馬超の息子だからというのでは、本人がかわいそうだった。

「父上は、昔は蜀《しょく》の将軍をしておられたのですよね」

「牛志《ぎゅうし》が喋《しゃべ》るのか、そんなことを」

「爰京先生も、御存知《ごぞんじ》でしたよ」

「もう、忘れた。遠い昔のことだ」

「剣は、その時に修行したのですか？」

「いや、もっと前だ。涼州《りょう》にいたころだな。剣さえ強ければ、なんでもできると考えていた時期もあったのだ」

村から二十五里のところに、吊《つ》り橋がある。

そこで、爰京を待つことにした。

「私はいま、剣の習練を積んでいます」

「ほう」

「父上に勝てるわけはありませんが」

「人を、斬《き》りたいか？」

「剣を構えていると、自分が見えるような気がするのです。そう言うと、芒秘《ぼうひ》様が一振《ひとふり》くださいました」

自分が見えるなどと、子供の言うことではなかった。単純に、人を斬りたいと思った。馬超《ばちょう》が剣を佩《は》いた時は、そうだった。

「まあ、剣もいいが」

「学問は、あまり好きではありません。なんの役に立つのだろう、と思ってしまいます」

「そうか、駿白《しゅんぱく》は学問は嫌いか。母上には言うなよ」

意味がわかったらしく、駿白がにこりと笑った。

「やあ、爰京《えんきょう》先生だ」

吊り橋を、ちょっと危《あや》うい足どりで歩いてくる。背には、重たそうな荷を背負っていた。

「馬超殿。それに、馬駿白も一緒か」

爰京は、背の荷を降《お》ろして、大きく息をついた。

「ここで、ひと休みしたいな。とにかく、これは重い」

「なんなのですか、爰京先生？」

「鉄だよ」

「鉄を、どうするのです？」

「馬駿白にだから、特別に教えよう。自分で鍛えて、刃物を作るのだよ。成都《せいと》の、鍛冶屋《かじや》を憶《おぼ》えているか？」

「ええ」

「あの主人が死んで、私が註文《ちゅうもん》したものは、こんな塊《かたまり》で残っていたというわけだ」

「病《やまい》ですか？」

「戦《いくさ》に、行ったんだそうだ」

爰京《えんきょう》が、ちょっと口籠《くちご》もった。鉄の塊は、子供の頭ほどはありそうだった。

「馬超殿、諸葛亮孔明《しょかつりょうこうめい》様が、亡くなられましたよ。雍《よう》州五丈原《ごじょうげん》の戦陣《せんじん》で、病のために」

戦場の死は、めずらしいものではなかった。

「魏《ぎ》軍に、勝利を収《おさ》めていたところだったそうです。死を覚悟されたのか、後継を誰《だれ》に任せるか、撤退《てったい》をどうするかまで、詳《くわ》しく書き残されていたそうで、それで蜀《しょく》軍は傷《きず》つくことなく撤退できたのです」

孔明《こうめい》はいくつだったのだろう、と馬超《ばちょう》はふと思った。五十四か五。そんなものだった。三年前の旅では、駿白《しゅんぱく》も会ったのだという。

「鏡《かがみ》か」

「えっ」

「おまえ、孔明殿に貰《もら》ったと言っていたろう？」

「はい、思い悩んだ時、自分を映してみろ、と言われました」

「因果《いんが》なものを貰ったな。これからは、諸葛亮《しょかつりょう》孔明の顔が映るぞ」

「そうでしょうか」

「私も、そう思うよ、馬駿白。そんなふうに、人の心の中になにかを残す人だった」

爰京《えんきょう》が、腰の水筒から水を飲んだ。

昔の軍人と医師。人の死に馴《な》れていないのは、駿白だけだ。

「駿白、爰京先生の、その鉄の塊が持てるか？」

「はい」

「では、おまえが運べ」

「すまないね、馬駿白」

「いいんです。それより」

駿白は、考えこむような表情をしていた。

「どうした、駿白。担《かつ》ぐ自信がないか」

「父上、私は実は、孔明様から頂戴《ちょうだい》した鏡を、割ってしまったのです。割れやすいから気をつけろ、とおっしゃってくださったのに」

「割ったか」

「はい」

「母上には、黙っていよう」

「鏡を、割ったことをですか？」

「それから、孔明殿が亡くなったということも」

「わかりました」

黙っているということを、了解したというだけだ。言った馬超も、理由など考えていなかった。

孔明の鏡が割れた。それだけのことだが、男同士の秘密にはなる。

「母上が、きのうから料理を作っています。爰京先生と私のために」

「それはいいな」

駿白《しゅんぱく》が、先頭を歩きはじめた。

山は静かである。もうすぐ、冬を迎える。冬になると、もっと静かだった。

荷を担《かつ》いだまま振り返った駿白が、白い歯を見せて笑った。

「もうひとつ、思い出しました、父上。男は、自分を映す鏡を、心の中に持てと孔明様は言われました。それができたら、好きになった女性にでも贈るがいいと」

「おまえ、ほんとうは女に贈ったな」

「割れました。孔明様の鏡ですから」

駿白がまた歩きはじめる。

谷のそばの道では、下から風が吹きあげてくる。

五丈原《ごじょうげん》はここから遠い、と馬超《ばちょう》はなんとなく考えていた。

時代小説文庫
き 3-53

三国志《さんごくし》 十三の巻《じゅうさんのまき》 極北《きょくほく》の星《ほし》 新装版

著者 北方《きたかた》謙三《けんぞう》
2002年6月18日第一刷発行
2024年11月18日新装版第一刷発行

発行者 角川春樹

発行所 株式会社 角川春樹事務所
〒102-0074 東京都千代田区九段南2-1-30 イタリア文化会館

電話 03(3263)5247［編集］ 03(3263)5881［営業］

印刷・製本 中央精版印刷株式会社

フォーマット・デザイン＆シンボルマーク 芦澤泰偉

ISBN978-4-7584-4675-4 C0193
http://www.kadokawaharuki.co.jp/［営業］
fanmail@kadokawaharuki.co.jp［編集］ ご意見・ご感想をお寄せください。

三国時代

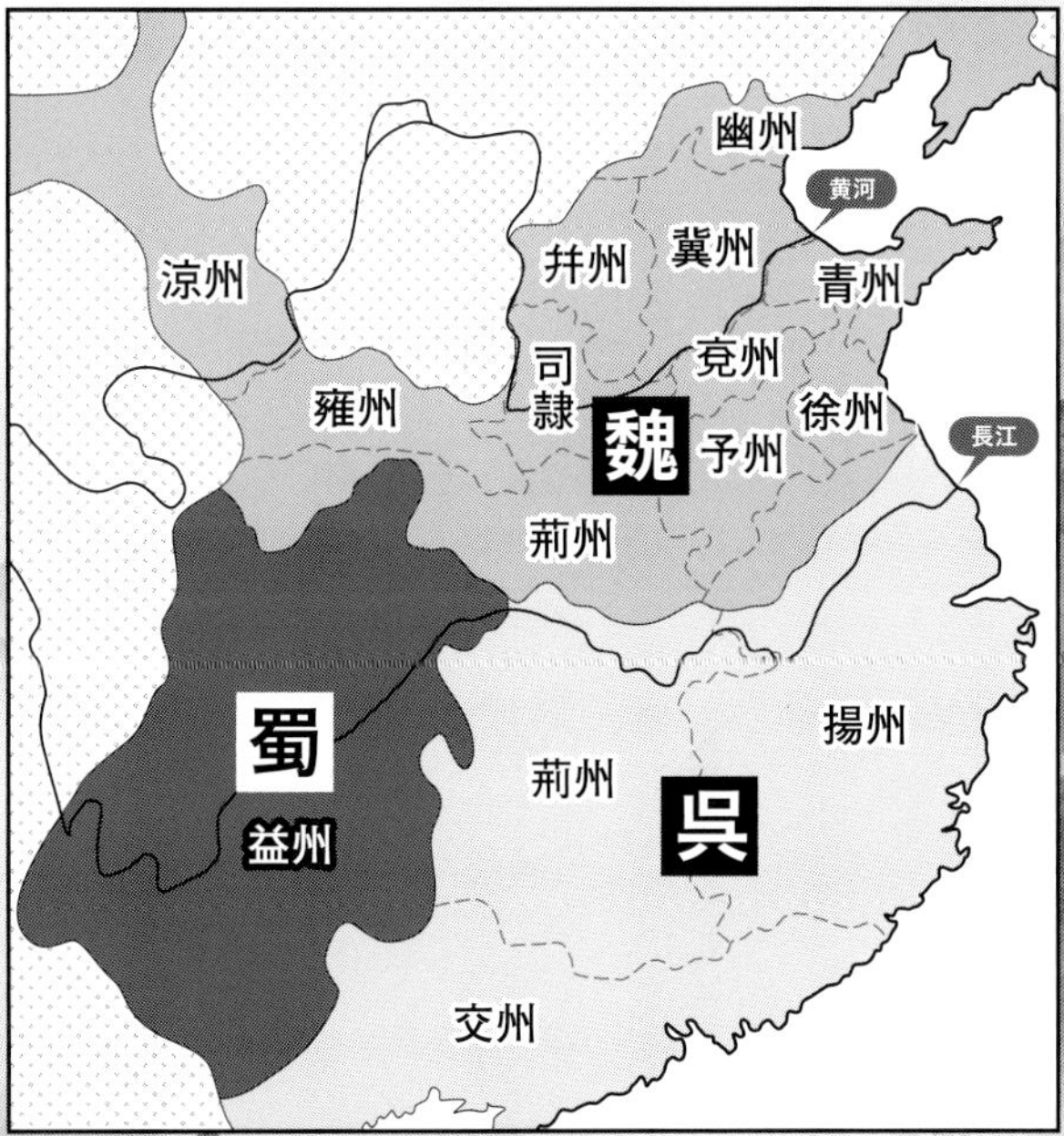

主な英傑の出身地

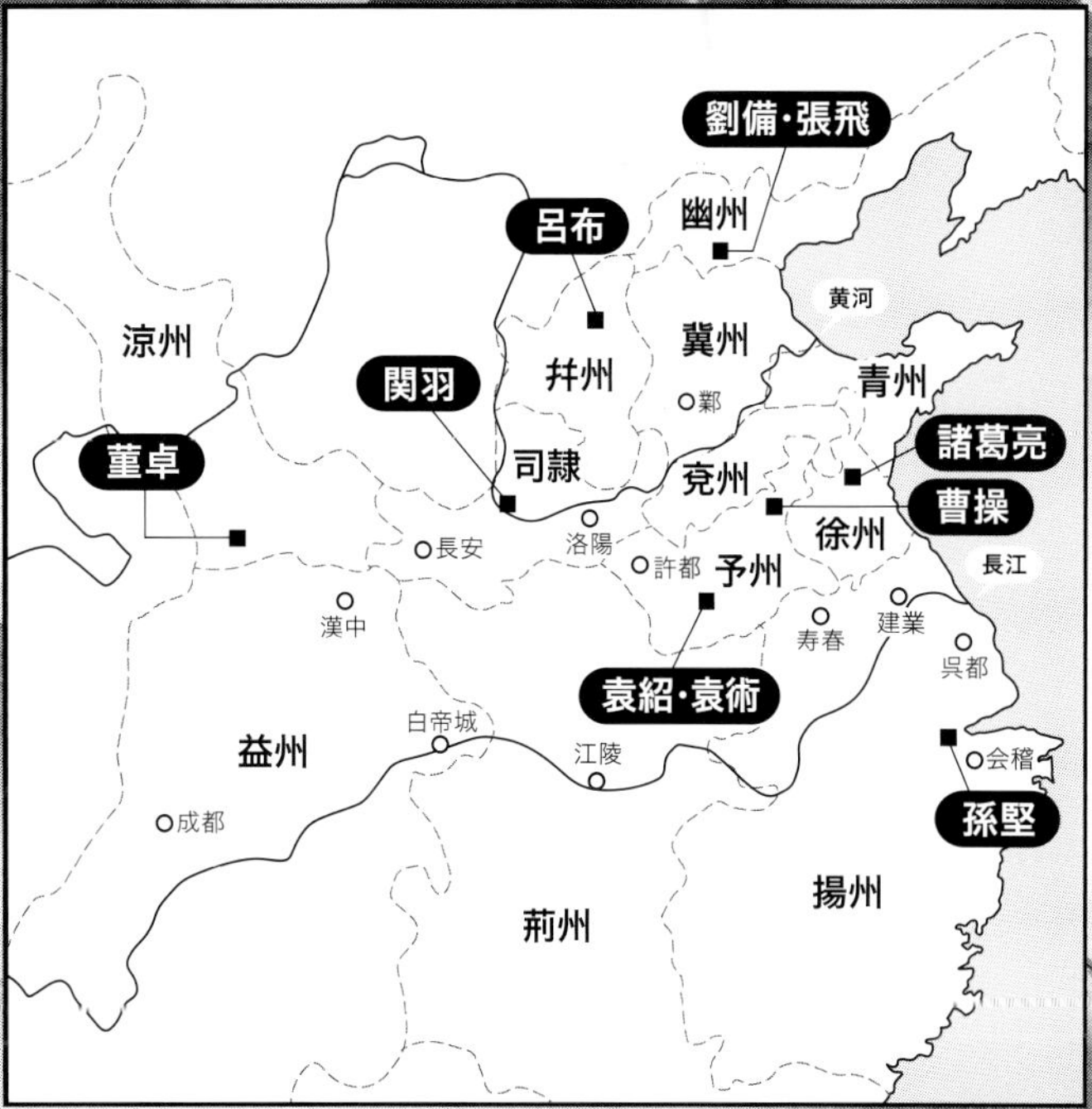

登場人物紹介

劉備《りゅうび》【玄徳《げんとく》】……涿《たく》郡涿県出身。漢《かん》の中山靖王劉勝《ちゅうざんせいおうりゅうしょう》の子孫。一八四年、関羽、張飛と義兄弟の契《ちぎ》りを結び、黄巾《こうきん》討伐に参加。その後、軍師に孔明を迎え蜀漢《しょくかん》を建国するが、夷《い》陵《りょう》の戦いで呉《ご》に敗れ、白帝城《はくていじょう》で病没。

諸葛亮《しょかつりょう》【孔明《こうめい》】……琅邪《ろうや》郡陽都《ようと》県出身。〝臥竜《がりょう》〟と呼ばれ、劉備に軍師として仕える。亡き劉備の志を受け継ぎ、漢《かん》王室を中心とした三国の統一を目指す。

関羽《かんう》【雲長《うんちょう》】……河東《かとう》郡解《かい》県出身。劉備、張飛と義兄弟になり黄巾討伐を行う。劉備が入蜀した後荊《けい》州を守るが、樊《はん》城攻めの際、呉の裏切りにより戦死。

張飛《ちょうひ》【翼徳《よくとく》】……涿郡涿県出身。劉備、関羽の義兄弟。関羽とともに劉備軍を代表する部将。関羽の弔い合戦に出陣しようとしていた最中《さなか》、暗殺される。

趙雲《ちょううん》【子龍《しりょう》】……常山《じょうざん》郡真定《しんてい》県出身。関羽、張飛と並び称された蜀の将軍。長坂《ちょうはん》では幼い劉禅の命を救う。病に倒れ、孔明たちに蜀漢の未来を託して死去。

劉禅《りゅうぜん》【公嗣《こうし》】……涿郡涿県出身。劉備の息子。劉備の死後、蜀漢の帝《みかど》となる。

魏延《ぎえん》【文長《ぶんちょう》】……義陽《ぎよう》郡出身。荊州南部の平定戦より劉備に仕える。生粋の軍人。

姜維《きょうい》【伯約《はくやく》】……天水《てんすい》郡冀《き》県出身。魏《ぎ》の校尉だったが、蜀に投降し、孔明の側近となる。

王平《おうへい》【子均《しきん》】……巴西《はせい》郡宕渠《こうきょ》県出身。蜀軍の将。実直で堅実な武人。

曹操《そうそう》【孟徳《もうとく》】……沛《はい》国譙《しょう》県出身。黄巾討伐、董卓《とうたく》討伐ののち、官渡《かんと》の戦いにおいて袁紹《えんしょう》軍を破り、国の大半を手中にする。魏公まで昇るが、統一なかばにして死去。

曹叡《そうえい》【元仲《げんちゅう》】……沛国譙県出身。曹丕《そうひ》の息子。曹丕の死後、魏の帝となる。幼いころから利発で、曹操も孫にあたる彼をこよなく愛した。

曹真《そうしん》【子丹《したん》】……沛国譙県出身。魏の大将軍として蜀軍に立ちはだかる。

張郃《ちょうこう》【儁乂《しゅんがい》】……河間《かかん》郡鄚《ばく》県出身。魏を代表する部将の一人。街亭《がいてい》では馬謖《ばしょく》を敗走させた。

司馬懿《しばい》【仲達《ちゅうたつ》】……河内《かだい》郡温《おん》県出身。曹操に仕官する。曹丕とは気が合い、彼の側近となる。

陳羣《ちんぐん》【長文《ちょうぶん》】……潁川《えいせん》郡許《きょ》県出身。曹丕が帝に昇ると、司馬懿とともに彼の側近となる。

孫権《そんけん》【仲謀《ちゅうぼう》】……呉郡富春《ふしゅん》県出身。孫堅《そんけん》の次男。暗殺された兄・孫策《そんさく》の志を受け継ぎ、呉の帝となる。

張昭《ちょうしょう》【子布《しふ》】……彭城《ほうじょう》郡出身。孫策の時代から仕える孫権配下の重臣。

陸遜《りくそん》【伯言《はくげん》】……呉郡呉県出身。孫権配下の部将。亡き周瑜《しゅうゆ》もその能力を評価した。

凌統《りょうとう》【公績《こうせき》】……呉郡余杭《よこう》県出身。父の代より孫家に仕える部将。陸遜とともに亡き周瑜の夢を受け継ぐ。

馬超《ばちょう》【孟起《もうき》】……扶風《ふふう》郡茂陵《もりょう》県出身。西涼《せいりょう》の太守・馬騰《ばとう》の長男。〝錦馬超《きんばちょう》〟と呼ばれる勇猛な武人。関中《かんちゅう》で曹操に敗北し、劉備の配下となるが、簡雍《かんよう》の死後は蜀を離れ、一人の人間として生きることを選ぶ。

馬岱《ばたい》……扶風郡茂陵県出身。馬超の従弟《いとこ》にあたる。武将として蜀に仕える。

爰京《えんきょう》……華佗《かた》の弟子として曹操の治療にあたる。曹操の死後は、魏を離れ、旅をしながら各地で医療を施す。